本书荣获第四届冰心散文奖

让自己诞生

王宏甲哲思散文

红旗出版社

图书在版编目（CIP）数据

让自己诞生：王宏甲哲思散文 / 王宏甲著. -- 北京：红旗出版社，2019.6

ISBN 978-7-5051-4874-1

Ⅰ.①让… Ⅱ.①王… Ⅲ.①散文集—中国—当代 Ⅳ.①I267

中国版本图书馆CIP数据核字（2019）第110958号

书　　名　让自己诞生：王宏甲哲思散文
著　　者　王宏甲
出 品 人　唐中祥　　　　总 监 制　褚定华
责任编辑　朱小玲　　　　篆　　刻　陈海泉
出　　版　红旗出版社　　内文设计　麦莫瑞
邮政编码　100727　　　　地　　址　北京市沙滩北街2号
编 辑 部　010-57274497
发　　行　北京华景时代文化传媒有限公司　电　话　010-83638551
印　　刷　北京中科印刷有限公司
开　　本　710毫米×1000毫米　1/16
字　　数　218千字　　　　印　　张　18.5
版　　次　2019年7月北京第1版　　印　　次　2019年7月北京第1次印刷
ISBN 978-7-5051-4874-1　　定　　价　68.00元

作者（二〇〇五年九月　法国巴黎圣母院前）

人生该有两次出生，第一次是父母把我们生出来，第二次就要靠自己把自己生出来。

——《让自己诞生》题记

此书送给冠音、坤音和海音

书中前面的篇章，在你们会阅读的岁月读之，不难。宛若青草地，走进去有如散步，但读着读着就要爬坡了。读到后半部，一定会遇到崇山峻岭，大江大海……有一天，当发现不是能朗读它就看见了它，必是登上了高山，看见了大地的皱纹，凝听过大海的哭泣，还看到了这世界上许多精神的黄昏和早晨，灵魂的高山与湖泊。

母与子（二〇〇〇年）

父亲去世的第二天，母亲开始吃长斋，随后皈依佛门，并有了法名叫达娇。那以后，我渐渐明白了，每一个活着的灵魂，都需要有个居住的地方。

知青岁月的第一个初夏（一九六九年五月四日，十六岁）

我庆幸自己生在新中国，童年唱过的歌也那么晴朗，没有一丝皱纹。我庆幸自己在十五岁之前读过了不少课外书，包括《水浒传》《三国演义》《岳飞传》《青春之歌》《苦菜花》《毛泽东选集》，还有《牛虻》《钢铁是怎样炼成的》《在人间》等等。我从书中体验到的心灵的经历真的很奇妙，它使我在乡村对泥泞、暴雨、破屋不那么害怕，而且对劳累、艰苦，心中有要克服它的东西。后来想，那是因为我所接受的教育让我懂得了祖国、人类、正义、善良、毅力、顽强，还有，什么是真正的青春、爱情……所有这些，都比知识更重要！

为自己画一个姑娘（一九七二年，王宏甲画在一张奖状的背面）

在内心深刻孤寂的日子里，我忽然想，我要为自己画一个女友……就在这形象中，在她遥望远方的目光中，有我不肯舍弃的追求和期盼。在我心空黯然的日夜，她就是我那没有窗户的小屋里的太阳。我曾经每天都望着她，深刻地爱她，犹如“初恋”……这故事够天方夜谭的吧，但天方夜谭确然是阿拉伯民族的骄傲，是真正的沙漠中的神灯！

十九岁那年在乡村临摹的一幅《马克思》油画

一九七二年在乡村作《为自己画一个姑娘》后，我接着临摹了这张马克思在写作的油画。这是画在一张牛皮纸上的，多年后发现破碎了，发现之后也没有保藏它的经验，就粘贴在一张报纸上。那一年，我只画过这两张油画。现在想来，那时在我心中很在意的正是有这两点，一是思想，二是情感。这二者就是我那时心中的太阳。

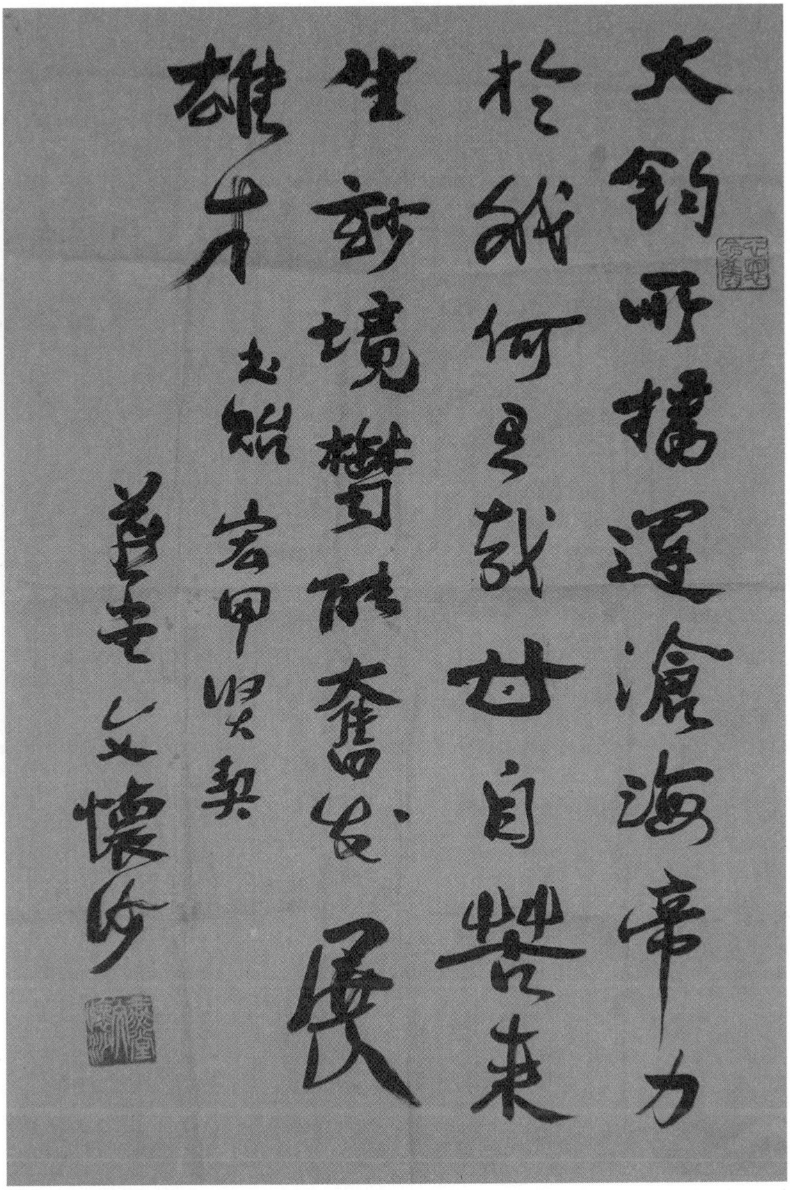

释文：大钧所播运沧海　帝力于我何有哉
甘自苦来生妙境　郁能奋发展雄才
书贻宏甲贤契　燕堂文怀沙

一九九一年，文怀沙先生赐予我这幅字，令我不敢称谢。那年我三十八岁，不知先生是以激情勉励我还是鞭策我，那以后，我一直能感到先生是以爱如鞭梢，放牧我远行的心。

一九九一年在陕西农村采访　　师学军　摄

八年的插队生活，使我今生无论去到哪儿的乡村，都有如归之感。我曾写下："作为土地，是谁把我耕种？作为庄稼，我情愿被谁收割！"在那生活的底层，农民们一直对我这个外来的读书人很关照，从来没有轻视我。那就是帮助我在泥泞中重估自己的价值、重建信心的一大群体。我的心渐渐落满阳光，积蓄起许多温度。我不知道这种东西真实不真实，但我相信那样的乡村岁月从此统治了我的一生。

尼罗河上的婚礼（二〇〇六年二月九日　尼罗河之夜的游轮上）

我注意到，他们使用的小提琴和电子琴等乐器都是西洋乐器，但音乐一响，每一寸空气都充满了阿拉伯……那么典型的阿拉伯音乐，那么浓郁的阿拉伯风情！就在他们热烈奔放的音乐中、歌舞中，就有他们色彩斑斓郁郁葱葱的家乡。这里飞扬的文化就是他们的民族、他们的文明。

我忽然理解了，西化和现代化是两个东西。他们可以接受西洋乐器，也可以接受西方科技，但不会因此而西化。他们的音乐、舞蹈、服装和配饰，他们眼神中笑容中流淌出来的欢乐和情感，都告诉我，他们是那么热爱自己的文化。那是他们生命的根，他们的激情，他们的家园。

新版序言

师学军

这本《让自己诞生》已经出过两版。第一版于二〇〇八年十一月由作家出版社出版，二〇一五年六月人民出版社出了第二版。现在要出第三版了，王宏甲希望我写几句话。前两版都有王宏甲自己写的序言，这两篇自序对全书主旨作了精辟、生动的阐释，我不可能比他本人说得更好更准确了。说一些情况吧。

著作者请有名望的人给自己作序有悠久的传统。王宏甲认识不少名高望重同时又很看重他的人，其中有些人对他有知遇和扶助之恩，他对他们的尊敬和感念之情每每让我动容，但是他从不请他们给自己作序，生怕借别人的光来照自己。迄今，为他的著作写序的人都是他的朋友，都谈不上有什么“名望”。我给他写序最多。他曾恳切地对我说：“我不是故意要与人不同。你写，是因为你对我更了解，这样以序的方式与读者交流，对读者更有益。”

确实，我比很多人都更了解王宏甲。我俩同一天生日，他大我整三岁。二十八年前我们有过一年多朝夕相处的日子，由此相识相知。即使后来生活在不同的城市，我们也曾一起走过人生中的晴天和雨天，拥有许多共同的记忆。在我所有的朋友中，他是对我影响最大的一个。

我也比很多人都更了解这本《让自己诞生》，其中有些文章我是看着他写的。我了解不同版本的区别和变化。这次我直接参与了本版的修订工作，知道更换了哪些文章以及为什么更换，知道作者对哪些文章作了修改以及为什么修改，因此比较了解作者的思考轨迹。我由此看到，一本有生命力的书，是会不断成长的。读过前两版的读者也许能发现，有几篇重要文章在本版作了重大修改。修改的重点不在语言文字方面，而是对历史和现实的重新认识，其中有些认识的改变是“天翻地覆”的。我因此看到，一个人形成一个认识，更正或者提升一个认识，都是人生的成长。

王宏甲常说，他需要不断地同自己的“自以为是”和“自以为不是”作斗争。我切实了解这种“斗争”的严肃和严峻。修正甚至否定自己是需要勇气的，肯定自己和坚持自己也需有勇气。

写作是一种创造性活动，阅读也是。打开一本书，怎样读，是我们经常遭遇的问题。我曾和宏甲一起谈到《红楼梦》，他说读《红楼梦》至少应该读到三个层次，第一层读到贾宝玉林黛玉以及他们所处的社会和时代，第二层要读到曹雪芹，第三层就该读到我们自己。这是很多年前的事了，我一直忘不掉。用心体味这番话，对于我们阅读任何一本书、任何一篇文章，都会有实实在在的帮助。

《让自己诞生》写到了古今中外很多人和事，他们分布在不同的地域和不同的时代。真正读懂那些人和事，读懂那些时代，不是一件很容易的事。任何文章反映的都是作者的世界观、人生观和价值观，《让自己诞生》反映的只能是王宏甲对所写人物、事件、历史、现实、社会、时代的看法，那是王宏甲精神世界的体现，凝聚着他本人的情感、立场和方法。如前所述，同一个王宏甲，他对同一事物的认识也是有变化的。因此他一再提醒读者，你要使用你自己眼睛后面的思维。

每一次阅读都是一种挑战，是对我们自己精神世界的一次检阅。接受挑战，以自主的姿态给出自己的思索和判断……正是在这个过程中，我们读到了自己。在一定程度上，这就是一种让自己诞生的历程。

古人讲开卷有益。开卷有益的书是有的，但不是所有的书都开卷有益。当今各种信息各种观念像汪洋大海，要不被迷惑、淹没，往往很困难。侵略无处不在，互联网每天都在以相当自由的方式，侵蚀我们思维的自由。我们的头脑和心灵随时都可能不知不觉地被绑架，沦落成别人的殖民地。因此，会鉴别，读有益的书，是我们今天阅读中非常值得重视的事情。

好书是常读常新的，《让自己诞生》是这样一本书。事实上这本书已经是一本“长销书”，而且是不少读者的常备书。在王宏甲的著作中，这一本比较特别，我以为它是读懂王宏甲所有著作的一把钥匙。

二〇一九年四月十四日　太湖叶山岛

第一版序言

王宏甲

全书完成后，我想写篇序言，却感到很困难。

这本书里的“散文”，大多数是经过岁月的淘洗，在心中滚过许多年后，那些忘不了的，就写下来了。

二十岁时看未来，觉得路有千条。五十岁后看来路，发现属于自己的其实只有一条。今天我已经知道，人生有不少东西可有可无，但有些东西，还是值得记取，值得拥有的，比如父母、老师，友情、爱情，艰难日子里对我有过种种帮助的人们……那忘不了的总令我想：人生在世，有些恩情无法报答，只能铭记。

正当青年，遇到改革开放，很多陌生事物出现。各种观念也涌进我的头脑，犹如把我的头脑变成它们厮杀的战场，而我还分不清谁胜谁负。这迫使我使用眼睛后面的思维。

我的写作多是在困惑中去问道路，发现自己需要经常同自己的“自以为是”和“自以为不是”作斗争，发现人会把习惯当真理，发现不少通行的观念中埋伏着惊人的误解。我的思索不一定正确，但我发现人在思索中会成长。

人生成长不是吃饭长个子，思维、情感、意志、尊严、精神的成长，才叫人生成长。独立思考和自主意识的萌生，甚至会使人惊奇地体验到：有一个自己诞生。往广阔说，自主意识其实是一个社会民主意识的基础。

在我有机会走了一些欧非国家后，我才更清晰地看见，中国文化有着那么敦厚的平民色彩，那么大的生活意义。我发现一百多年来最受误解的，或许莫过于中华文明，不仅很多西方人误解，不少中国人也误解。这也需要我们用自己的思索和情感去认识。

我用心写的这本书是一个整体，不是要把一篇篇“散文”合集。我自以为这本书可能对成长中的青少年有点用处。我期望有很多人能读到它，但限于种种因素，恐怕很难。如果有一些人读到，在阅读中与我有交流，那我也是很高兴的。

二〇〇八年十月十九日

第二版序言

——送给冠音、坤音和海音

王宏甲

一

冠音五岁时让我猜谜："有个位子，我坐得着，您坐不着。猜猜是啥？"我没猜着。冠音开心地说："是爷爷的肩膀。"我顿觉感动。

一个孩子刚出生，就有一双探寻的眼睛，一颗独立思索的心。这是你们的成长让我觉知的。我惊讶地发现，我并不比婴儿更了解他的心思和他的眼睛。

我越来越相信，每个孩子都比成年人更接近哲学家。对未知事物，总会发出那样由衷的惊讶，那么不倦的追问。好奇起于惊讶，导致探究，开启智慧之门。可我们常在不知不觉中关闭了孩子的探究之门。

"小宝贝，我用彩虹和你约定，一起走过童年的记忆……"当你们给我唱这支歌时，知道我心中也会升起彩虹吗？你们曾问：爷爷，为什么掉泪了？亲爱的宝贝，知道泪中也有阳光，也有约定，也有红橙黄绿蓝靛紫吗？为了你们，难道有什么不舍得给你们吗？如果我的肩膀能让你们看得更远一些，不是我最乐意的吗？

二

我期望，有一天，你们能体会到：人生该有两次出生，第一次是父母把我们生出来，第二次就要靠自己把自己生出来。这便是《让自己诞生》的意思。这意思里有人生最大的一件事。

三

人之初，务必“立爱立敬”，这是三千六百年前商朝辅政大臣伊尹写在《伊训》中的思想。他教导先帝汤的后代，一定要有爱人之心，要有会敬重的品德。如果没有，那就立爱，从爱你的亲人开始；立敬，从尊敬长辈开始。如此先实行于家，再惠及国，终能遍及四海。这“立爱立敬说”，难道不是平凡人家养育儿女都需要的吗？人若连父母都不爱，还能爱谁？对人无爱心，不知尊敬，将来能干什么呢?!

四

人生第一个大本领是什么？是听。千万不要忽略听。不识字的时候，你已经会听，这是你最早的知识来源。即使能阅读了，仍然要善于倾听。世上很多知识是没有写进书里去的，所以，是不是善于倾听，仍然是人与人差别的重要原因。如果还没听清，或只在书本看了一些，就说“我知道，我知道”，有一扇门就被你关上了。

继而是看。阅读的世界比课堂大得多。一定要爱上阅读。阅读是以自主的姿态开拓心灵容纳世界的能力和境界。没有广听博览便没有思想的驰骋，说与写都难免苍白。不要以为写作只是作家的事，语言是思想之手，阅读与表达是伴随你一生的基础能力。

听读思说写，这五种能力都是塑造自己的途径。缺了哪一个，都是自己人生素质的缺欠。

五

有一天，你知道了什么是散文和散文集时，不要把这本书看作几十篇散文的合集，那样会漏掉最核心的东西。虽然书中每一篇都可独立成诵，但整体看，它是一部讲述成长的书。

是说成才吗？成才固然重要，但不是最重要的，成人，或者说“成己”——成为你自己，比成才重要。

六

有一天，你一定会知道古希腊戴尔斐神庙里的那句箴言：“认识你自己！”这句话影响了西方哲学家苏格拉底，影响了西方几千年。我以为，认识自己很重要，成为自己更重要。前者为知，后者为行。

孔子有“为己”“成己”之说，讲的就是修养自己达至“成人”，即成为一个不为邪恶利诱驱使的有独立人格的人。如果把“成己”用现代语表述，在我看来，就是“让自己诞生”。

后世流行的“人不为己，天诛地灭”，变作自私有理了。这与古典原意相去太远。那原意是：人不修养自己，天地不容啊！这不是无关紧要的认识。为应试而教而学的教育是自私教育。自私，于人于己都是最坏的东西。要毁掉一个家庭或一个国家，只要使他们的孩子自私就够了。

七

有一天，你们会接触到哲学，会问：什么是哲学？其实你早已与之呼吸相闻。我期望有一天你们发现：哲学并不是太神秘，它广泛存在于日常生活中。我以为它非常重要，因它是关于生活的智慧。我不知道将来你们会不会同意，这本《让自己诞生》，其实是用散文写的哲学著作。别轻易认同，我期待着，有一天，你们同我讨论。

八

让自己诞生，需要向很多人学习，如此才能孕育出一个自己。明白了这一点，便会理解，这本书为什么首篇讲母亲是我的第一个老师，接着写父亲留给我的，写自从父母把我送进学校，老师便把我引向一个更大的世界。青春期不免要恋爱，没有女友的日子里，“为自己画一个姑娘”，这是写啥？你们长大后自己看吧。随后写村夫村妇对我的教育，动物对我的教育，儿子对我的教育……还有，西西里、尼罗河、拿破仑、莎士比亚、贝多芬、普希金、南丁格尔……世界上有多少“日照海洋的往昔”啊，千般旖旎，能塑造我们的心灵和品格。

有一天，老师会讲到汤和伊尹开创的商朝。我不知道那时的课本会怎样评价那个朝代，但我知道，中国殷商时代结束的时候，古希腊还没有文字，此前的克里特文明早已销声匿迹。我在这本书里描述的殷商文明是伟大的文明。一个伟大的朝代倒塌时，它的尘埃飘了三千年尚未落定，以至今天要看清它的废墟仍有困难。古代中国有多少宝藏值得我们去开掘、去珍惜，因为这就是我们的祖国！

无论东方与西方，古代与当代，都有无限旖旎可丰富我们生命的时空。所以，打开你自己，成为自己，并不是要故意与别人不同。与众不同，是集众长的结果。

九

亲爱的冠音、坤音，我没有豪华的礼物送你们，这本书可陪伴你们一生。前面的篇章，在你们会阅读的岁月读起来可能不难，宛如在青草地上散步。读着读着就要爬坡了。读到后半部，一定会遇到崇山峻岭，大江大海，你们将不得不一次次停下来，去丰富学养，然后再读。有一天，当发现不是能朗读它就看见了它，那一定是你们登上了高山，看见了大地的皱纹，凝听过大海的哭泣，还看到了这世界上许多精神的黄昏和早晨，灵魂的高山与湖泊。

我认同人生有三命：性命、生命和使命。性命可得到本能的快乐。生命的快乐，来自对人生能力的开发，譬如学会某个乐器、有绘画能力，以及拥有各种技能时都能体会到生命潜能被开发的愉悦，这是精神的快乐。使命，是你用生命的良知良能去为社会做贡献，能感觉到自己参与着人间的伟大活动，渺小的个人因与众人与国家甚至整个世界同频共振而体会到崇高，为之感动以至泪花荡漾，这是灵魂的快乐。本能的快乐为父母所赐生而有之，精神的快乐已超越本能。用性命和生命去担当使命，是全然体现出自己脱颖而出的状态，犹如自己之诞生，犹如旭日之喷薄而出。天无私覆，地无私载，如彼担当，亦为忘我。生命能复归于无我，就是人生的圆满状态。冠音姐妹，我很期望你们在一生中能有所担当。虽难，但值得追求。假如人生未能体验到使命的快乐，那至少要对那些为使命而担当的人持有你美好的尊敬。

如有可能，期望你们有一天把这本书译成外文，与更多人分享。过去的一二百年，我们的祖辈父辈为认识这个“中西方强烈碰撞”的世界，已付出很多努力。你们会比我更有见识。这个世界，文明与文明的距离，心与心的距离，仍然比海洋更大。在你们长大的岁月，如果能在心中比较好地融合起不同的文明，才会有更好一点的家园。

王宏甲

二〇一五年一月七日　北京

【补叙】第二版序言的副题是“送给冠音、坤音姐妹”。那时候，我的第三个孙女海音还没有出生。现在，借第三版出版的机会，我在副题里加上了海音。我愿意把这本书送给她们三姐妹。

目　录

把白的说成白的

世界在我睁开眼睛的那一刻诞生，长大后才知道我不是祖先。多年后我才知道，母亲其实是我的第一个老师。

母亲已经老了，白发皤然，但母亲在满头黑发的日子里给我讲过的故事，至今在我心中绿油油的。

“我的外公，从前会偷东西。”母亲说，“有一天，他去别人菜园偷菜，被人看见了。谁看见？就是菜园的主人呗。可是，那主人看见了，转身就走。”这情节很引起我的兴趣。

母亲接着说，外公以为那人要去告官了，连忙追去。不料那人进了自家的门，还把门关上。外公想想，上去敲门。门开了。外公说：“我被你看见了。”

那人说：“看见什么？我今天连门都没出。”

外公说：“是被你看见了，偷你的菜。”

“你说什么？”

“我现在没法做人了。”外公又说。

“别开玩笑了。”那人笑道，“咱们是邻居，你想知道我那菜为啥长得漂亮，尽管问。我那菜，好看，也好吃。信不？你先尝尝。”说着，真去天井边的悬篮里抱出两棵菜，硬是塞到外公手里。

后来，外公成为邻里众口交誉的人。

小时候听这故事，只想笑。童年时，我们的精神被熏陶得相当无私，所以，故事中的偷菜人即使是我母亲的外公，我也以为，“看见坏人坏事应该冲上去，怎么能掉头就跑呢？”

要听懂母亲讲的故事，我费去了二三十年时间。也许是某个极糟糕的日子，忽然发现母亲讲述的故事原来饱含着对人的尊严的爱护。再后悟到，人所以为人，说到底是不断自我完善自我完成的过程。

现代生活正使昔日或如田园诗般的日子成为过去。一家人在一起的有限时间里，你对孩子说点什么，孩子会说：“妈，你别说了！”因为他正盯着电视上的新奇事迹。

是啊，今天的新奇事迹多得令人眼花缭乱。你坐在家里，能感到它就像在敲门。新奇也意味着陌生。面对陌生，大人也可能手足无措。

不知为什么想起母亲讲的故事，现在想来，母亲从她母亲那儿听来的故事必是有限的。爱听故事的欲望和我一起长大，母亲就要来编造故事了。但母亲从不给你一个编造的印象，更不会以为她是在创作。

我还惊佩，母亲怎么能把她的先人偷东西的故事，讲述得这样自然，而且创造出一种辉煌。我知道，在今天的世界里，有许多母亲看不懂的美丽故事。但母亲的母亲讲述的古老故事里，仍然蕴藏着生活智慧。说不定什么时候，就像黑夜中突然发出的一道闪电，让你惊讶地看见，金钱、王杖和宝剑，都在母亲的故事中折断了。我的母亲读过三个月私塾，因为有个亲戚在教书，走了“后门”。我想，母亲讲故事的成功，也许，只是因为她——把白的说成白的。

一九九三年一月一日

【作者补叙】父亲去世的第二天，母亲开始吃长斋，随后皈依佛门，并有了法名叫达娇。那以后，我渐渐明白了，每一个活着的灵魂，都需要有个居住的地方。

【师学军】我曾在新华社河北分社主编一张报纸。这张报纸曾在头版开设“宏甲专栏”，刊载王宏甲的千字短文。专栏第一篇就是这篇《把白的说成白的》，这是这篇短文第一次公开发表，此后有不少报刊作了转载。我自己非常喜欢这篇短文，也知道很多读者都曾经被它感动。

王宏甲说他本人用了二三十年时间才听懂母亲讲的故事。这故事很难懂吗?

我想，读懂这故事也许需要具备很多的东西；也许只要一点点就可以了，例如一点点慈悲、一点点宽容、一点点对他人的理解和爱惜……如果你是一个握有权势、拥有很多金钱，或者有知识有才能的人，缺了这一点点，就可能对他人做出可怕的事情来。

母与子（一九五五年）

母亲生于一九二二年（“民国”十一年）十一月三日，农历九月十五，属狗。本名蔡银瑶，是建阳蔡元定后裔。母亲年轻时是一名助产士。今天妇女到医院去生产是很自然的事了，二十世纪五十年代，我的母亲要走村串户去动员孕妇到卫生所创办的助产院里来生产。很多人都赞美她那又黑又长的两条辫子，事实上那是母亲一生中最奔波、最愉快也最有成就感的时光。二〇一八年母亲已年逾九十六岁，仍居住在家乡的寺庙（建阳考亭圆心寺）里。

爸爸你好

如果我二十岁的时候能够与爸爸探讨前途，该多么幸福！可是我十五岁失去了爸爸。但我知道，在我青少年时期，对我影响最大的人，仍然是我的爸爸。

没有亲人死去的地方，不叫家乡。每逢清明我就知道，我的家乡在哪里。

爸爸，你离开我们四十年了。我不敢想你。妈妈说我为什么不洗一张爸爸的大照片挂在家里。我也几乎从不提起爸爸，就像我是个没有爸爸的人。可是我多么想你，在我生病的时候，在我遇到一切困难的时候……我都记得爸爸的手掌，多么温暖！

父亲，在我心中是一座大山
只有我自己知道，父亲
是怎样活在我的身上
我有父亲的全部优点和缺点
所以我知道，我的一生
也埋伏着危险

父亲，是我不敢轻易去打开的宝藏。

第一次在作品中写下父亲，我总共写了三百三十六个字，还没有写出父亲的名。我把这三百多字写在《无极之路》的后记里。原文如下——

在我儿时，家乡的大人们有一句吓唬孩子的话："医生来了！"那是注射器刚刚进入乡村的时代。那时候"鼠疫"还威胁着（我在那儿长大的）那个镇子。"预防针"引出了千家万户孩子们灿烂的哭声，却给大人们带来了喜悦。

"医生来了！"这句唬孩子的话出现在那个年代，却是同那个年代人们的喜悦联系在一起的。当然，也同一所破庙前的红十字小白旗联系在一起。

那时候我的父亲就是那个卫生所的所长（父亲是被派到那个镇子去的）。长大后，我知道镇上的孩子们并不惧怕我父亲。母亲说：你爸背着药箱去到哪儿，总有孩子们围着他，向他要药盒子和小药瓶。在我的记忆中，药盒子和小药瓶也确是我儿时最好的玩具啦！

父亲一生谨慎，一辈子做过的一桩最勇敢的事，就是把自己杀死。那以后，我似乎明白了：人的生命有多么宝贵，却也很容易毁灭。

爸爸，你希望我好好读书
你走后，我更牢牢记住
多年后这本《无极之路》
获了五个全国性奖项

第二次写下关于父亲的文字是一九九一年，登在当年二月十二日家乡的《闽北报》上，题为《乡情如沐，乡恩如哺》。

文字如下——

那一年去找父亲的坟，只记得是一位帮助安葬我父亲的农民，用一块砖头刻上我父亲的姓名，立在坟前便是碑了。

爬满青藤的荒茔中，就凭着那块“碑”，我和姐夫找到了“父亲”……那时刻我才发现，那位农民把我父亲的名“树浓”误为“树农”。我看着那个“农”字久久不动……那位农民是觉得死者该有个碑？是担心我们“子女”若干年后找不到父亲？那农民知道我们从此将离开那个地方远去。或者，因为那农民只认得“农”字？我不知道。

久久地伫立不是默哀。那块小小“砖碑”是一位农民的作品，我如同站在一座雕塑面前，值得默默地等待它的诉说。我却再也没能知道那位农夫的姓名。

爸爸，今年是你去世四十周年
你四十六岁的音容笑貌
在我心中新鲜如昨
你走后，我好像一直没有长大
思念、幻想、情感、期待
仿佛一直停留在少年

有人说，多梦的人聪明
可我的梦一直很单调

就是重复而又重复地梦见你
那么，不聪明又有什么关系

我想，我不会变了
我愿永远是你走时的样子
爸爸，天堂很远，你很近

写于二〇〇八年清明节

【补叙一】二十世纪五十年代初的中国，穷、传染病滋生，像流血的伤口那样敞露在广袤的乡村。全国婴儿病死率为200/1000，孕产妇病死率1500/10万。一亿个育龄妇女怀孕生产，要死亡一百五十万个母亲。这些严峻的问题都更突出地遍布农村。一切穷乡僻壤都需要有知识的人们去帮助改善。父亲就在那时被县卫生局派到一个叫徐市的小镇去创办卫生所。

闽北小镇卵石铺就的街就像被晨雾洗过，路面总是湿漉漉的，我曾有数百个清晨踏着它去上幼儿园。

卫生所办在村前的一所破庙里，不久利用先前镇上大户人家的院落办起了助产院，母亲也在那时成为乡里闻名的助产士。我童年记忆中陌生的叔叔阿姨，多是从城里下乡来帮助搞防疫巡诊的医生护士，父亲则总是到更偏僻的山村去出诊。小时候放学回家，看爸爸有没有回来，就看爸爸的草帽有没有在家里。如今这往事已如遥远的童话。后来的岁月，父母都遭遇了非常的不幸。

我依然记得父亲的草帽、母亲的忙碌……那是对我童年生活深有影响的色彩和旋律。我由此意识到，人生要认识自己曾经亲历的岁月，其实也很不容易。

【补叙二】冠音、坤音，你们长大后读到屈原的《离骚》，开篇就能看到："帝高阳之苗裔兮，朕皇考曰伯庸。"这是说，我是上古高阳帝的子孙，我先父的光辉名字叫伯庸。在司马迁的《史记》里，高阳帝名叫颛顼，是五帝之一。屈原如此介绍自己的祖先，表达的是庄重的自爱和自信。

你们的太爷爷有个苍翠葱茏的名字叫树浓，他生于一九二一年七月十一日，农历六月初七，属鸡。由太爷爷上溯到第四十世祖即闽王王审之。唐末天下大乱，王审之与兄长和弟弟同率河南固始王氏宗亲南下入闽，完成统一八闽大业。那时黄河流域战争甚为剧烈。王审之治闽，劝农桑，轻赋役，倡节俭，开海港，招徕外国商贾，奖励通商，使福建经济得到空前开发，民生得惠。祖先惠及八闽千万人家的光辉人生是值得我们铭记和自信自重的。冠音、坤音，你们是王审之的第四十三世孙。

前面曾说到你们的太奶奶是建阳蔡元定后裔。我还该告诉你们，蔡元定是协助朱熹完成"四书集注"的大学者。不仅如此，蔡氏一门四代出了九位贤儒，所谓"五经三注，四世九贤"，讲的就是蔡氏子弟在五经中注释了三部经典（《易》《书》《春秋》）。四书五经，九部经典里有七部在建阳注释并刻印成书，成为直至近代中国读书人必修的读本。请想一想，建阳这地方当时有怎样的文化氛围！建阳是你们的故乡，值得你们永远热爱！

我的老师

自从父母把我送进学校，老师就把我引向一个更大的世界。幼儿园的老师、小学老师，一程程铺垫了我通往远方的路。本文记述的是我中学的一位老师。

去见她时，我感到心情有点激动。

当她从办公桌前站起来时，我却发现自己——突然间简直难以接受。这时我才明白，二十六年了，我心中的老师，一直是二十六年前那个青春焕发的形象。

十二岁上中学，出现在我们眼前的老师只有二十二岁。

很久以后我才知道，老师是从福州来的，她没有读大学，后来上了一年英语业余大学，再后来由她的一位当医生的姨妈介绍，只身来到闽北山区的这所新办中学任教。

烈日下锄草，寒风中积肥，我们知道二十二岁的女老师同我们在一起，生活很明亮……那是一所刚刚创办的乡村中学，只有初一，初一也只有两个班，学生总数不足百人。教室是在一排牛栏的旧基上改建的，没有操场。操场是在我们入学后，师生共同用锄头锄出来的……当荒草和败叶都被集中起来，当火点燃的时候，那片岁月，真是每一缕空气里都有我们随手可以抚摸的温暖。

二十二岁，只身来到这所山区中学的老师，直到我们离开她的时候，我们也没发现她有男朋友，因而在我们那短暂的中学时代，她都像是属于我们的。

作为住校生，许多个星期日，我们在她那只有一扇木栅窗户的房间里学会了唱《喀秋莎》……在我们的中学时代，我一直就觉得她是世上最美丽的人。

她的姓名就叫陈美熙。

然而一九九一年深秋，当我再见到她时，一时间真的难以接受，我不禁想起了那句话：青春的容颜像一只美丽的鸽子，永远飞出了她的巢穴……

离那乡村中学不远的地方有一条河，河宽百余米，清湛湛的故乡河叫建溪，它的前方通往闽江，然后东流入海。我们从河滩上挑来细细的沙子，我至今记得陈老师挑沙子时甩动她那条细细的长辫子的姿态。

我们把沙子倒进一个我们挖好的大坑，又在坑的前方辟出一条跑道。从此，我们将一次次从这里出发，练习跳高和跳远，而且不必害怕摔倒。

可是我们的中学时代实在太短暂，读书的日子只有一年，一年后的那个暑假，那场“大革命”同炎热的气候一同到来……我们分成了两派，陈老师成了“孤独”的人。我们谁都想争取她，可她一点儿都不肯偏心。记得有个月夜，不知道是什么东西驱使我们跑到老师们的窗外去敲锣，锣声噹噹地响，月光下，满操场都流窜着震耳的声音……我至今无法描述我们为什么把那个日子变成如同狂欢节。

那一排低矮的木屋里住着全校总共不足十员的教师。木屋的屋檐下有一条水沟，走廊的尽头有一块木板——桥梁似的架设在水沟上，就她一个人出来了，月光下，我们看到她留着长辫的身影就站在那块木板上。

陈老师生气了，她在喝止我们。我们从那声音中听到了（好像是）哭的声音。我们都安静下来了。

后来小镇上传来了城里发生武斗的消息，小镇的空气也严峻起来，陈老师第一次踏进我们的“总部”。

“回家吧，你们都回家吧，你们都太小了！”

城里的班车已经不来了，替我们做饭的炊事员也走了。那一天，我们给陈老师搬凳子，团团地围住她，并且第一次感到：吃饭还真是个问题。

短暂的中学时代，就这样结束了。散伙那天，我们站在校门口，打量着空荡荡的操场，感到过去的日子已经隔得像放牧一样遥远。

再见到陈老师，已是两年后的冬天，我们回校要准备上山下乡了。

我和陈老师坐在离校不远的河滩上，面前是那条永远也不会冻结的河，河面上热气袅袅，那是故乡之河冬日的景象。河滩上的草，都还顽强地坚持着生命的绿色。

我说：“我已经没有父亲了。”

老师沉默一阵，从身边拾起一块小石子，使劲儿一甩，不远的河面上传来一声单调的水响。回过头，她看着我说：“我的父亲也自杀了。他，也是医生。”

很久以后，当我有勇气来聆听别人伤心的诉说时，我也有勇气说，我也有过很潮湿、很泥泞的日子。我甚至真的相信，痛苦，很可能是值得珍惜的。

不久，陈老师就站在校门口，把我们送上了一辆大卡车。那是一个早晨，山区的雾把公路也弄得湿漉漉的，晨风开始呼呼地在我们耳边响，我们都背对车头站在卡车的后斗上，老师已经在我遥远的视野中变得像一棵在晨雾中朦胧的小树。

那时候我们手里或者背包上，都有一朵红花，我不能肯定我的这一朵是不是陈老师做的……卡车就这样把我们拉到山区的一处渡口。这天天气晴朗，阳光已经铺满河面，这是建溪上游。对岸的山路向我们迎来，我们还听到了鸟声……很久以后，我躺在没有窗户的小屋里怀想山路，觉得山路就像一根绳子，是它把我们牵进大山。我们开始对乡村邮递员绿色的自行车格外留意，而且羡慕不已。

不久，我收到了陈美熙老师的一封回信，看到那熟悉的曾被我们许多同学模仿的清秀字迹，你很难想象我当时的心情……老师在信中说："宏甲，我也要走了，回福州去，或许，我们再也不能见面了。"（后来我才知道，陈老师只是个"代课教师"，被辞退了）

我不知老师是不是已经走了，也不知二十五岁的老师在她走的时候还有谁送她，更无法想象老师现在是不是也像我们一样面对青山和稻田，把裤管高高地挽到膝上……

从那以后，我就没有了关于陈老师的消息，这使我一再想，从今以后，我真的得靠自己长大了。

五年后，我二十岁了，那时许多农民朋友，尤其是那些从少小就跟随父兄在田里劳作的姑娘的笑声，已常常会出现在我的梦中……但我还会想，陈老师该是三十岁了，她在哪儿呢？我不能想象她也跟我一样——黄昏在田水里洗净了脚，夜晚挤在生产队的队部里记工分。我不知道她是不是也在某个山村，就像我们大队的乡村女教师那样当个民办教师。我的意识一直停留在她那句“我也要走了……”

现在，我又坐在陈老师的屋里，我感觉到老师的目光在注视我，可我却在躲避她的目光，好像更愿听她的声音。

我们坐在木头沙发上，我开始知道这沙发的木料来自偏僻的山村，在那里，她的确当过民办教师……老师转而问起我这些年的创作，她说她很闭塞，能够看到的东西很少。我发现自己在诉说时有些小心翼翼，我记得我曾经想，“教师”这职业恐怕是我难以接受的，因为我不能想象每天走进教室总在重复去年的内容，“创作使每一个日子变得富有新意”。但是在这个上午，我渐渐发现自己必须把一种莫名其妙的“优越感”放到地上。

我听到老师在讲着她的学生时忽然检讨起自己的教学方法，以致对自己的能力也发生怀疑。“我已经老了，记忆力也差了。”蓦地，我感到有一种仿佛已经陌生的感动袭击了我……只有当灵魂在一片晴空中行走，心灵才会生长出对青草的认识，一批又一批的学生来了，又走了，每一批走进教室的学生都是崭新的啊！

我仿佛重新坐在一片青草地上，有许多精神内部的姿态值得检查和回忆……我仿佛突然理解了叶圣陶先生为什么放下“文学”的笔去编课本，莫非叶老先生是对“成年人”有所失望，或说更愿寄希望于嗷嗷待哺的新一代？我知道我还有想不清楚的问题，我已经看见老师在看手上的表，她说快下课了，她得在学生们下课之前赶到教室，告诉他们下午还该带一本什么书。

老师给我的时间突然变短了。我们已经开始下楼，我看到老师下楼时敏捷的双脚，又想起她当年在河滩上挑沙子的形象。

校园中心的一个大花圃已经出现在我们面前……我记起某个类似的场景，有人问我，对你创作影响最大的老师是谁？“学步”时指导过我的前辈作家，上大学中文系以及读文学研究生时教导过我的诸多老师，毕业前后都给予我厚爱的著名教授、文艺家……他们都是对我有影响的好老师，我永不会忘怀他们的教诲，因而也深信他们教给我的一个最基本的道理：艺术不是技术。真正深刻而深远的影响，该是很早以前就开始了。

陈老师在花圃前站住了，她又看了一次表，对我微微一笑说：“我该走了。”然后真的走了，绕过学校深秋的花圃，快步向她的学生走去。

下课的铃声突然响了，我感到我的呼吸和校园里所有的气息都随之震动，铃声中老师匆匆奔向她的学生，我想我看到了她一生的形象。

她的作品就是她的学生。陈美熙老师只教过我英语，没教过我写作，但我无疑是她很早就开始雕塑的作品，而我的作品只是她的作品的作品……

铃声震耳欲聋。我蓦然又记起我坐在她的木头沙发上还想到她的工资不高，当社会又高度重视学历时，她的学历也实在不高，因此学历的阳光也不曾普照她……我不知道自己此刻为什么又记起这些……我想我也许该学会看见美好，否则生活中就将没有美好。

一九九二年四月三十日

【作者补叙】每一代人都有自己的老师。生在贫穷的乡村，老师就是我们童年心中的一盏灯。我的童年也是在乡村教师的照耀下长大的。人生在世，有些恩情无法报答，只能铭记。二〇〇四年秋，我写完《中国新教育风暴》一书时，感觉还有什么没完成，遂以此文为后记，献给我敬爱的老师。

【师学军】这篇《我的老师》，我是看着宏甲写出来的，它最初的题目叫《启蒙》。在宏甲写成的第二天，我写了一篇短评，并没想发表，只是讲我自己读后的感想，题为《换一种眼光看世界》。二十八年过去，再读《我的老师》，心中仍涌荡着温暖。

我曾在短评里写道：“在这里，主人公平凡得几乎找不出一点通常意义上的‘先进事迹’，而它却让我相信，正是由于这位山区教师的存在，正是由于许许多多同她一样的普通人的存在，我们平凡的生活也变得优美、光亮起来。如果说这是‘歌颂’，这也真是一首活力激荡的赞美诗！

“我们的抱怨甚至诅咒已经太多太多，那不仅仅因为这个世界确有可抱怨可诅咒的事物大量存在，还因为我们自己的心灵里堵塞着太多这样的东西。现实的种种危机都在迫使我们回望自己走过的路，检阅我们的精神世界和心灵历程。换一种眼光，我们会发现：促成一个人成长的因素丰富而广阔，因此似也能读懂：‘艺术不是技术。真正深刻深远的影响，该是很早以前就开始了。’”

王宏甲的初中老师陈美熙

我于一九六九年一月上山下乡，那年十六岁。我曾请求老师送我一张相片。老师平日无意于照相，没有相片，就从医疗证上取下这张送给我。

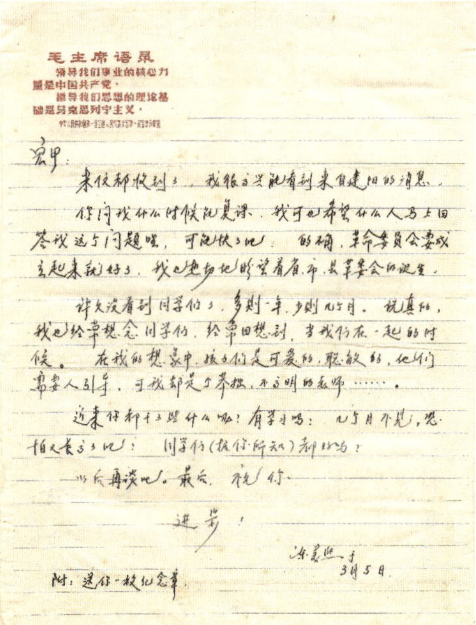

毛主席语录
领导我们事业的核心力量是中国共产党。
指导我们思想的理论基础是马克思列宁主义。

宏甲：

来信都收到了，我很高兴能看到来自建阳的消息。

你问我什么时候能复课，我可也希望什么人马上回答我这个问题呢，可能快了吧！的确，革命委员会要成立起来就好了，我也热切地盼望着省、市、县革委会的诞生。

许久没看到同学们了，多则一年，少则几个月。说真的，我也经常想念同学们，经常回想到当我们在一起的时候。在我的想象中，孩子们是可爱的，聪敏的，他们需要人引导，可我却是个笨拙、不高明的老师……。

近来你都干了些什么呢？有学习吗？几个月不见，恐怕又长高了吧？同学们（据你所知）都好吗？

以后再谈吧。最后，祝你

进步！

陈美熙 手
3月5日

附：送你一枚纪念章。

看着这张照片，我时常想，我的老师那样的朴素、宁静、亲切、尊严，今已不大容易看见了。“那时，我知道要靠自己去走未来的路了，我也知母亲非常爱我，但老师饱含学识的形象——在我心中——呈现着一个更加开阔的通往未来的世界。我一直珍藏着这张照片，连同陈老师给我的几封信。”

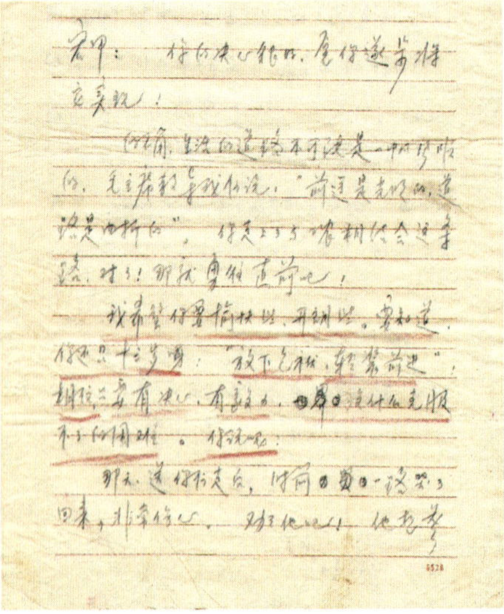

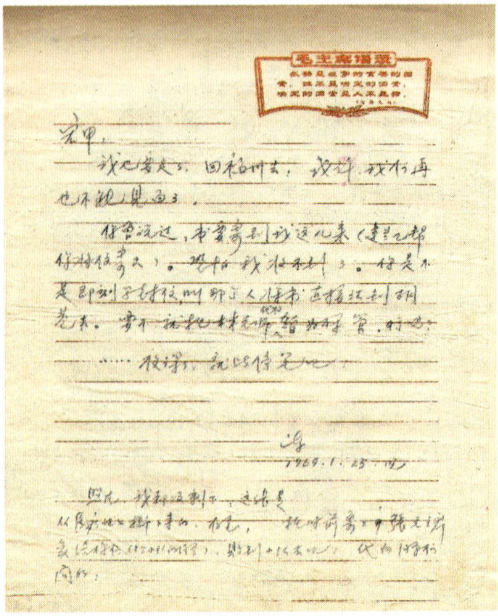

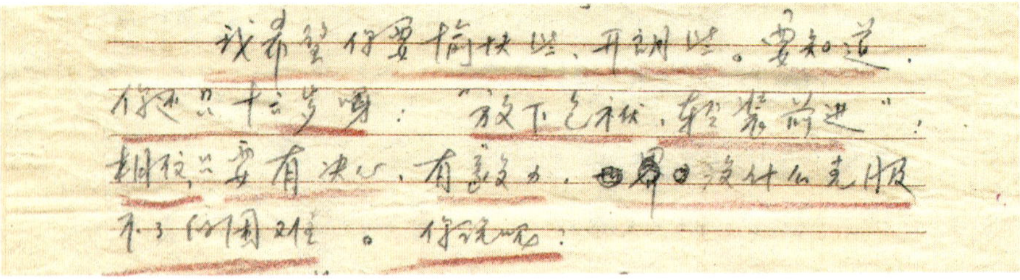

我希望你要愉快些、开朗些。要知道，你还只十六岁呀：“放下包袱，轻装前进”，相信只要有决心、有毅力，没什么克服不了的困难。你说呢：

王宏甲已珍藏四十九年的陈美熙老师的信

几十年来，无论我插队山村、招工回城，还是调到北京工作，陈美熙老师的这些来信，我一直带在身边。陈美熙老师写道：“我希望你要愉快些、开朗些。要知道，你还只十六岁呀。‘放下包袱，轻装前进’！相信只要有决心、有毅力，没什么克服不了的困难。你说呢？”很多年来，我总想，我要多少格言警句呢？记住老师的这句话就够了。在那些艰难岁月中，我可以一无所有，但不能没有老师的这些鼓励。

为自己画一个姑娘

“在缺少阳光的日子里，自己为自己造一缕阳光。”多年后，有个女子读了此文，如是说。

“她是谁呀？”村里没人知道她是谁。

“她”是我插队时挂在土屋里的一幅画像。

我也不知世上是否有个长得跟她一样的女子。

“她”是我在插队的第三年画的。

我插队八年。八年中一起来插队的同学先后招工走了。每次他们走向新的岗位，按当时的说法，都说是应国家的需要走了，我却因“家庭问题”一次次被政审卡住，像个国家不需要的人。在我意志力就要崩溃，人就要堕落的日子里，总是她以目光和微笑一次次把我召唤。

我的父亲是个小镇医院的院长，作为医生，他一生谨慎，一辈子做过的一桩最勇敢的事，就是把自己杀死。十六岁，我去陌生的山村插队劳动，那里无疑有我无法回避的艰难。我插队的村子叫火爬山，总共十三户人，我是第十三户。全村只有生产队的仓库是瓦房，其余全是茅草房。我的住房是生产队放肥料的茅屋，把肥料搬走了，安上一个竹床，就安置了我。村里没有砖，我做饭的土灶，也是农民像筑土墙那样用泥巴筑起来的。南方多雨，下暴雨的日子，茅屋漏了，我就要在锅台上支一把伞，用来阻挡雨水落进锅里。但这似乎不是最艰难的，最大的压力是精神上的压力。由于“家庭问题”，那时我要找到一个女友就更困难了。在内心深刻孤寂的日子里，我忽然想，我要为自己画一个女友。

人类的这种情感，神秘而神圣。那时，我在一本杂志上初次见到油画。我从未学过油画，村庄里也没有油画颜料，但我决心到县城去买。我得步行三十里到公社，才能搭上去县城的班车。

那是个脚下有阳光的日子，我出发了。

你可以想见，那是我插队岁月中一件隆重的事情！

隆重得不亚于农民娶亲要到城里去“剪布”来做嫁衣。

我回来了。画在何处好呢？

那时我所能找到的最理想的纸是一张奖状，我就把她画在奖状背面。不管生活出现了怎样的感伤和孤独，那是个幸福的日子，我要来画一位姑娘了。

光明是这样创造的，孤独是这样遁去的。这就是那个时代我心中最美的形象，让她的刘海透着金色的阳光，一条小辫子也朝气蓬勃，望着她，我能听见《让我们荡起双桨》……就在这个形象中，在她遥望远方的目光中，有我不肯舍弃的追求和期盼。

在她目光的注视下，我如饥似渴地读了我那时能找来读的许多书，许多没有封面没有封底的书。没书看的日子，我还一页一页地读过汉语字典。后来还津津有味地自学完了初中的代数和几何。然而要同自己的悲观、失望作战，并不简单。八年那似乎是一场持久战。在我心空黯然的日夜，她就是我那没有窗户的小屋里的太阳。

那年端午节前夕，一个下暴雨的日子，我收工回来，突然看到我的茅屋完全倒塌了，我所有的东西都被覆盖在里面……我第一个感觉是“她”

在里面！我立刻扑上去抢救，农民们也来帮忙……所幸是这张油画虽有点潮湿，但完好无损。我把“她”紧紧地抱在怀里，我的行为令农民们感觉有点奇怪，怎么不是先抱出被褥衣物……我至今能看见那个场景，我抱住那张画，没有悲伤，雨水继续扑打着我的蓑衣和我的面颊，我对自己说，记住吧！不是每个人生都有这样的经历，这是值得纪念的。

告别八年的插队生活，我把“她”带回故乡之城，再后又带来北京，珍藏至今，像一件文物。现在想来，在我走向社会，由少年而青年的岁月，画一个形象鼓励自己，不算虚无。

或许，还可以这样表述：人生何谓美好，只有追求美好才有美好。何时以为世间无美好，放弃追求，美好就结束。人若失去自己内心的有力支持，自信就瓦解。望着我自己描绘的美丽形象，我不肯丢弃，就这样一程程走过来。也可以说，我曾经每天都望着她，在内心深刻地爱她。那情状犹如一生中的“初恋”。这故事够天方夜谭的吧，但天方夜谭确然是阿拉伯民族的骄傲，是真正的沙漠中的神灯！

一九九八年　北京

“失踪”的狗

我似乎一直不愿意接受这个消息，我总想它是不是失踪了？可是人们告诉我，狗是不会失踪的……

母亲说，带一条狗去吧，给你做伴。

母亲从一位亲戚家里把它像抱小孩那样抱来，让我带上。母亲还赐它一个挺俗气的名：宝宝。

我把它带到了我插队的村庄火爬山。我是看着它长大的，如果我说几年来我们一直相依为命，这话有点凄凉，事实上它不仅给我带来温暖，我拥有它甚至有一种莫名其妙的荣耀感。现在想来，它是在我孤单的日子里，给了我一种主人的感觉。

生产队里开始搞蒸汽育秧，这是个新事物，农民认为我有文化，让我负责这件事。那些夜晚烧火制造蒸汽，我一个人值过许多夜班，宝宝总是在我身边跳来跳去，与我日夜相伴。

平日，我睡在茅屋的竹床上，宝宝就睡在床前的地上。“闽”字的格局即门内一长虫。福建蛇最多的地方就是我插队的闽北。一个夏夜，不知是一条怎样的蛇闯进了我的茅屋。如果不是我的狗，我不知会发生什么……黑暗中我被它异样的叫声惊醒，它在床前打转，又跑到门前用脚去扒竹编的门。我点亮油灯，它跑回床前，很快就倒下了。天亮时它的一只前脚肿得有它的脖子粗。

我插队的村庄里资格最老的一位农民，满头白发，古铜色的脸，像个“酋长”。他是浙江人，年轻时，他的家乡在日寇铁蹄下沦陷，他与一群乡亲入闽，听凭青山绿水的指引来到这个可以开荒造田的地方……所以他是这个村子的开创者。“酋长”采来草药，铺在狗的身子下。我看到它不停地用舌头舔那变了色的伤口。它凄凉的鸣声渐渐微弱，我想，它要死了。

但是它奇迹般地活了下来。

宝宝并不高大，黄毛还带点褐色。它长到四岁，已是村庄里最有资历的狗。因为每年入冬，村人都有吃狗肉的习惯。每逢杀狗，不论哪家的都是村人共食之。那些年疟疾像走马灯似的在村子里轮转，病后吃狗肉在夏天也盛行。许多狗都被杀了吃了。我的狗目睹了它的同类在村庄里一个个消失，我不知它是否也感到了威胁，我发现它更加与我形影不离。

入冬，村里人说，现在该轮到吃你的狗了。

他们说你舍不得下手，我们来。我无论如何不同意。

“酋长”也说，你们算了吧，别偷着下手。那时我望着我的狗，感到宝宝也像是这个村庄狗的“酋长”。

又一年初冬，稻子都收进了粮仓。公社组织知青演出队，我被抽调去参加演出队。公社正有打狗队在打狗，我如果把宝宝带去，显然它有危险，于是我把宝宝送到母亲那儿去。

那时母亲在我家乡九台山寺庙里照顾我外婆。我发现宝宝立刻就跟我母亲非常亲近，我就放心地去了公社演出队。

初到演出队，我还不断想到它，然而演出队的热闹渐渐使我几乎忘记它了。再后，我确实把它忘了，很多日子里头脑里都没有它了。当巡回下乡演出结束，突然的寂寞又降临，我在一个黄昏确知了宝宝的消息，那时的心情，我至今愧于描述。

……在我离开宝宝半个月后，由于我外婆生病要到山下治疗，母亲就陪护我外婆下山了。后来庙里的尼姑告诉我母亲，从那时起，宝宝就万分不安地到处找我和我母亲。

起初它消失了一天，又回到庙里。

再后它消失了三天、半月，还回到庙里。

它瘦成一把骨头了，尼姑们用白米饭，用饼干也留不住它。

由于一条大河切断了它来找我们的路，它就不断往来于那河与庙之间的道路，以至沿途村庄的人都熟悉了这条瘦狗的形象。也由于这缘故，尼姑们最终得知了它的下落——它被那河与庙之间的一个砖瓦厂的人杀了吃了。

我似乎一直不愿意接受这个消息，我总想它是不是失踪了？可是人们告诉我，狗是不会失踪的，只要它活着，是一定会回家的。我不得不接受关于宝宝的消息，开始怀疑人的忠诚和爱心是否比得上狗。

我从此发誓不再养狗。似乎没勇气再次经历。多年后朋友介绍我读一读杰克·伦敦的《雪虎》，当我知道那是描写狼狗的力作，我仅翻了翻，至今没读。

多年后，文怀沙先生邀我去北京怡亚世界宠物园看“北京犬”，先生称之“国宝”。我立刻想起我的“宝宝”。我感到没有心情去看，可是我不能对先生的邀请说不去。先生说，你也来长长见识吧，中国的狗不论有多少，你要看到这一种很不容易，因为它在中国已经消失了近百年。我去了，看到了“Pekingese”，这是“北京犬”的外文名。文老告诉我，五十年代比利时皇太后到中国访问，向周总理要一只“Pekinese”，因北京犬原为“中国皇室犬”，在世界上极负盛名。可是我们连一只也找不到，比利时皇太后很遗憾，周总理也很遗憾。为什么中国的名犬，在中国一只也找不到？早在英法联军火烧圆明园时，北京犬就成为洋人的掳掠对象。到八国联军攻占北京，北京犬更在劫难逃。另一个因素还可追溯到，北京犬原被看作清宫“圣物”，禁止民间家养。清宫遭劫，民间还哪里去找北京犬呢？

文怀沙对北京犬所表达的辽远情思，是我不曾预料的。他把北京犬的厄运比作“颇似徽钦二帝蒙尘异邦”，说“民族灾难祸延北京犬，亦愧对北京犬也”；说北京犬勇敢而忠诚，高傲而热情，镇静而独立，感情细腻，不卑不亢。我看到一张图像：一只北京犬坐在慈禧的膝上。慈禧的神态够庄严神圣不可侵犯的了，那镇静坐立的北京犬，目光直视前方，看上去比慈禧还要庄重神圣。文怀沙在那里还慨然命笔曰：“巍巍中华人杰地灵，祥端所锺吾见熊猫，亦有可爱不逊于熊猫之北京犬焉。”先生说北京犬沦为列强俘虏，流落异邦已经很久了，今天有人不辞劳苦，不惜重资，把濒于灭绝的纯种北京犬后裔接回其父母之邦，岂可不看。

然而我的脑海中总是我的宝宝……它幼时在我怀里的形象，长大后在我身边跳来跳去的形象……我想熊猫虽好，毕竟不能进入家庭。北京犬只因早先被皇家垄断，又遭劫难，才比晨星还稀少。如果普通人得到它，它同样会成为你的朋友。狗生长在富家而不离开富家，并非爱富，而是对主人的忠诚，因为世上没有什么力量能改变狗不嫌家贫的本性。我相信狗不论高贵与平凡，都是人类的好朋友，会培养人的爱心。如果它竟被人驯养成爱富欺贫十分凶恶，反映出来的仍然是人性而不是狗性。

我知道我的宝宝不是“国宝”，但它走进了我的灵魂，并未失踪。在我心中，它是一只不朽的狗。

一九九四年六月

【补叙】我的朋友师学军说：“狗的缺点是没有个性，谁养它就听谁的，这也可怕。”于是我想，还该写下：人性复杂，人格则有“三军可以夺帅，匹夫不可夺志”的独立个性。这是人与狗的区别。能分善恶且恪守善良的人优于狗，恶劣的人远不如狗。

王宏甲与张兰金

一九九四年秋，我回了一趟插队的火爬山村。合影中的老人，就是我文中写到的“酋长”。站在他的房前和身后，我道不出自己曾有什么困苦。重返故地，看到衰老的眼光是怎样把你视如远嫁的女儿、探家的儿子，泪水就像种子那样再次种入我耕种过的土地。

你统治了我的一生

至今还能望见那乡村草叶上的晚霞，蛙鸣之声流响出紫色的黄昏……还能嗅到田水和汗水的气息，乡村姑娘和我都在田埂边的流水中洗脚，她们的黑发随随便便地飘散着，有几缕很紧密地贴着她们汗水盈盈的脸，我羡慕过那头发。

秋禾割尽，镰儿挂壁，全队男女就会把大红圆桌摆满谷坪。

谷坪上还摆出一个洗得格外干净的大谷圜，是收割时打稻谷用的。有几位妇女把那谷圜差不多已经洗了一天。她们拿出洗锅盖的本领——我不知道你有没有见过她们家的锅盖，那是她们那没有窗户的屋里最光亮的地方——那在稻田里使用了一秋的谷圜，被她们洗得白白净净，超过她们肌肤的颜色。

谷圜里装满了金黄的谷子，堆得像一座小山，摆放在中央。

圆桌都围绕着它，看上去像要举行一个祭祀典礼。

我的心情就在那时刻起了变化。我一时还说不清这种变化。但我已感觉到有一种什么正在降临。我看到金秋的夕照把大红圆桌映得好比太阳生下来的一群儿女。

那场景在一个叫胡巷的大村。这年大队把我从一个小自然村调到了大队部所在地的大村来插队，这大村有一千多人口。那场景呈现的是村庄里最热烈的酒宴，超过任何男女的婚宴。

这是个农民的节日，就叫“洗圜”，一年一度。我不知道北方农民是否也有类似的节日。

那个日子一定是十五，所以月亮也非常圆满。

从黄昏到深夜，明月当空时，你发现月光也能把酒点燃。酒令不断。那些酒令多么粗犷豪放，会使文明世界的琴弦断响：一张床呀，两个人呀，三更半夜，四脚朝天……那么坦然，那么自然。邻里矛盾，彼此积怨，都在这个节日的喊叫声中融化。不少女子比男子还能喝，酒使她们美丽无比。

那个日子醉了！

那个金秋之夜，兴奋使她们把花花衣袖高高挽起，挽得如在田间耕耘。没有欧洲袒胸露臂的长裙，但我见到了世上最美的女子。我再也没见过那么美丽的女子，那样的容颜和眼神。那时刻我多想抚摩一下那手臂啊！那些农民的女儿，农民的妻子，那时刻你根本不记得你的酒量。终于有一只手掌放在我的额上，我没有睁开眼睛，我能默唤出十几个名字，但我不知能拥抱谁。我像一个真正的孩子把泪水布置在脸上，我至今不知是哪位女子的手掌，这不重要。我至今不相信我是因酒而醉。

我醉了。

我看到了艺术。

应该有一支歌，来赞美这乡村艺术。

多年后我写了篇小说就叫《洗圜》，《小说选刊》加以选载，福建还赐给我一个优秀作品二等奖，因为写的是福建北部的一个夜晚。可惜不是一等奖，我有点感伤。我感到辜负了那乡村艺术，那只温暖的手掌。

那时，我连谋生的能力都太可笑。在那里，我理解了“本领”的原始含义。我明白了，活下去，是生活中最大的本领。而把手掌放在我额上的人岂止是只懂得活下去呢？我从此再不敢忘记，一个人是因为看见了自己的弱点、缺点，乃至错误和丑陋，才看见别人的美。

真是美啊！

在那之前和之后，我再没有像那样感受过：醉是美的。

走出那里，我仿佛仍在明白，当我一天天精明起来，美景却恍若一天天消退。世界该是一天天缤纷的，那就是我在变？这时刻，那个乡村节日就会迫使我反省，那只温暖的手掌在说：宏甲，你可不要背叛。我于是热泪盈眶。

我从此固执地认为，艺术只是这样的日夜生下来的儿子。艺术使有痛苦、有矛盾、有坍塌也有崛起、有泪水汪汪也有笑声朗朗的生活灿烂。

我至今还能望见那乡村草叶上的晚霞，蛙鸣之声流响出紫色的黄昏，还能嗅到田水和汗水的气息，乡村姑娘和我都在田埂边的流水中洗脚，汗水湿透了她们的衣裳。

她们脊背上的风景，是去冬过年时做的那件花布裳已被阳光改变了色彩的模样。她们背部的肌肤，就从那湿透的裳布里透出亮丽的温度，我没有见过哪个画家描绘出这样的景色。她们的黑发随随便便地飘散着，有几缕很紧密地贴着她们汗水盈盈的脸，我羡慕过那头发。

我是在离开乡村之后才知道，泥泞的日子，并不只是乡村才有。这时刻，房东大嫂的一句话就像开启深埋地下的陈年老酒，送来无限滋味：

“别怕，把裤腿挽高一点”。

多年来我总想，大嫂和那些少女们能把腿踩进污泥，也能把腿洗得那么白净。谁能说那里没有美和生活智慧呢！一尘不染的生活，人间没有。美与丑总是并存，善良与邪恶相邻。很多情况下，我的身上也居住着魔鬼，犹如与狼共寝。

依然记得那个乡村醉夜……握住那只温暖的手掌，我把那手掌放在我的心脏，我看到心脏的幻想，听到一个声音：人能在一个最动心的时刻死去，那是幸福。每一种丧失，都是一种死去，也可能是一种获得。美景的获得并不容易。死也成为一种困难。丧失有百种千种，死也千奇百怪。幸运只有一种：与狼共寝，竟能狼口存生。

我想我还应该说，遥想少年离家，我两手空空，唯阳光落满我的肩头。作为土地，是谁把我耕种？作为庄稼，我情愿被谁收割！我相信那样的乡村节日，农民的快乐与相互关怀，是洗去泥泞真正的丰收，是乡村生存与生活智慧的集中体现，是一个真正的庆祝。在那生活的底层，农民们一直对我这个外来的读书人很关照，从来没有轻视我，那就是帮助我在泥泞中重估自己的价值、重建信心的一大群体。我的心渐渐落满阳光，积蓄起许多温度，仿佛有一种爱许多人的情感在心中降临。我不知道这种东西真实不真实，但我相信那样的乡村节日从此统治了我的一生。

一九九四年十一月二十六日

【补叙】本书首版的责任编辑是黎云秀，她曾说此文放歌“农民的节日”，令其想起屈原流落乡间写的《九歌》中的祭祀活动，并建议改题为

《农民的节日》。这建议也很吸引我的。但我还是放不下最初降临我心中的一种冲动，如果说《为自己画一个姑娘》让人感觉有点儿“奇”，在于人生也可以自己为自己造一缕阳光，这篇《你统治了我的一生》，我特别想表达的是农民对我的照耀。我深信，这里有我的心灵之乡，能把心安置在这里，是要紧的事情。或者可以这样说：人生学会与大众情感相通，其实是渺小的孤独的心得到解放。

一九六九年的白菜

并不是自己亲身经历的事，就一定认识它。我曾经插队八年，当我离别乡村的时候，你能说我不认识上山下乡吗？然而我却是在此后几十年经过一遍一遍地再认识，才逐渐看到那些日子。

困难有很多，却没想到，在那到处适宜种菜，并且没有一户农民不种菜的小村，竟然会买不到青菜。

难于想象吗？你想，村里连小学教员、医疗站医生、供销点售货员、粮食购销站的工作人员都种菜，还有谁需要买菜呢？

一九六九年我去到闽北山区那个叫胡巷的村庄插队时，那里还没有公路。村庄距离公社所在地有三十多里，中间隔着一条建溪河，河宽五六十米。大队部所在地分上村、下村，其他还有两个自然村，总人口千余人。村庄小，没有集市。

每年七月，村子里有很多人到邻县的一个镇子去赶会，那是一年一度的集会。我曾经跟农民们去过一次。一路上都是去赶会的农民，男男女女，有说有笑。我感觉那是“跟着去玩”，因为我既没有东西拿去卖，也没打算买什么。那一路不必翻山，其中要走很多田埂路，总加起来走了好几个小时，大约有二十多里地，一来一去就有约五十里。如果挑担子，那也是不轻松的。这样我就知道了，村庄里为什么没有人把蔬菜卖到外面去。

交通闭塞，农民散居在许多自然小村里，某一片地域内一个较大的村，就是大队部所在地。村庄里有鸡鸣犬吠，有炊烟袅袅，农民们基本生活在自给自足的生产生活中。

十七世纪初，欧洲人喝到的第一批茶叶，就是从武夷山区由荷兰人经爪哇运往欧洲多国的武夷岩茶。就在十七世纪，著名的“万里茶道”的起点，也是武夷山。经营它的则是晋商，山西商人能把福建武夷山的茶叶远销到西伯利亚、莫斯科、圣彼得堡，真是了不起！当然这些是我很久以后才知道的。当时我只知道，我插队的村庄距离武夷山不到百里，村里的农民说，很早以前这里的土地也曾经到处种茶叶。换句话说，那时候这些村庄的茶叶也曾经远销俄罗斯，能够如此是因为晋商组织化、规模化的商业运作。

我插队的村庄，上村的最高处，农民叫它“钟顶”。为什么叫“钟顶”？以前那里有一个教堂，教堂里有一口大钟，教堂的建筑是尖顶的，于是农民把那里叫“钟顶”。我还听说，这里几百年前曾有西洋传教士到此布教。真不明白是什么力量驱使着那些洋人，远涉重洋到这样的偏僻地方来建教堂。那时我想，比起他们，我们离家来插队的路程，不及他们遥远了。

洋人消失的时候，教堂被当地农民改造成庙宇，塑进了中国人供奉的菩萨。我们去插队的时候，菩萨早已不见，单剩下立菩萨的土台子。听着遥远的故事，我不禁想，当初那些洋人到这里，是向村里人买菜呢，还是自己种菜？没有人知道。但我知道，我们来插队的时候，村庄里找不到一个卖菜的人。

我最初吃的青菜，是农民送的。分给我们种菜的“自留地”，我们往往种得不景气。至今记得第一个把一颗大白菜卖给我的是一位无妻无子的孤老头。

那时刻那颗大白菜被剥去外皮，被洗得相当白净躺在一个竹篾编制的大土箕里，土箕悬挂在一根晾晒衣服的竹叉上。小村的白日，人们都出工去了，相当安静。那时刻有一头母猪在墙上蹭痒，一蹭一蹭把那根竹叉要蹭倒了。竹叉就立在门外，这白菜为什么挂在门外，莫非要卖?

我转进门去，就看见到了那老汉。就问。老汉不置可否，踌躇着说，你要，就拿去吧。我给了钱，我不记得给多少钱，老汉也不在乎给多少钱。总之，我成功了，应该说他和我都成功了。

那是个值得纪念的日子，那个日子我把大白菜抱回去犹如捧回一个纪念杯。我向我们的同学们宣告这项收获。那个日子，我们餐桌上漾动的喜悦不亚于欧洲人喝到武夷茶、拿破仑吃到四季豆。

但是，我们很快就领略到，那位孤老汉把菜卖给我是需要勇气的。因为在这个民风极为淳朴的山村，很快就流动起对卖菜老汉的评说。最宽容的意见是：一个孤人，老了，要攒点钱，你们就别说他了。

这位孤老头叫李发金，个子矮。农村有《五保供养工作条例》，所谓“五保”，是保吃、保穿、保医、保住、保葬。李发金虽然是个未婚无子女的老人，但他不是五保户，因为五保对象的条件中有一条是：无劳动能力的人。有人告诉李发金，你可以不去生产队出工，你就能吃“五保”了。但是李发金愿意去出工，每个月能出二十多天工。

那时候生产队到很远的田去耕种，生产队就会集体做饭派人送到田头。每逢这样的时候，李发金是一定会去出工的。夏季抢收抢种，生产队夜里加班，常会用糯米打糍粑给大家吃。李发金也一定会去加班，然后参加吃糍粑。队里人告诉我，李发金是吃得最多的，谁也比不过他。然后李发金可以第二天一整天不吃饭，这样他就节省了一天的口粮。

“养儿防老，积谷防饥。”李发金没有儿女，又老了，积谷防饥是他认认真真地做的一件大事。

小村当然不是没有买卖关系，大规模的买卖活动发生在夏收和秋收。农民们集体担着粮食卖到国家设置的收购点去，那里的收购员用手把捏着我们种出的果实，然后宣布等级和价格。然后，那笔款会被转到村里的信用社。生产队的出纳员再到信用社去支出少量的钱，再由生产队以“预支”的形式，每月给农户预支若干元人民币。农民们主要用于购买盐巴、火柴、肥皂等日常生活必需品。添置新衣一般在冬天“分红”之后。那时刻农民以“结算的方式”获得了转换为货币的劳动分配。

改革开放后，生产队解体了。我在报刊上读到很多批判此前那个年代的文章。那时我想起我在插队的村庄遭遇买不到青菜的难题，那岂不是可以证明中国穷乡僻壤里的商品意识已经枯萎到不能再枯萎的形态吗？生产队里一年一度的“分红”，周转期比水稻的生长期更长。当中国有八亿人口时，六亿农村人口接受这一分配形式，这不就是我们生存其中的经济基础吗？而买不到青菜的困难，已是我们遇到的一切其他困难的基础。那时我感觉我以自己的亲身经历“发现了真理”！

插队归来后，我在家乡的县城成为一个冷冻厂的工人，再后重新上大学，读到北师大研究生的文艺学专业。这期间，我在寒暑假都曾经去北方农村调研采访，感到农村发生的许多变化在吸引着我。此后我到过东部西部、南方北方许多农村，曾经在青海、西藏高原上连续寻访了七个月。我一次次再认识眼前的农村，一次次反省自己头脑里“矛盾的认识”。特别是在新时代党和国家开展大规模的脱贫攻坚中，我在两三年时间里跑过全国二十多省七十多县市的二百多个乡村，其中多为贫困村。我看到了那确实存在的触目惊心的深度贫困，再思我插队岁月的种种往事……我确切地体会到了，我需要在自己的生活中不断地同自己的“自以为是”和“自以为不是”做斗争，才可能接近比较实事求是的认知。

这包括，仅仅依靠自己的“亲身经历”是不够的，因为自己的经历和眼界多么有限。我需要去了解新中国以前的历史状况，需要了解新中国成立后建立起土地集体所有制以保障共同致富、防止两极分化，特别是组织起来走上社会主义道路，依靠集体力量改造山河农田“敢叫日月换新天”的奋斗岁月，以及在这个历程中焕发出的精神风貌。

这时候，再看曾经卖给我一颗大白菜的孤老头李发金，他去世的时候，存在生产队仓库里的口粮竟有三千多斤谷子，是全村存量最多的人。全生产队的人为他办了隆重的葬礼，纪念他劳动的一生。孤老头李发金确实是可以“吃五保”的，但是他看到大家都去劳动，他不愿坐吃“五保”，愿意去劳动。这个极其普通的农民不是有一种精神风貌吗！这种精神风貌不是新中国的农村集体主义时代所感染他给予他的吗！

他是在集体里，跟着去劳动。干不了重活就干轻活。比如，夏季“双抢”时，他挑不动谷子，从来没去割稻子，他会拔秧就专门拔秧，还会耘田。假如他是单干，再碰上农忙时生个病误了农时，他就只能贫穷潦倒。那时候生产队里比他更没有劳动力的人是有的，那就“吃五保”。由于有“五保”，村里没有极贫吃不上饭、住不上房的人。“五保”是靠生产队的集体经济给予保障，这是农村的基本状况，是那个时代农民生活可靠的经济基础。这种经济基础，不仅仅是保障农村人民基本的生活，保障孩子上学（村里有六年制教育小学校），农民集体把粮食卖到国家的粮库去，这是为国家发展工业提供经济基础。

那时候农民除了种田，还干什么？

几千年单家独户耕种的土地是没有统一的灌溉设施的。缺少灌溉设施的田，只能靠天吃饭。遇上旱涝，都无法保障丰收。农民走上集体化道路后，兴修水利，我们村里修了长长的水渠，绕着村庄灌溉着大部分的农田。我们去插队的那些年，正是推广双季稻，并大搞平整土地的时候。秋收刚结束，“三改”就开始了，改田、改路、改沟渠。从村前的“平洋田”到“山垅田”，在中间开一条水渠，水渠边是机耕路。水渠两边高低不平的田地全部统一修建成平平整整的田地。寒冬腊月，农民们踩着冰碴子下田。“三改”的工地上，红旗招展，大喇叭播放着革命歌曲，一直干到过年前夕。

一九六九年，我们村还没有电灯，我参加了农民自己开山炸石修电站的工程。一年多以后，村庄里有了电灯。几年后，我还参加了修公路，是公社组织的，沿途村庄的农民参加。天蒙蒙亮，大队部的高音喇叭就播放歌曲，那就像集结号，农民们就出发了。一直干到太阳下山，在渐渐入夜的微光中归来，最后一段路是点起松明火把进村的。一年多以后，我们村有了通往公社的公路。在修电站和修公路中，知青搞测量，将自己的知识应用于工地，成为骨干，发挥了不小的作用。我被招工回城的时候，班车还没有通到我们村，但是大卡车已经开到村前了。所有这些，都是村庄的基本建设，没有集体，是干不成这些事的。

插队的最后三年，我当了大队会计，由此我知道生产大队有砖瓦厂，有碾米厂，有养猪场，是大队集体企业。生产队里有耕山队，耕山队里主要是老人，搞副业，增加集体收入。每年上山造林，则是生产队全员参加的。靠着集体经济，大队建起了村庄历史上第一座水泥钢筋的拱桥，从此农民到对岸去劳动再不用撑竹排。生产大队还建起了大队部，容得下全村人看电影，看县里来的文工团演出。大队部里有条椅，从此农民们看电影不必家家户户带凳子。大队还盖起了崭新的砖木结构的小学，有教师宿舍，还有了村庄里第一座砖木结构的小学厕所。上述工程都是我主持建设的。所有这些，都是有集体经济才能做成的事。

有了水利设施，集体有效地防治病虫害，推广良种，农业增产，我们村的农民卖足了公粮，还额外地卖“爱国粮”。应该说，那些年全国农民不仅给国家提供粮食，支持了国家建立起工业体系，还从根本上改变了农田，改变着自己村庄的面貌。记得农民曾对我们说：“干得最辛苦的这些年，让你们知青赶上了。”

我是一九七六年十一月招工回城的，那时农田基本建设已基本完成。多年的农田基本建设、修电站、修公路，都是在生产队记工分。从工程上说，这些都是只有投入，没有经济收入的基础建设。应该说，那些年，农民们为了建设自己的家乡，建设新中国，是在社会主义的旗帜下无私奉献，不仅干得非常辛苦，而且对国家贡献巨大！不知道那些说“大锅饭养懒汉”的批评家们，该对农民有多少偏见，还是多少鄙视，才说得出这样的话。

我回城八年后，曾经返回插队的村庄去看农民朋友，看到农民各顾各，抱怨说现在防治病虫害太难了。我问为什么？他们说张三家打了农药，李四家没打，你打了农药也是没用的。我去田间看，看到有些水利设施坏了，再没有人去组织修复。先前方方正正的大田里，分田承包后筑起了很多田埂，荒草遮掩了从前的机耕路……我不知该怎么描述。

还说那颗白菜。我去插队之初，村里确实没有农民卖菜，农民有剩的菜是用于喂猪的，所以李发金把那颗菜卖给我时就有人说："那怎么能卖呢，你可以拿给知青吃呀！"确实，我们所有知青最初都吃过农民送的菜。

然而村庄里的知青也是一个群体，分给我们的自留地，我们种菜种不好，而吃菜是每天都要发生的事情，不能总靠农民送菜。我们不仅要吃青菜，还要吃鸡蛋，只有很少的知青像农民那样养鸡。生活的需要使我们顽强地要去向农民买菜买鸡蛋。如此，我们终于使村庄里的蔬菜和鸡蛋颠扑不破地有了价格，使农民的那部分产品变成商品。

油灯摇曳的夜晚，我们的吉他也曾伴着我们不无忧伤的歌声，在我们的住处响起，那就是这片土地千年不曾有过的旋律……那时刻，我们的屋里屋外都坐着不同年龄的贫下中农。我们唱的有不少是苏联歌曲，那些歌曲并不颓废，比如《小路》《喀秋莎》《莫斯科郊外的晚上》，那些歌曲里有在艰苦岁月中的向往，甚至有奋斗。当然我们也唱那些昂扬雄阔的歌，比如"雄伟的天安门，壮丽的广场，第一面五星红旗升起的地方……"那时刻不只是我们自己唱，是在小队部里教农民唱。那时刻，我看到农民们也放开自己的歌喉，特别是农村男女青年，他们仿佛发现自己原来也会唱歌。

还有我们青春期在乡村发生的恋爱故事。我们的双唇也曾热烈而真实地吻上乡村异性青年的双唇……即使我们自身的处境并不从容，但我们带去的城市文化，对乡村往昔的文化和生活方式所产生的冲击，是多方面的，是以往的任何文化教导所不曾达至的。当我们终于从那片土地上撤退的时候，也曾使那里的农民，尤其是乡村男女青年感到犹如失去一个时代。

我们回来的时候，不是凯旋。

社会从未对我们的归来留下“凯旋”之类的字眼。

我们是去接受再教育的。但是，我们也把我们的知识和宝贵的青春播种在那片土地上了。应该说，中国数以千万计的知青，牵动了那个时代千万父母心的少男少女，把青春植入农业国的土地，使我们这个犁下有深土的民族在多方面孕育出新的文明因素，使那些土地上远远多于知青的人们也萌生出创造新生活的愿望。

所有的凯歌都是用热血和青春去铺排出音符。

我们没有凯歌。

但我们付出了热血和青春。

很多年过去后，我们中许许多多人会发现，我们的青春岁月并未蹉跎，因为汉语中蹉跎的含义指虚度光阴，任由时光流逝却毫无作为、毫无斗志，浪费时间。我们中许许多多人发现自己还是从那片土地、那片岁月中获得了极其深刻的教育。同新中国一起长大的一代青年，从整体上成为最理解国情的一大群体，同最基层的农民有深厚感情。吃得起苦，有责任感，这是一代知青共同的人生品质。

回顾我自己的知青岁月，我非常感谢毛泽东主席让我有那片岁月。这不是我当年体会到的，是插队归来几十年后才逐步体会到的。我在那八年岁月里至少培养了吃苦能力。人在漫长的一生中如果没有吃苦能力，生活就会是一堆悲伤，会沉溺在抱怨中唉声叹气一事无成，这就体会不到克服困难的喜悦。人生的困难是始终与生命同在的，克服困难收获喜悦才是人生的常态，是人生的大意义。我会郑重地告诉我的子孙后代，我的知青岁月，是我一生中最宝贵的财富。

我会对他们说：我希望你们的一生中也要吃得起苦。不管你们将来书读到哪里去，要始终与社会最基层的人们保持着相通的感情，这是你们一生中为人处世最重要的品质，最可靠的本领。

由此，我也确认，共和国历史上的知青岁月，那是新中国缔造的几千万儿女，用青春去谱写的一支歌，一支壮丽的歌。

二〇一八年二月改写

【补叙】这篇文章初写于二十世纪九十年代，其中的认识存在很大的错误，我有责任改写它。现在这一篇与当初那篇标题相同，认识则有根本性的不同。

爱使痛苦光辉

我是在插队归来后读到《九歌》的，这时发现自己能用乡村生活的经历去理解屈原。我相信屈原必是发现了，即使在最艰难痛苦的日子里，也有爱情发生，也有婴儿诞生。他以大崇敬抒写了民间的祭神活动，还写进男女爱情，人神之恋。我相信被放逐的屈原一定得到过民间情感的哺育，汲取了平民的梦想和生活智慧。

这个节日一定是农民创造的。

以农民的方式，用绿叶和粮食创作出一个十分饱满且有棱有角的形象——那个形象完全由饱满和棱角组成——其名为“粽”。偏旁为五谷之首，是祭祀之物；“宗”有崇敬景仰之意。以此致敬寄情，来纪念一位诗人，并把这种纪念变成一个节日，把哀思化作欢乐，使之走进千家万户，来加以巩固。

没有哪一位帝王得到这个殊荣。

也没有哪一位帝王能做成这事。

从此，老少妇孺都得到一个屈原。中国的屈原。

中国第一位诗人就站在这里，昂首向天。

那形象，是如此与众不同。

中国民间的食品多种多样，“粽”是一个十分独特的形象。农民为什么创作出一个“有棱有角的形象”来纪念他，这不是象征屈原鲜明的独立个性，能是什么！这样的食品形象，同时期的两河流域没有，古埃及没有，古印度没有，古希腊没有，美洲印第安人也没有。这是个艺术形象。岁月流过了两千多个春秋，我们仍然不能不为农民在历史深处创作的这个艺术形象击掌称绝！

何以称他为第一位诗人？屈原之前早有诗，西周王朝派采诗官员去采来的各诸侯国的土风民歌，在民间口头传唱中经过许多人集体创作，具鲜明的共性特征。被称作雅、颂的诗歌，当有个人创作的，遗憾的是，我们已无法知道他们的姓名。我们只知，屈原把民间集体创作口头传唱的诗歌，升华为独立创作的诗篇。屈原也是第一个以诗讴歌农民生活的人，他的《九歌》就是明证。

如果望向世界，古埃及的《太阳神颂诗》和《亡灵书》，古巴比伦的《吉尔枷美什》史诗，都是经由先民口头创作传颂而流传下来的。古希腊的《荷马史诗》，也是前人流传下来经荷马整理后再传下来。古印度的《罗摩衍那》被称为印度的第一部诗作，传说作者叫蚁蛭，但已无可考证，该诗也是口头流传，增增减减，因人因地而异，成书约在公元前四世纪至公元前二世纪之间。屈原生于公元前三四〇年，他就是公元前四世纪的人。他的《离骚》《九歌》《天问》等作品是确切完全由他独立创作的诗歌，因之还可以说，屈原是人类第一个知名的伟大诗人。

重要的不仅是独立创作，而是在独立创作中表现出那么鲜明的人的独立个性！在人类精神史上，表现出人的独立个性，是非常重大的进步。屈原那么奔放，那么充沛地表达了他的理想、他的困惑、他的追问、他的爱与激情，那是他整个生命所熔铸的宏伟诗篇，闪耀着光芒四射的个性光辉。因而还可以说，屈原是第一个开人类诗歌创作个性之先河的人。

在中国的历史长河中，大义凛然、桀骜不驯、才志超拔者不乏其人，为什么要立一个节日来纪念一位诗人？诗人很重要吗？比三皇五帝都更重要？凝神一想，这也像个历史之谜。

屈原并不是职业诗人，他曾任楚国的“左徒”，这是掌国家内政外交大权的高级官员。他曾经两次被放逐。这样一个高级官员被放逐，能没有痛苦吗？“长太息以掩涕兮，哀民生之多艰。”这是屈原写在《离骚》中的诗句。被放逐的屈原，看到了乡间农人的生活是那么艰难而痛苦，一定是这弥漫天下的农人的痛苦把屈原个人的痛苦淹没了，使他道不出孤愤。

我是在插队归来后读到《九歌》的，这时发现自己能用在乡村生活的经历去理解屈原。我相信屈原必是发现了，即使在最艰难痛苦的日子里，也有爱情发生，也有婴儿诞生。爱可以使痛苦光辉，新的生命总会给人们带来希望，不是吗？而民间的祭神活动，追求的是期望，总是对未来怀着日子变好的梦想，总在希冀中生活和奋斗。这就是生命和生命的力量。这就是值得讴歌的，于是有了《九歌》。

在他之前，没有哪位知识分子如此深情地讴歌过乡间农民的生活和追求。我以为人民纪念他，更大的原因在他的《九歌》，其次才可能是《离骚》。《九歌》不仅写了民间的祭神习俗，屈原还写进了男女爱情，人神之恋。在他的笔下，一切神都具有人性，神比一般人更美、更有深情，实际上就是优秀的人的精神。

《九歌》对人物感情的抒发和环境描述，充满浓厚的生活气息，又那么色彩艳丽，情思馥郁，奔放而浓烈。我相信被放逐的屈原一定得到过民间情感的哺育，汲取了平民的梦想和生活智慧。

他写的《九歌》《天问》《离骚》，其实都是天下大众的生命音节，所以这个最初只是楚人对屈原的民间祭祀，逐渐演变成所有中国人纪念屈原的节日，可见对屈原精神与理想的认同。

千古以来从未停止过纪念他的就是人民。谁能说这片土地上的人们不爱出类拔萃、不爱昂扬、不爱凛然的个性？个性的法则是：不犯人，也决不屈服于被人侵犯。违背这个法则的，聚成伙，也可以表现为凶恶的集团。遵守这个法则的，人们就认为很美，美如艺术。

艺术，在某种意义上，是体现此种个性法则的宗教，为人的不被侵犯，以及自由和幸福宣言。但不是以全知全能的方式播扬或赐予你爱，是以无权无势甚至也不知符合不符合鼎铭世规的情状，泪水滔滔地播撒爱。不问位高位低贫富贵贱。如果竟能十分突出，人们就会认作我们的旗帜，并用强大的阵容来捍卫。向你宣告：我们的选择和钟爱，我们的图腾，我们千古不变的永恒法则。

这节日立在农历五月初五，因公元前二七八年，秦军攻破楚国京都，屈原于五月初五写下《怀沙》后抱石投汨罗江而逝，他以生命在汨罗江中敲出了虽九死而不悔的大爱之音。

这个节日，人们同艺术家共同一年一度。它已经越过两千年，比西方的“圣诞节”更长，比东西方任何王朝的诞辰吉日都更经受住了时间的考验，且无宗教、党派之限。李白《把酒问月》曾唱：“今人不见古时月，今月曾经照古人。”我想，千古生民不同时，都相同度过这个节日。这节日真称得上与日月同辉。

因屈原而有一个节日，其殊荣似乎超过圣人孔子。艺术犹如象征生命的绿叶，犹如喂养生命的食粮，我们的先人是这么想的吗？我相信那里有情意深深的期盼。

龙舟逆流而进，呐喊声声发出的是集团的声音，讲究的是合力同心。水花像光芒那样四射，速度因之诞生。这又象征着什么？人民爱个性，却也没有忘记共性。我的老师文怀沙先生曾说，在中华艺术中，《诗经》的“风”代表共性，屈原的“骚”代表个性。那么我们看到，人民创造的这个纪念艺术家的节日，既尊重个性，也重视共性，可谓占尽“风骚”。

因而我以为，这“端午节”是个传承千古的中国人的艺术节，传承着中国世代苍生对艺术永不泯灭的热爱和崇敬。

岁月如河，我们每个人都只是划舟击水的过客。一生中，身前身后也永远是波涛连着波涛。不管时光流过多久，那追求过奋斗过的，都会化作某种信仰的庄严形态，升华为一个巨大的象征，有如一座伟大的纪念碑。我们能站在它投下的影子里，做一个虔诚的信徒，是一种拥有。

一九九四年

【补叙】人在高位，很难体会到普通人的阳光。一个读书人经历过磨难或打击，若日后未能洗去怨气，便还陷落在过去的阴影里，且大抵是未能从最底层的人们中汲取到生存智慧。普通人的生存智慧是存在的，否则如何能在非常的艰难困苦中生活下去，如何还能发出笑声？即便是名气很大的名家，写出的文章未能洗去怨气，便不可能是大家。所谓大家，就是深谙底层人之艰难与生存智慧，与普通人情感相通，会说“普通话”者。

在地图上旅游

孔子周游列国，司马迁游踪达半个神州，王勃过滕王阁，王安石游褒禅山，李白仗剑去国，辞亲远游，苏东坡在逆境中出游，“一点浩然气，千里快哉风。”他们有很多人生识见在行旅中悟得。青年时我也很想有这履历，却难以远行。于是突发奇想：在地图上旅游……

那时，我已经招工回城，可以有一点梦想了，也很想出去看看家乡之外是什么样的。可是，穷，没有盘缠，还要工作，走不出去。那么，用什么来安置心中的兴趣呢？

一天，在家乡新华书店，看到悬挂着的中国地图和世界地图，我痴看了一阵，忽然想，可不可以在地图上旅游呢？

我被自己的这个想法打动，接着就想，既然这奇想诞生了，就不能委屈它，得让它长大。我决定买地图了。初始，要的是中国地图。刚付了款，拿着中国地图，忽又想，既然是在地图上旅游，为什么不走远点？

“我可以换一张吗？要那张世界地图。”

“你干脆两张都买得了。”营业员说。

“不，不，我房间太小，挂不下。”

那时，我们一家三口住的房间只有十一个平方米。但挂上这张世界地图，我们的世界立刻就大了。

在地图上旅游，从哪儿开始？去欧洲吧！我心情激动地把目光移到了欧洲。去欧洲哪儿？我记不清当时为什么选择了德国，或许是眼睛正好看到了德国？或许因为看过不少关于“二战”的电影，对这个发动世界大战的国家更有印象？总之，选择了德国，自此开始了我的“在地图上旅游”。

那时，我有了一部《辞海》，是福建省总工会奖励我的。我插队前只读过初一，插队回来在县冷冻厂当工人，要参加县总工会举办的职工初、高中文化补习，补习后要考试，及格发给合格证。我因“成绩优异”而得到一部《辞海》。这《辞海》便成了我在地图上旅游的工具。

我从《辞海》中找到了“德意志”，接着在附近找到“德意志民主共和国（东德）”与“德意志联邦共和国（西德）”，辞目下文字都不多，但已概括了德国的人口、面积、民族、语言、宗教信仰、矿藏、物产，以及主要山脉、著名河流、重要产业等。就是说，通过阅读最少的文字，一下子就得知了关于德国最重要的且具权威性的介绍。

就在附件，还有不少“德”字打头的景观，如“德国古典哲学”，看进去就看到了康德、黑格尔等。如果想再多看一眼康德、黑格尔，那就去找康德、黑格尔的词目……我感觉真的就像去旅游，从“国会大厦”走出来，又进到一个博物馆……我看得流连忘返。

我发现进入头脑的“零星知识”，也像种子落在土地上那样，自身会渴望生长。我感到《辞海》不够用了，又去新华书店，看到《世界名胜词典》《外国历史大事典》，我毫不犹豫就买回来了。然后就查阅德国有什么风光……因为这时是德国在吸引我，我发现对某一具体对象的兴趣会日益浓郁，就像那兴趣会长大，会繁衍。接着发现书报杂志上有关德国的信息都那么容易进入我的视野。

我知道了，虽然欧洲有许多裸体雕塑，但德国很少女性雕塑，公共场所常见的雕塑是肌肉发达的男子、狮子或马。这在欧洲是很特殊的。我还知道了，德国人爱集会结社，最独特的会就是“射击会”。德国的射击会有“神枪手”会员一百万人，其中在各种高级比赛中获过冠军的约有一万二千人。可见那里不但民间枪多，社会性的射击水平也相当高。

于是我隐约看到日耳曼民族的强悍风格。当然不止勇武强悍，德国人喜爱音乐也是突出的。但我仍然感觉，这个民族思想的发育似乎胜于艺术。马克思、爱因斯坦等都在那里孕育了他们的思想。

德国的冬天很长，人们还常说那“多雪的冬天”。德国人对房子很重视，不仅盖得坚固结实，还极注重内部的使用功能。对房子的重视延伸到对汽车的重视，大约因汽车是流动的房子。世界上最好的汽车如奔驰、奥迪等，都出自德国。

在漫长而多雪的冬天，人们出门把自己包裹在大衣里，大衣的色彩不适合花花绿绿，德国人的服装看起来比较单调。也很少有人对着凛冽的气候笑哈哈的，走在街上的人都颇严肃，看起来就像走着不少思想家。

但德国南方有莱茵河、多瑙河、阿尔卑斯山……在那里能看到旖旎的河水盛满风光，能看到欧洲男女把阿尔卑斯山的积雪踩在脚下变成笑声朗朗的航行之海，还有幽深的古堡，河岸上覆盖着茁壮的葡萄藤……总之，德国在我心中渐渐枝繁叶茂了。

多年后，我终于得以出国，到达的第一个欧洲国家竟也是德国，我在法兰克福机场的商场里看到一幅很大的女性裸体图像，知道这不是德国的特征，但还是把自己放在那女性图像前留了个影。

再说，在出国前的多年前如此“漫游”了德国，就在地图上瞄准与德国相邻的法国……“游”了法国，就走向与法国相邻的西班牙。这时看到西班牙的风光与德国有显著不同了。

西班牙三面临海，阳光灿烂，旅游业非常发达，被称为“出售阳光的国家”。追溯西班牙人的来历，则发现他们与日耳曼人有一种遥遥联系。公元五世纪初，日耳曼人的一支——西哥特人曾攻陷罗马城，又出罗马，最后占领伊比利亚半岛，定居下来。这期间他们建立的国家叫西哥特王国，后被阿拉伯人所灭。再后，经历了长达七个多世纪的“收复失地运动”，伊比利亚半岛上形成了西班牙和葡萄牙两个国家，西班牙约占半岛面积的5/6。从前见过“哥伦布发现新大陆”一说，知道是从西班牙出发的。现在看着地图，知道伊比利亚半岛是欧洲大陆距离亚洲大陆最远的地方，向西航行，则是距离美洲最近的地方。

西班牙一年四季变化不明显，晴空万里，花草绚丽，人会与大自然比美，西班牙人的服装就色彩鲜艳，灿烂多姿。所谓花香鸟语，鸟也喜欢歌唱，人与之比美，西班牙人不光唱还跳，西班牙民间舞蹈就那么热烈那么奔放。

多年后，一位朋友对我说，意大利已经有很多中国餐馆了，如果去欧洲开餐馆，选择哪个国家更好？我说，德国人对饮食比较随意，一块汉堡包夹点肉和蔬菜，加上啤酒就可以了，开餐馆选择西班牙比较好吧！

他问为什么？我说了西班牙的旅游业之发达，说了西班牙人喜欢歌舞，那唱啊跳啊，肚子就该饿了。

就这样，我在地图上一国一国地“游览”，游趣就像西班牙的花木那样茂盛，色彩斑斓，心中铺满万里阳光。我想起了小时候看《三国演义》《水浒传》《岳飞传》连环画，那都是一本一本地找来看的。看了一部分，对另一部分就更想看。一旦找到一本尚未看过的，就会立刻扑进去看。终于把每一套的每一册都看完了。现在一国一国地“游览”，也发现那一国一国其实是有联系、有“连环”味道的。如此游览竟也像儿时读连环画那样“有瘾”。总是对自己尚未去过的目的国充满期待，就像那里有我的恋人，一定会去那里相会。如此几年的“闲暇时间”，我把欧洲所有的国家都“游”了一遍。

游完欧洲，我已经迫不及待地想去非洲了。

我在地图上选择，是从西班牙以南的直布罗陀海峡登陆摩洛哥还是阿尔及利亚？记得少年时看过一本描绘阿尔及利亚故事的小人书，记忆中，戴着头巾的阿尔及利亚女子非常美……现在想去阿尔及利亚就像想去圆少年时的一个梦，真的心情激动啊！

但我还是决定先走另一条路线。西亚的巴勒斯坦、以色列与非洲的埃及接壤……啊，埃及、埃及！那里有金字塔，有尼罗河，那是世界上最长的河！还有苏伊士运河，若站在苏伊士运河的出海口，左边是非洲，右边通亚洲，前方蔚蓝的地中海对岸就是欧洲。对埃及实在向往得太久了。

我开始了在地图上的非洲之旅，逐渐把我感兴趣的非洲国家“游”了一遍。我没把所有的非洲国家都“走”到，因为此时强烈地感到，西亚的国家在把我拉回来去“游”西亚，巴勒斯坦、以色列、约旦、黎巴嫩、叙利亚、伊拉克、土耳其、伊朗……这些国家的名字已经在我心中闪闪发光。因为“游览”欧非的时候，已有许多文字令我知道，上述西亚国家都是古代两河流域所在地或古巴比伦文明辐射区，那里的农业文明甚至比埃及更早。

游了西亚，顺着伊朗高原通往印度的通道，我进入了印度次大陆。观览了印度，我无论走在家乡还是北京的街上，都能感到美洲在向我招手了。于是我选择了西班牙人登陆南美的路线，先“游”南美，而后北美……世界在我心中就渐渐丰满起来了。

再后，我觉得“不过瘾”，就买了《世界史纲》《西方文明史》《世界文明史》等许多书来阅读，我发现自己对书中写的许多东西已经不那么陌生，读得有滋有味。

没有人知道我眼睛后面装着多少东西，这是我自己的一个秘密。

生命因认识而精彩

世界因你的认识呈现博大或狭小，前途因你的认识展现生机或黯然。成功不是发生在成功之日，而是萌生于当初认识到之时。不要轻易说不可能。世上那些激动人心的辉煌，都是把不可能变成可能。

即使我们非常平凡，微不足道，也有自己的人生。你来到这个世界，最基本的权利之一，是应该去认识这个世界。

即使你还没有机会去纽约或罗马，但你仍然可以去认识美国和意大利。即使你不再可能生活在中国的春秋时期或古希腊，你仍然可以去认识孔子和苏格拉底。

生命不是用来固守门前的一小块天空的。认识是对未知世界的探索和挺进。你可以驾驭“认识”去漫游五洲四海，去遨游星空宇宙。你还可以穿越时间，去拜访遥远岁月中的释迦牟尼和耶稣，也可以去问问李清照少女时代的心思和憧憬。认识不单可以开阔眼界，更可开人心智，令人聪慧豁达。认识可以极大地扩展你生命中的空间和时间。

在古希腊戴尔菲神庙的入口处很早就刻着一句箴言：“认识你自己。”几千年来，认识人自己一直是西方认识活动中最神圣的事情。当代还流行一句话，“寻找自我”，但请不要忽视认识自己的途径。

如果关起门来找“我”，是肯定找不到“我”的。中国古代的孙子说：“知彼知己，百战不殆。”其高妙在于把“知彼”放在首位。只有先了解到敌方的虚实，才知能否取胜，该如何取胜。否则，虽知自己的兵力，仍无法判断自己，那便是一种事实上的“不知己”状态。只有通过“知彼”才能“知己”。当今有很多人把孙子的“知彼知己”说成“知己知彼”，已大失精要。

男人是通过认识女人，才知道自己是男人。人通过认识他人，才可望认识自己。不去认识历史，不会真正认识当代。不认识西方，也不会认识东方。拒绝认识世界上别种意识形态，就会丧失理解世界的能力。

认识一个事物，最要紧的不是靠眼睛。所以祖先造字时没有让“認識”二字从“目”，而是从“言”。光凭眼睛是认识不出真相的，眼睛会视而不见。要认清一个事物，常常需要用语言讨论，用文字整理、分析、归纳、总结等。

认识，是对见闻与经历进行感性和理性的综合加工。请注意，不仅是理性的加工，更是感性的加工。要想尽可能准确地认识一个事物，首先要重视你的感觉。认识不清时，要反复去访问你的感觉，研究感觉。因此，认识所需的第一要素不是思想，而是感悟。“悟”即“吾心”，用你自己的心去感悟。古老的“認”字里就分明有一个“心”。

我常惊叹于汉字里凝聚着的先人智慧。譬如古老的“識”字，中间有个“音”，何谓“音”？击物会发出声响，不同的物会发出不同的声响，那蕴藏在物体内部特定的“音”，便可以代表该物体内在的“质”。

文章有文韵，音乐有音韵。那文韵、音韵，都是蕴藏内部最有生命力的东西，也是认识所应该去寻找的东西。然而要认识出一个事物内在的本质的东西，或者说要去认识一个事物的本质真实，是有危险的。所以，“識”字里有一把“戈”，“認”字里也有一把“刃”。

你如果认真观察，会发现历史上许多成功者首先得益于认识。孔子因认识到每个人都需要接受教育才能成人，才建构了以“仁”为核心的教育观和人生哲学。牛顿因认识到前辈教给他的关于对星球、对宇宙的一些看法原来是不正确的，于是用自己的眼睛和思维去重新认识世界，从而成为牛顿。

历史上许多大成功者，都因为认识到某个时期、某件事非常需要有人去做，同时认识到自己可以去做，于是孜孜不倦地去做，从而获得成功。所以，成功并不是发生在成功之日，而是萌生于认识到之时。

简化后的“认识”二字同样高妙，从“人”从“只”，这仿佛告诉我们，认识是一种个人的生命体验，是你根据自己的具体情况去认识自己和自己的生存环境。

人生抉择，举足轻重，抉择却不是通往前程的第一步。

不认识，你难以抉择。

认识才是抉择的前提，是创造前程的真正出发点。

一个人对自己和社会缺乏必要的认识，命运就好像是注定的，一旦“认识”，命运就在那一刻被改变。

一个普通人缺乏必要的认识，影响的只是自己的命运。

一个单位的领导者缺乏必要的认识，会影响这个单位的发展和大家的前途。

一个君王缺乏必要的认识，就将影响整个国家的命运。英国马戛尔尼使团曾经把一个新兴的工业时代呈献到乾隆皇帝面前，乾隆帝不认识，嘉庆帝也不认识，道光帝还不认识，那就无法避免一八四〇年后整个民族的失败和屈辱。

人生的认识，可以向外寻求，也可以向内寻求。向外寻求得到的果实，可称为“知识”。向内寻求，即从人的内心、人的善良本性中发现出来的认识，可称为“良知”。这良知不同于一般的知识，是可以驾驭知识的东西。

因为再高明的知识也只是一个“器”，人可以用它造福，也可以用它制造灾难。人类要保持生活的尊严和安全，就需要良知来驾驭一切知识，包括一切科学和法律知识。

人生的内部世界一点都不比外部世界小。认识，还可以把从外部世界得到的知识和从内省得到的良知在生命的内部融会为智慧。能获得这种东西，就是生命中非常重要的力量。

人生无法避免痛苦，但对待痛苦的态度可以改变痛苦。这态度必来自超凡的认识。超凡的认识，可以从失败中看到成功，从侮辱中看到尊严，从绝望中看到希望……这必是智慧之光。生命中不能没有这样的亮光。

每个人都会认识。不去认识，就是对天赋权利的放弃。

不要放弃。

认识可以把潜藏在你生命内部的天赋和才华源源不断地开掘出来。认识是人生非常重要的经历。认识能引起思索，引起情感，引起惊叹……认识世界，认识他人和自己，这就是生活。认识能使平凡的人生变得丰富多彩，认识就是对生命本体的开发，是建设人生，成全人生。

一九九六年

【补叙】本文初版描述孔子的段落，曾有“当时只有贵族子弟才有机会上官办的学校”之说，本版修订时删去了。因为此说有错。事实上，早在西周时期，平民子弟也可以上官办的学校，西周社会因此有“下士”。下士，是个与庶民相接的阶层。我在初版文章中所犯的上述错误，来自很多书中所见，所谓人云亦云，以讹传讹，这就是一例。这是应当认真纠正的。

让悲伤开出花来

有一位女子死了，因为她太悲伤了。她留下了一句死的理由：哀莫大于心死！我为之惋惜，也感到困惑。

面对一个青春的生命，思之良久，我忽然发现“哀莫大于心死”这句流传很广的话，其实不对。非但不对，而且是一句误人甚至可能害人生命的话。

关于“哀”的描述，可见于《礼记·檀弓下》载：“有妇人哭于墓者而哀。”这大约是最早的描述了。哀，是一种悲伤。悲伤是一种情感，一种强烈的情感。当所有幸福的往事都浸泡在泪水中的时候，你就知道了什么叫悲伤。

哀是爱的谐音，有哀，是因为有爱。大哀会出现在爱遭到委屈和以为被扼杀的时刻。大哀，是大情感，情感在，心就没死。换句话说，哀大，心就未死，那么，完全可以也完全有理由在重大的打击中挺过来。人生一旦遭遇大哀，首先应充分看到自己是个有情人，这是自救的第一步。勇者，还可以充分感受着哀。如老子说，哀兵必胜，这是说心中充满悲愤者很有力量。

人生一旦遭遇大哀，会被突然推到一个忘我境地。连死都不怕了，这个世界还有什么可怕的呢？世界反而有可能因此增大而宽阔了。完全应该很好地来感受它，把机会用起来。

你的伞还给你
从此
我拥有天空

每一种丧失，都是一种获得，失去一种就获得另一种。世界很大，人生如果能面对悲哀含泪微笑，是了不起的大境界。最可怕的是自身的情感死了。情感死了，母亲也会把孩子掐死；情感死了，世界也就死了，人就剩下躯壳。情感在，完全可以使世界重新生动起来。有什么理由把有情的躯体消灭呢？

我们还可以来感受这样一个故事：在古老的江南，一个月夜，一位男子和一位女子，漫步月下。晚风拂面，柳丝轻动。

男子问：怎么，你流泪啦？

女子说：今夜，太美了！

太美了，为什么掉泪？

这是寓言吗？不必知道这故事的详情，但可记住，在美和幸福里，也是有哀伤的。太美和太幸福的事不常有。流泪，因为幸福，更因为感到它的短暂，它会过去的。它过去的时候宛如幸福逝去。想到这儿，悲从心起，泪不能禁，就洒在月下了。

李白曾说“相思无日夜，浩荡若流波”。一位唐代女子说：君啊，因思念你，我的容貌就像十五过后的月亮，一夜一夜地瘦了……这话写在张九龄的诗中：“思君如满月，夜夜减清辉。”一位清朝女子说：君啊，你可知，因为我的衣裳上有你离去时流下的泪水，我经年累月都不肯洗这件衣裳……这话写在董以宁的《闺怨》中：“留得当时临别泪，经年不忍浣衣裳。”古人甚至把“离别”称“恨别”，恋也深深，恨也深深，这相思、牵挂，迷离若梦和寂寞，都因为内心有真实存在的爱。

爱和被爱，是两个概念。爱，是自身内部存在的东西，只要自己心中存在这样的爱，就拥有爱，并不是被爱才有爱。爱，是自身的生命状态和生命质量，不论遭遇什么，都值得保护自己内在的生命质量。

读书，看电影，如有能让我掉泪的机会，我是决不肯放过的。泪水可以滋润自己心中也有的悲伤，可以使悲伤开出花来。这里有悲剧的美和魅力。姑娘，我不认识你，没能在你留下那句“遗言”之前，借一位大师的话专横地对你说：

我不许你把火焰熄灭！

人生也很短暂啊，青春更短暂。可以用泪水去洗礼，去珍惜，但不要让情感衰老。不论人生发生了什么，我们都可以做一个十分普通的人，继续拥有泪水、拥有爱。你有总统也羡慕的年龄，让夜色掩盖我们不愿看到的东西，去感受江南江北都有的月光。

一九九四年三月

难忘的一声“爸爸”

每个孩子都会独立思考，很早就会独立思考，比许多父母以为的都要早。我有个经历很难忘。

一九八二年春，我从家乡建阳县城到福建师范大学中文系进修，那时孩子才一岁半。妻子写信告诉我，你走后，我下班回来抱起他，他就把手伸向门外：“爸爸，我要爸爸。”

母亲对他说：“你爸到很远的地方去了。”

他还是要往门外去，妻子只好跟他去走一走，他把母亲一直引到一个报刊亭前，不走了。

这是由于我先前下班就抱着他到这个报刊亭来看杂志。那时，我没钱买更多的杂志，家乡的这个报刊亭就是我认识山外世界的一个宝贵窗口。我与卖杂志的姑娘已经很熟，她能允许我随便翻看，没看完的下回再来看。孩子以为我一定是在这里。许多次后，孩子失望了，就不再领母亲到这儿来了。

过了两个月，时至“五一”，有几天假，我回建阳，途中就想，孩子见到我一定会多么高兴。回到家已是黄昏，见到妻子我就说：“别告诉孩子我是谁。”我等待着孩子惊喜地叫“爸爸”。

可是，我期望的情形没有出现。

孩子见到我，就像我是一个陌生人。

但与陌生人又有不同，他一直在注意我，一直盯着我看。到了晚上，孩子在房间里仍一直仰着头看我。我对妻子说，你看，才两个月，他就把我忘了。大约三个小时后，孩子忽然走到我的跟前，双手抱着我的腿叫出：“爸爸！”

这是我一生中听到的最让我难忘甚至不无震撼的一声“爸爸”。一个爱说爱动的孩子，是什么能使他在那三个小时里表现出“出奇的沉默”，他好像一直在记忆深处寻找，在回忆什么……他甚至没有寻求帮助，没有问母亲这个人是谁。他的眼睛一直没离开我，一定是觉得这个人跟他有关系，他似乎很神圣地对待这件事，他是在思考，在使用自己的头脑……这个人是谁呢？终于，他找到了，这个人是爸爸，是爸爸，于是叫出了：“爸爸！”

我抱起了他。他母亲也深深感动！

孩子当然很高兴，非常高兴，但不是电影中常见的那种情形。我从此知道，真正深刻的高兴，即使是一个孩子，也是深层的，不是那种狂欢的。

一九八七年六月十四日

打开你自己

人生会被很多外在物包裹出一个坚硬的外壳。每个人都会囚禁自己，所谓你是你的牢笼。打开你自己，你将发现，你的优雅、你的从容、你的光华与嘹亮，就住在你的内部。

人之初，是不知道有“我”的。后来，一定是从父母、从别的孩子的存在中，发现这世上有一个“我”。我是我，我不是别人。某天，当孩子发现“我”，这是人生中的一个重大事件。

但是不久，这个“我”就要经历被剥夺、被改造。

“你不能这样。”

“你不能那样。”

我是天真的，我会反抗。

“你不听话就把你扔出去！”

我太弱小了。我被扔出去怎么办？

这个问号意味着我会思考。

但是我不相信，我继续反抗。

我果真被推出门外。门关上了。

我哭了，世界突然变得天昏地暗。

起初的哭声仍然是一种反抗，我在愤怒地反抗，你们怎么能这样对待我！做父母的都想过，今天就得治一治他，然后横下心来让他哭。

渐渐，孩子哭得非常伤心。做父母的却很少知道孩子哭得非常伤心，更不知道为什么哭得这么伤心。这情形常常发生在父母工作了一天回到家的时刻，这情形常常发生在夜里，离家门更远的地方一片昏暗，没有人知道弱小的我是在哭泣中开始屈服，是在哭泣中向“我”的一部分告别。这是一种绝望的哭泣。每个孩子都不得不屈服，都不得不向“我”的一部分告别。

随后，“我”虽然被父母放进了家门，但“我”的一部分却已经在门外丢失。一个按照大人的要求去生存的“我”悄然问世，这个“我”和原初那个本真的我是有区别的了。这是“我”的一部分第一次遭到剥夺，被生我养我的父母剥夺。尽管每一个父母此时仍然深刻地爱自己的孩子，不知道自己从事了这样一场剥夺。

再大些，我又被教导：“你这样，人家会怎么说你！”

我知道了，我不仅要符合父母的要求，还要符合很多别人的要求。我一次次伤心落泪，当落泪减少时我长成了一个乖孩子。每个孩子都经历过这样的阶段。

我长大了到社会上去，更多的要求、更多的复杂关系包围着我。此时的我更知道，我要是被人看不顺、被人议论，那可不像童年时父母吓唬把你扔出去，那是真会被排挤到不知哪儿去。你觉得心里不舒服，但你已经被培养成懂得要委屈自己、压制自己。

很多情况下，你是在说着发自内心的话吗？你的笑容在为谁布置？你还要有一双火眼金睛来认识这个真假难辨的世界。头脑一直在开动，精神一直挺紧张，究竟有多少时间能感到心的舒畅，能不感到压抑和茫然？

我越来越多地用头脑活着，权衡得失。心的功能被淡化、被忽略。何为“愿”，原心是愿。当很少能用“原心”去生活时，还剩下多少“我”呢？

我是我吗？我是谁？全世界都能听到这样的声音。

不知不觉，我已经懂得按照他人的眼光来剪裁自己。每个人都会削足适履，不断削足适履，怎不遍体鳞伤？长此以往，这无异于自杀。每个人都会自杀，把自己杀得没有生气。

为什么小孩总让人感到美，因活力和生动就透现在脸上。人若能保持住那生动，则到了老年也会光彩照人。

当然，我并非认为，在人长大的过程中，父母的教育，以及后来社会的教育对“我”无益。我只是描绘：“天真的我”，丧失了的那一部分。

再看我里面的“我”被封闭在自己里面，会是什么样子。

孤独是怎么发生的？你可曾发觉，一个人的时候可能感到无聊，两个人的时候感到孤独，在很多人的场合还可能感到更深的孤独。那么，孤独并不是因为没有人做伴，而是我里面的“我”丧失，一个外在的我才感到孤独。

我里面的“我”被封闭着，外在的“我”还要孤零零地去试图符合许多人的眼光，假如还感到有顾不过来的分裂感，事实上只是我与我里面的“我”被分裂。

人们描述现代人的某种“无家可归”状态，在我看来，那也是我里面的“我”同外在的“我”，不能达成和谐统一，那就不会有真正的家园。

每个人都会封闭自己。自己对自己的封闭，是最大的封闭。当人被封闭在自己的内部，是很难真正认识自己身处的这个世界的。有许多可以去经历的生活，在你未发现之时就仿佛不存在。

自己对自己的封闭，会封闭得自己毫无察觉，封闭得几乎不留痕迹。心智难以开放，还经常畏首畏尾担惊受怕，生活就会变成一堆很难处理的问题，一堆麻烦，一堆悲伤。

学生时代，我们感受过的快乐，主要还是通过学习、模仿，由此发现“我也能”而得到快乐。这在人生中还属于表层的快乐。深刻的快乐必来自创造，生命需要创造。

求知，可以向外寻求。创造不在别处，就在你自己的内部，那是来自生命深处的能量放出的光华。

创造，给我们的启示，是需要一个突破口，需要剥去遮蔽自己、覆盖自己、埋没自己的东西，让美出来，让生命力放出光华。

有人向文艺复兴的巨匠米开朗琪罗请教雕塑，米开朗琪罗有个说法令我非常神往，他说：“把不是脸的地方去掉，就是脸。”

我由此看到，米开朗琪罗是一位能从石头里看见一个美丽形象的大师。那个形象就藏在石头里，层层剥去，他果真剥出一个顶天立地的《大卫》。许多曾经连头发也要遮盖起来的欧洲女子，在赤裸的《大卫》面前泪花滚滚，那就是被封闭在自己内部的“我”的泪哭出来了。欧洲苏醒了。毫无疑问，这个《大卫》是在米开朗琪罗内心的，让内在的美出来，就是创造。

也许你以为你属于不会创造的人。不对。

每个人都会创造。人有创造的天性。

你里面有一个决然美丽的你，应该被你自己发现。

机会很近很近，如果感到使不上劲儿，或者感到怀才不遇，恐怕不是别人没有发现你，而是你自己内部的美和力量还没有被你自己发现。

看看有些什么正在自己把自己覆盖、埋没。掀开覆盖，搬走堵塞，给心一个空间，让生命之泉流动，滋润出哭或笑，这就是倾心的时刻。会哭会笑，你就找回了童真。生气与活力在脸上洋溢，那就是你。是你面对高天流云，开放你自己。

人生会被很多外在物包裹出一个坚硬的外壳，人生的成长就不只是需要用加法，还需要用减法。我看到有个老人在他晚年的《自述》中写道：当他还是个早熟的少年的时候，他“就已经深切地意识到，大多数人终生无休止地追逐的那些希望和努力是毫无价值的”，并发现“这种追逐的残酷”，还说那是“精心地用伪善和漂亮的字句掩饰着的”。说这话的人叫爱因斯坦。

要像爱因斯坦，把那些不必要的披挂在身的东西扔掉，再扔掉，你才会充分地感觉到一个内在的你。

每个人都会囚禁自己，所谓你是你的牢笼。打开你自己，解放你自己，就多么必要。打开你自己，让我里面的“我”出来，与我达成和谐统一，那时的我，可能重新听见鸟叫，看见花开，可能发现心灵长出翅膀，那翅膀能重新触摸到童年的星星。

所以，不要说社会封闭了你，那也许是不能避免的，也许是社会对人生的塑造。我们还没有出生的时候就生存在封闭状态。每个人都需要两次

“出生”。第一次是父母把我生出来，第二次就要自己让自己诞生。

没有实现这第二次，就是对人身权利的放弃。不要放弃。打开你自己，你将发现，你的优雅、你的从容、你的光华与嘹亮，就住在你的内部。

二〇〇五年二月

大悲无泪①

从前知大音希声，大象无形，大道至简，认识瑞雪才知大悲无泪。在我尚未踏上那片土地时，她就让我强烈地感受到了那儿的悲壮。

唐时李华作《吊古战场文》，说边关沙草晨牧，河冰夜渡，将士万里征战，连年日暴雨注，望故乡地阔天遥，寄身锋刃情思又向谁诉……写得多么哀婉悲怆啊！如今国家太平，将士也讲奉献牺牲，不复有古战场那么惨烈的体验了罢。我来到这条世界上海拔最高的公路，只觉得往日读书写作的经验都遇到挑战。

这里，胡笳和鼙鼓不是没有响过，而是空气也拒绝劲旅，雪花，就是那雪花，会轻而易举地把成吉思汗的铁骑阻断。二十世纪的军号，在西北风万里狂嚣中也并不嘹亮啊！但是，军鞋踏破千古荒寂了，不是去打仗，却是真正的出征。

这条路联结着的青海、西藏，都很神秘。从高原兵城格尔木北去敦煌，就入甘肃了，这是中国多大的一片地域啊！雄奇的自然景观和人文景

---

① 告别家乡迁居北京后，我知道自己一定会去拜访西部，青藏高原是首选目标。我去了，就像去敦煌看那些斑斑驳驳的壁画，一种朝圣般的心情。随即感到我还无力书写太悲壮的故事，于是写下的这第一篇文字曾题为《此文献给亲爱的姑娘瑞雪》。——作者注

观就放在我面前，我能看懂多少？我真的还无力书写太悲壮的故事，先讲一个看来有些温柔的故事吧。

那时刻她不在高原。她出现在北京的麦克风前。这是在参加演讲比赛吗？没有那种抑扬顿挫慷慨激昂。她在讲一个高原军医的故事。军医叫冀卫祥，并非榜上有名的英雄。但高原一万多官兵推举出这位女兵来讲这个故事：一个能救死扶伤的军医年仅四十三岁，自己也患高原病死了。

这里面寄托着高原官兵一种怎样深切的心情呢？

高原军医之宝贵，岂止是昆仑山上一棵草？

失去谁也不能失去他！

但是，恕我连这位军医的故事也不讲罢。

仍说还活着的更加平凡的姑娘。

那时刻我是评委之一。我不知道自己怎么至于泪流满面。

我惊异于：姑娘，你为什么不哭？

她的情感仿佛被压在冰山下。

她在演讲中偶尔有一缕微笑，那微笑也是抑制着的。

我们见过不少笑容灿烂或者声泪俱下的演讲，常常也激动人心或感人肺腑的。演讲比赛也是一种表演艺术，演讲者也多有注重落泪效果的。作为一种创造效果的方法，有个名词称之“煽情”。这些方法，在瑞雪的演讲中完全用不上了。

我看到瑞雪在演讲中是拿出全部的力气来抑制她的感情。那种强力的抑制，仍使她在某些语言中透露出抑制不住的颤抖，但是，始终没有一滴泪！

我能感到，假如她控制不住落下一滴泪，她就可能如江河决堤那样……而无法完成她的演讲。

我看到了：大悲无泪。

然而，事后我得知，在爆响的掌声中她回到后台就哭了。

哭得泪水澎湃，依然无声。

再后我知道，她在青藏兵站部所属各部队，在北京，讲过几十场，每次一下来都要哭上很久。那时刻士兵的泪水和掌声也在台下同时迸放，那似乎不是表达赞赏，那是战士自己的经历和情感需要通过击掌来释放……我还没到高原，这位女兵已给我送来了一种很不一般的情况。现在我来了，怎能不去寻访她。

沿着兵站部后山的一条小路，我去325医院找她。

“你的故乡在哪儿？”

“河南安阳。”她说。

在她宁静的声音中，我知道了她的父亲也在高原当了二十年兵。倒淌河兵站早已被撤销了，在她的记忆中仍然活着。她的父亲从前就在那儿服役。

都说水向东流。这里是西部高地，怎有个地方水向西流呢？就因为那条河水向西流，所以被称为倒淌河。它源于青海省西麓的察汗草原，蜿蜒四十多公里流入青海湖。在那片广袤地域，没有人不知道倒淌河。它是那么著名。它也许是世界上河流宽度最窄的一条河，最窄的地方，男女在倒淌河两岸，互相伸出一只手，就能握在一起。

与倒淌河形影相照的那座山叫日月山。越是荒凉的地方，人们偏偏给取个美得令人神往的名字。分明是风雪暴虐的世界，父亲给她取个名叫

“瑞雪”。还在小姑娘时，瑞雪看到兵站的车场里都是些满身又脏又黑的人。她说他们老想逗我玩。

“小妹妹，你过来。”

瑞雪说我总觉得他们不是好人，总躲他们远远的。

回家问管仓库的父亲：“爸，车场里那些人是啥人？”

爸说：“汽车兵。”

瑞雪童年印象中那些不像好人的兵，就是青藏线上最艰苦的兵种之一。高原上还流传着这样一首歌谣：

好女不嫁汽车郎
一年四季守空房
过了一个团圆夜
洗了三天油衣裳

这可不是小姑娘能有的感觉了。

长成大姑娘的瑞雪考上了北京医学高等专科军校。她在北京入学的第二年，父亲转业，全家都回到了河南故乡。

瑞雪五岁上小学，高校毕业才十八岁。由于军队首长“情感倾斜”，“老高原”的子女毕业后可以安排在北京工作。校务部领导明确告诉她：“你要是不回去，就去301。”那是首都著名的解放军总医院。

十八岁的瑞雪还没有恋爱故事，天知道她到底萌生了怎样的冲动，为什么一定要返回高原？列车就要西去了，在车窗里，向送站的同学招手，她热泪盈眶……西部已经没有她从前的家，还是从前的西部吗？

列车启动的那一刻，她的心脏也曾掉到火车轮下。车行三天两夜，穿越世界上最高的铁路，回来了，她回来了，独自来到高原兵城格尔木。到底是什么注定了她会是一个高原的女儿？我不敢对你说我懂。

上线，为青藏线官兵体检，是本职工作，她去了。高山反应不会因为你是医护人员就不光临。一站一站地上，车行四天，翻过了海拔五千二百三十一米的唐古拉山口。在海拔四千五百九十米的安多兵站，她倒下了。谁也摇不醒她了。

汽车将她急送拉萨，在拉萨医院睡了七天七夜，她醒来了。

“我的胳膊咋这么疼呢？”挽起袖子来看，都是针眼。

据说这不算什么。因为她醒了。

日后照样上。二十岁，她变得像藏女了，脸蛋上变出两块圆圆的红色，上台演个节目不抹胭脂也红得很夸张。那是缺氧引起面部毛细血管扩张造就的形象。

然而她毕竟不是藏女，相似的外观反映的体内情况却不是一回事。她学的专业就是“检验”。她早知道，高血红蛋白症是严重缺氧必然会造成的高原病之一，会给心脏造成无法修复的损害。早先在北京医院见习，看到仪器显示出病人康复的标记，感到很美丽。如今在青藏线，每每看到那些标记呈不可逆转的趋势上升，竟感到自己这工作残酷。

譬如高血红蛋白症，写在医学书籍里的那个美丽数字是“13”左右，体检中发现有的士兵已高达“25”！到这水平，随时都可能出现可怕后果……二十岁，她在仪器中看到自己的那个数字是“20”。

后悔了吗？不像。

两年后，她由检验技士升为检验技师，调到西宁325医院。她说线上的人都说我们这儿是天堂，说我们是天使，我没什么不满足的。

我如何相信，怎么理解她呢？真正的理解也许需要她能做到的我也能做到，然而她十八岁的选择，我会吗？在她的笑容面前，我真的不敢说理解。

而她也说，她去北京也不理解都市的人。“他们怎么有那么多委屈，还有什么不满足呢？”

由于她“没什么不满足的”，也有人说她“不求上进”。所以她也不是思想激进，而是心的宁静。

她今年二十四岁，眉清目秀，我坐在她小屋的沙发上望着她，我无法向你形容，她有多么美啊！我的大脑里轰鸣着“西部歌王”的旋律：在那遥远的地方，有一个好姑娘。人们都说她在这儿，平凡而又平凡……

一九九五年六月　青海西宁

无名战士

“儿当兵当到多高多高的地方，儿的手能摸到娘看见的月亮。儿知道娘在三月花中把儿盼，娘可知儿在六月雪里把娘想。寄上一张西部的雕像，让娘记住儿现在的模样……”这是他们的歌，苍凉、高亢而壮丽。

这是我从高原找回来的一张照片。青藏线上不是只有公路，还有世界上海拔最高的输油管线，绵延一千零八十公里，其中有九百多公里在海拔四千六百米以上，五百多公里在永冻层。距今三十多年前，输油管线在冻土中发生故障，需刨开维修，这是青藏线种种艰难中最艰巨的任务。照片中是当年参加维修的管线团官兵。他们的姓名，我一无所知。

寻找父亲的墓

一九九五年秋，我去格尔木烈士陵园拜谒英灵，不仅看到了世界上最苍凉的烈士陵园，还意外地拍下这张照片：一个小姑娘，怀抱一瓶青稞酒来找父亲的墓。茫茫墓群中，没有人同她一起来，只有她自己。在一个没有墓碑的坟堆前，她站住了。我问她，那是谁？她说：爸爸！

贝壳里的涛声

他们走了，回北京去了。那以后，我又重走青藏线。翻越高高的纳木拉山口，到达纳木错，看世界上这海拔最高的大湖，清澈得令人惊叹。看通天河自由而去，将去接受人间的污染……

拉萨，这高高的太阳城。我站在一片阔地听树叶，知道是秋天了。我已经走过夏天。在昆仑山与淘金者共饮，在黑帐蓬前听藏女高歌。牛粪火燃出草色青青的滋味，亮丽的歌声似彩虹如鞭梢放牧我远行的心……我想我该记下难忘的藏歌，不料却被另一种歌声夺去情思。

天涯孤旅中我行程万里，与他们相逢，纯属偶然。他们是解放军军乐团。每当国家庆典，庄严的国歌就由他们奏响。当天安门前的演奏在世界屋脊的祖国边关凛然开放，我知道我们许多人都不同以往地饱享了超越冰山雪原的风光。那是在缺氧的高地，我该对他们用“半口气”吹出的一流音乐印象深深，我该对一个个女演员唱着唱着就置身于官兵中间，以一人之手去握许多手印象深深。但是，我仍被另一种歌声夺去情思。

你抬头看她，你再不看就没有机会了

“你想听什么歌，你就说。”是军乐团团长的声音。

是高高的哨所，哨所里只有一个兵。我不是因为有人“只为一个兵唱”而动容。那兵端枪站立着，似乎也没有动容。

“待会儿演出，你看不到。”团长姓齐，他说，“我们的郭春梅，是专门来为你演唱的。”战士仍然没啥反应。

“你的老家在哪儿？”是那位叫郭春梅的女演员走到了战士身边。

战士却低下头。

“你说在哪儿？”再问，到底听出他是说“四川”。

郭春梅讲出一支川歌，“你熟吗？”

战士摇摇头。

郭春梅又报出《十五的月亮》《望星空》，“你想听哪一首？”然后她说：“好吧，我唱《望星空》。”这是战士的选择，虽然声音小到只有春梅才听见。

歌声就要响起来了。齐团长忽然说：“你转过身来，看着她唱。”因为战士的身子仍立在岗位，朝边境那边。

战士依然未动。齐团长又说：“你看她现在脸上带着笑容，其实她刚刚爬到这么高的地方，反应得可厉害。你应该高高兴兴的。”团长的话并不夸张。可以说，就像多年前电影里那些争着要去炸碉堡的战士，说“我去”的女歌唱演员不只郭春梅一人。仅仅因为那时刻团长巡逻似的目光停在小郭脸上，说“小郭的脸色看上去还有点笑容”。

是的，到这儿，脸色还有点像笑的样子，并不容易。这个高地叫乃堆拉，海拔四千四百米。这是中锡边境，铁丝网那边却是印度兵。驻守在这儿的某部，前身是铁道游击队。郭春梅因此曾兴奋地告诉那儿的官兵：“我是山东人！”然而当年奔驰在铁道线上的英雄的后人，如今坚守在连汽车也不容易开上去的地方。军乐团成员是坐着大卡车上去的。当男演奏家也被高山反应和路转峰旋的几百个急弯折腾得倒胃翻肠禁不住呕吐，你以为他们体验到的仅仅是自己的艰苦吗？

“来，你面对着她，看着她唱。”

团长动手去“搬”那战士。团长为啥要有这动作？

团长叫齐景全，我不知这姓名对他指挥全团有过什么影响，不知那时团长是否觉得这样侧身低头听唱，景色实在不够齐全，但我知道，这里的景色，不仅仅是路险山高严寒缺氧。你无法奢想在那些海拔四五千米的军事高地有一个芳林嫂，战士们不但长年看不见一个女人，还看不见一片树叶。当了几年兵下山去探亲，有人看见树抱住就哭。假如你觉得我这样记述未免把我们的战士讲得太脆弱了，那你一定缺少母亲的胸怀，连父亲的背影也不配有。

歌声就要响了，战士仍低着头。

齐团长很像是着急了，再一次说：“你抬头看她，你再不看就没有机会了！”

我蓦然感到团长这话惊心动魄，感到这话几乎是一句经典。

在这遥远的地方，我在凝听一支歌

歌声响了。

“夜朦朦，望星空。”可是，才开声，歌声中就响出满池烟雨般的声音……这是什么，是唱歌吗？你从前是这样唱的吗？

为什么我竟能舍下那么恢宏、那么振奋人心的军乐演奏，只描述一位女兵的歌声……因她有什么突出事迹吗？因她唱得特别好吗？我无法回答。

在这遥远的地方，我在凝听一支歌……艺术的完成，原本就是表演者和欣赏者共同的事情。我像是第一次发现，欣赏者有可能不动声色地以更加不凡的力量，反过来操纵——或者说拨动——表演者的心弦。

歌声继续，涛声依旧。歌声中我还想起了另一支演出队，也是想起那里的女演员。我知道西藏军区文工团的女演员曾带着“能上几个就上几个”的决心，上到了海拔五千多米的查果拉。在那连苍鹰都不去盘旋的天空下，你将不只是感受荒寂，你将体验恐惧，甚则幻觉自己变成一根弃在荒原的骨头。有人鼻血流下来……不让她上，她用棉花堵紧原本格外需要空气的鼻孔，说我演的是哑剧小品，然后热血一口口往喉咙里咽……这是我在高原寻访而得的故事，像不像神话？发生在乃堆拉的故事却是我亲眼所见，眼前仍唱着歌的郭春梅，事实上到现在也没有把头发梳理好，尽管她头上还戴着军帽。

我不能不继续写下，我看到她们下车伊始，几乎都是裹着棉大衣由男演奏家们半搀扶着，向山寨似的营门走来。

那营门上插满了战士从很远很远的地方弄来的青枝绿叶，布置得好似过年过节。只是还算不上“结彩”，全是绿叶。

为了这一场演出，你不知战士登高涉远费了多少功夫。你看一眼就想哭。掌声下雨般爆响，那是乃堆拉全体官兵在雨中列队夹道欢迎。那时刻天上真下着细雨。这是一天可以感受四季的地方，忽风忽雪忽烈日忽冰雹。这里的细雨刮在脸上，绝不是内地唱着“毛毛雨”的滋味。那时刻郭春梅也像她面前的这位战士——半低着头（也许觉得自己形象狼狈），走过那一列长长的掌声。但是，毕竟走来了，军乐团强大阵容中仅有的几位女歌唱演员都走来了。虽然半低着头，虽然还把棉大衣的毛领上翻半遮着脸，好似害羞的新娘，但她们的出现实在是最为夺目，光彩灿然。

然而此刻，郭春梅抬头直面着那战士，在唱，那战士仍然低着头。郭春梅唱到了“那是我早已熟悉的眼睛”，她自己的眼眶已唱得一波比一波丰满。这时，战士所在部队的领导说话了。“你看着她唱。”犹如一个命令，战士的头抬起来了。恰在这时，歌声唱道：“我望见了你呀，你可望见了我？”

春梅告诉我，就在那一瞬，“我们的眼睛对在一起”，她说就那一瞬，她像看见一道闪电，心中突然遭到闪电的袭击！她说我避开他的眼睛，“再抬眼找他的眼睛，他的头又低下去了”。天知道恰恰又在这时，那歌词竟然天衣无缝地唱出：“即使你顾不上看我一眼，我也理解你此刻的心情……”也就唱到这里，郭春梅眼眶饱满的歌声终于决堤……

那时，我真想拥抱他

“当时，我想还是应该唱下去，但我实在忍不住了。”郭春梅说。

当时的齐景全团长也眼眶红红，说了句啥，我记不清了。

这支歌就这样结束了吗，没有。

郭春梅似乎有些抱歉，她向那战士伸出了手。

可是战士没有理她。

春梅就把手贴到战士的一只手上，随即叫出：“呀，你的手这么凉啊！”

那是握枪的手。春梅又把自己的左手也伸出去，双手捂住了那战士的一只右手。

“那时，我真想拥抱他！”

这是在拉萨，在军乐团离藏前夜，春梅这样告诉我。

我说：“那你为什么没有？”

她说：“我怕吓着他。”

她又说，那时我感到他身体特别单薄，站在这么一个辽阔险峻的地方，还没穿大衣……他眼睛不大，睫毛挺长，眼神还是个孩子……一九九三年毕业于山东艺术学院音乐系的郭春梅这年才二十四岁。在家，她是五个兄妹中最小的，春梅姑娘甚至连当姐姐的体验都缺机会。可否说，她彼时腾升而起的却是一种如姐如母的情怀。

要下哨所了，她又回头，“给我俩合张影吧。”

今夜，她说，我想搂住他的腰照，可他仍然握着枪，枪是横过来的，把我挡住了。没办法，我只好扶着他的右臂。

“我给你握握手，好吗？”照过相，这是春梅对那战士说的最后一句话。这时，那战士，十九岁的四川兵，叫崔勇，伸出了手，同春梅的手握在一起了。

多么难得的一握啊！

仿佛是首都艺术家同边关战士某种难以言状的象征。

战士的眼睛仍低垂着，眨巴眨巴的，到底挤出一句大家都听到的话：“祝你身体健康！”

这个日子是一九九五年九月七日，下午。这是中国人民解放军军乐团来藏慰问军民，纵横数千里在此的最后一场演出。

此时，边境线上静悄悄。最后的一场演出还没有开始。

今夜都市如此辉煌　你是否还守望着星空

“我以前唱这支歌，觉得是在唱歌。这次，我没感到自己是在唱歌。”我记得郭春梅的这话。我想这话大抵接近智者的了。

也记得春梅说：“我以后下部队，都要唱这支歌。”

我也琢磨，那战士为啥没选择《十五的月亮》，选了《望星空》？青藏青藏，高高的哨所和兵站，《昆仑山上一棵草》里的惠嫂，如今你在何方？没有女性的世界不是完整的世界，十五的月亮在何方？当你很动情地唱着军功章有我的一半也有你的一半，可知在这“手可摘星辰”的地方，战士更多是只想站岗，少想勋章。世上有什么样的勋章，可以交换他们的青春奉献？虽无言，但我们感谢你啊，何日姐再来？

当看到西藏墨脱边防官兵——从全国唯一不通公路的墨脱县，从“高原孤岛”——用直升机给军乐团捎来一面签满全营官兵姓名的锦旗，并请求寄一盒他们演出的录音带，你会不会掉泪？

我也想起春节联欢晚会闪亮在屏幕上的祝福：恭喜发财！我知道这是祝福全国人民走向富裕。我也想起青藏线上官兵的话：“别人讲发财，我们讲忍耐。别人讲挣钱，我们讲奉献。别人讲致富，我们讲吃苦。”然后我想，应该为春梅姑娘写一支歌，最好能到春节联欢晚会上去唱，让高原官兵，让那位面对面不敢看她的战士，对着电视屏幕仔细地看一看她，歌中大抵应有这样的词：

今夜，都市如此辉煌
你是否还守望着星空
我知道风雪万里浩荡
我知道你的手有多凉

故乡离我们很远，星星离我们很近。天涯路可以缩短心与心的距离。我随军乐团在藏一路同行，曾想应该写一篇关于他们的较为全面的文章，可我只描述了一支还没有唱完的歌。我很抱歉。

大海离我们很远，荒漠离我们很近。假如这半支歌好比半个贝壳，愿你能听见贝壳里的涛声。

但是，当我这么说时，你会不会认为我是在赞扬军乐团或者春梅姑娘？都说艺术是为了去打动人。在这里，我已分不清谁感动了谁。

他们走了，回北京去了。那以后，我又重走青藏线。翻越高高的纳木拉山口，到达纳木错，看世界上这海拔最高的大湖，清澈得令人惊叹。看通天河自由而去，将去接受人间的污染。看沱沱河，这长江源头第一河，是接纳了数不清的源泉，才变成了我们的母亲河。我知道我对相逢在高原的军乐团的演奏家和歌唱家们都充满敬意。但我并不知道从这里归去的人包括我自己，回京后会是什么样子。我只想：

生命中动人心魄的美景，也许并不很少，只是许多美丽且渗透着忧伤的故事，常在遁去无迹的黄昏或早晨悄悄流逝。

为此，我应该记下这支歌。

一九九五年十月

【补叙】常有人问我，你为什么以极大的热情写此类文章？其实，我的意思已写在文章中了，如果要我说得更明白些，我是想说：人啊！记住你自己优秀的时刻，向你自己的优秀学习。很多时候，我们并不在这样的状态。这样的状态比黄金更珍贵，我为什么不拾掇起来呢？很多时候，我们被文明都市中的许多追逐堵塞，时髦地说着“我郁闷”。实则连名利都脆弱，好比“一片树叶落地，数不清的蚂蚁搬来搬去”。

西西里听歌

我相信艺术美到很高的境界，可以瓦解人想破坏什么的念头。这种心境，已经不仅属于歌者，更属于得到熏陶的众人，可以使人想对身边的随便什么人发出笑容。

西西里岛在欧洲南端，隔着地中海与非洲相望。

初次出国，我将去这个美丽而神秘的岛屿。它是地中海中最大的岛，黑手党总部就设在这个岛上，意大利警方要找到它摧毁它，却是个很久的难题。它是个国际性组织，产生于十六世纪末。一九九二年，意大利第十八届蒙得罗国际文学奖颁奖仪式将在西西里岛举行，我是作为中国作家代表团成员应邀前去参加。行前，因黑手党活动猖獗，会期推后了。当再次接到出访通知，启程，到达西西里，正是西西里的初冬。

从飞机上，看到了由万点灯火组成的西西里岛。此时正是西西里深夜。会议评委会主席兰蒂尼亲自来接我们。我们一边感受着热情，一边注意到机场大厅里不少全副武装的警察，女警也长枪短枪，还牵着高大警犬。白墙上贴着“通缉”，彩印的，看上去像电影广告。那些被通缉的对象大都西装领带，并不贼眉鼠目，还颇有电影明星的味道。

颁奖仪式在西西里岛一个歌剧院举行，男警女警同样光顾保护着这个场所。中国作家代表团五人被安置在第一排，这是最受尊敬的席位。我想这大约因为我的民族早在汉代就开始了试图同罗马联系的努力。在威尼斯的里阿托桥旁，至今依旧保留着一座古老的三层小楼，那是马可·波罗的故居。自从马可从中国回到他的祖国，尽管他的东方见闻在当时也曾被认为是胡说八道，但还是被广为传诵，刺激了一个富有探险精神的时代，引起了深远的冲动。

日本这次没有人来。当电视摄像机在我们面前晃来晃去时，我发现，我们在这里成了相当突出的来自东方的“外国人”。在这个历史和艺术都很丰厚的国家访问，感受是很多的。但我没想到，令我感受最深的却是发生在颁奖完毕，歌声响起。

美声歌唱响起来……响起来时，我突然感到，用语言无法表达的东西，在那里面了；用理论无法界定的东西，在那里面了。伴那歌声的乐器只有钢琴与提琴，是不是太简单了呢？我不知道。只见演唱开始，原先坐在台上的评委们全部退到台下端坐，意大利国家电视台和西西里巴勒莫市电视台有四台摄像机在工作，此时已没有一台摄像机可以在那个场所晃来晃去抢镜头。歌声中我看到了意大利……罗马、古罗马、佛罗伦萨、威尼斯、米开朗琪罗、《神曲》、足球、飞过教堂尖顶飞过海天的鸽子……忽又记起这是在西西里岛，美丽的西西里岛，这里蓝色的海湾、金色的沙滩、城市和空气，似乎都让人想做点好事或坏事，每时每刻似乎都能感觉到天使和魔鬼在交战。

我想起了一个中国成语：曲高和寡。我开始发现，令我惊叹的不在那唱，在听。我发现我在注意听众，我还注意到那个歌声萦寰的场所，不但四壁，连屋子的穹顶上都绘满了完全裸体的男女。台下是完全肃静吗？我仿佛听到所有的人精神内部都在发出热烈的声音，那声音都在同台上的歌声拥抱……我陶醉了，为这个场所的“曲高而听者不寡”感动。

我也想起了“阳春白雪”，那是战国时代楚国的高级音乐。钟子期死，伯牙终生不复鼓琴的故事则在说，世上有能创造出像泰山那样巍峨、像长江那样浩荡的音乐的人，但缺少能欣赏的耳朵。当然也想起了“下里巴人”，我并不以为“下里巴人”不好，而是感到一个很早就有“阳春白雪”，有伯牙、有钟子期的民族，该有条件来保存和发扬自己的“高山流水”，并有欣赏它的耳朵。

我在这里听着美声歌唱，感觉“阳春白雪”强调的是能够照亮生命的“温度与纯净”，这里有追求本真的平凡。如果失去这一内在的平凡，徒撑外壳也不是“阳春白雪”，那就远不如生机勃勃的“下里巴人”。

“美声”似选择了不登高涉远便不足以倾诉的形式，一开声就有如壮丽的远征……远行者的消息，要让仍然在故乡熟悉而又熟悉的道路上的人们听到，实在不容易。一旦让我们感觉到你看到你了，你必是有如月映万川，高明普照。

你是这样获得平凡的，你以你的照耀表明你无论登多高行多远，你都没有忘记你是谁，你从哪里来，这真的需要有平凡才能达到。达到，就会让我们获得非常深刻的感动。

我于是明白，不论何种唱法，真正的高超恐怕不在于唱法，而是歌声的内部有透明的平凡，歌者与听众之间才会有一条大道。

我相信艺术美到很高的境界，可以瓦解人想破坏什么的念头。这种心境，已经不仅属于歌者，更属于得到熏陶的众人，可以使人想对身边的随便什么人发出笑容。那时，我想吻一位意大利女郎而不以为是邪恶的事。

当然，在西西里听歌给我的强烈印象是“听”的阵容比“唱”更壮阔。能“听”并不只是听，是感受、是欣赏、是参与，并达到神性的沟通。我也由此想，我们在这个信息时代，若能听懂看懂世界各民族的声响世相，也是一种“听”，比去到海外的华人在海外也能“唱”出佳音具有更广阔的意义。

然后我想，无论是音乐，还是科技与经济，乃至政治，都需要屈原说的“吾将上下而求索”。不管位居多高，都需要平凡。和者不寡，才有真正的高山流水。

一九九二年十二月

尼罗河上的婚礼

在激动人心的音乐舞蹈中，我想我应该让自己沉静地观察，因为这是个近距离观察阿拉伯民间生活的机会。

游船尚未启航，尼罗河之夜的灯光已在我们心中荡漾。

这条世界上最长的河，孕育了古埃及文明的河，在我心中实在已经很久了。二〇〇六年二月，我终于看到了这条河。白天，我们已经欣赏了这条蔚蓝色的河，它宽阔宁静，令人难以置信的清澈，绸缎般伸向远方……据说尼罗河的夜色，更有置身于神话中的感受，我们在一个夜晚登上了一条大型游船。

忽然，岸上传来小提琴、手鼓等器乐齐鸣的声音，并有众人歌唱……那旋律、那歌声，都那么欢乐。

我们从游船的阳台上往下看，就看到一大群阿拉伯人围绕着一对新郎新娘，载歌载舞，向游艇走来。那么浓郁的阿拉伯音乐，那么欢乐的情景，立刻把我们感染了。

那时刻，我身旁的中国朋友全都停止了说话声，就像遭遇到一个突然事件。我忽然想，这是在拍电影吗？色彩如此鲜艳，人们如此投入、如此欢乐……可是，周围没有摄像机呀？

他们在游艇前自然地形成一个载歌载舞的圆圈，在那里踩着音乐节奏歌舞，尽情地歌舞……哦，连接着河岸与游艇的是一座宽阔的桥，他们的舞步拍打着桥板，强烈的节奏放大了欢乐的声音，我感到脚下的游船都随着他们的节奏起伏。

他们在那里歌舞了好一阵时间，才进到船舱的大厅。这时，我们清晰地看到了新郎和新娘。新娘穿着洁白的婚纱，皮肤很白，眼睛很大，透彻的眼睛让人想到沙漠中的绿洲。不仅新娘很美，伴娘也很美。比起其他狂欢的人群，新娘和伴娘显得有种宁静和含蓄。那种含蓄、美丽和灿烂的笑容，就像埃及的阳光。

就在目不暇接中，我们已处在他们欢乐的婚礼晚会的旋涡中了。我之前并不知有这婚礼，似乎是意外遇到，但很快了解到，阿拉伯人的婚礼，选择到尼罗河夜晚的大型游船上来举行，是常有的事。但是，阿拉伯新娘都有这么美吗？我置身于这个氛围，仍然感觉，这像是尼罗河馈赠给我们的一个阿拉伯神话。

在激动人心的音乐舞蹈中，我想我应该让自己沉静地观察，因为这是个近距离观察阿拉伯民间生活的机会。我注意到，参加婚礼的有新郎新娘的父母和其他亲属，有他们双方的青年朋友，约近百人。这游船上的结婚典礼，没有我们在国内看到的酒席大宴，不是大家来吃一顿喝一通。虽然，船舱大厅摆着长长的台桌，桌上也备有简单的点心，但这里主要就是歌舞，是歌舞盛宴。

除了新郎新娘的父母外，几乎所有的人都轮流加入了歌舞。

他们忽然同时发出一声欢快的呐喊，令人惊心动魄。

音乐和舞蹈的节奏都那么欢快，那么强劲。

那么充满生命的激情！

当一群男女儿童出现在舞蹈区的中央时，新娘就在孩子们中间，孩子们围着新娘，与新娘共舞。孩子们的舞蹈也非常优美。一批一批的青年接着进去围着新娘跳舞，新郎也加入。

每个人进去、出来都随意，都自由自在。

每个人的舞姿都很独立，跳出自身的开心和快乐。

这时，我想起初到开罗的夜晚，当我们乘车从机场进入开罗市区，我看着两旁的建筑和夜市，忽然感觉犹如来到二十世纪七八十年代中国南方的某个城市。埃及人大部分生活水平不高，近一半人口生活在贫困线以下。我无法判断这对新婚夫妇的家庭经济状况，但可以肯定这是民间婚礼。

就在这个婚礼上，我看到他们群体这样的歌舞，这样的欢乐，有一个问题窜到我心里来：这样的欢乐，是真正的欢乐吧？我为什么会这么想呢？是否在我们的生活中缺少真正的欢乐，以致怀疑他们的欢乐？我想不清楚。

这不是我们在国内节日的电视节目中看到的——由专业文艺人员组成的——广场歌舞或舞台上的歌舞，这就是阿拉伯民间由新郎新娘的亲属、朋友们聚在一起，让我们看到的欢乐场面。

我们是外人，我仍然要求自己冷静观察，但是，我发现自己的“冷静”正在被溶化，我已不由得沉浸其中，而且不由自主地体验到了一种快乐和朦胧的幸福感。

幸福是什么？是一种能让人为之感动的体验。

幸福包含着个体生命能够释放，能够感受的激情。

就群体而言，幸福感或许包含着一个民族的自豪感。

突然一阵急促的音乐，一个扭动肚皮的舞娘轻盈地来到舞区中央，大家发出一片欢呼。这就是阿拉伯世界最艳情的东方舞了，俗称肚皮舞……阿拉伯女子平素大都穿长袍长裤，戴头纱。头纱色彩艳丽，各色纱巾把阿拉伯女子打扮得多姿多彩。纱巾中大都有一张圆润的脸，温和宁静的微笑与她们的穿束，都使阿拉伯女子增添了神秘的美……此刻出现的舞娘却如此开放，她上身只穿着表演用乳罩，完全袒露着腹部，下身穿一件艳丽的侧开衩露大腿的长裙，肌肤丰满，白如羊脂。

在一阵阵海浪拍岸般的激烈的阿拉伯音乐中，舞娘急促地扭动胯部，只见她那乳罩包裹不住的丰满的双乳微微颤动，肚皮却极有节奏地急速抖动。踏着音乐，她的脚步不停地变换着节奏，扭腰、摆臀，扭动双手，扭动身体的每个部位……舞到高潮，她腰肢的急速颤动达到巅峰状态，有人告诉我“每分钟超过百次”。用婀娜多姿来形容她的东方舞，是毫不夸张的。

东方舞有悠久的历史，在古埃及神庙和墓葬的壁画中都发现酷似“肚皮舞”的舞姿形象。相传曾有一位美丽女子，婚后不孕，到神庙前来扭臀抖动肚皮，表示祈求生育儿女的意思。她非常神往非常虔诚地抖动肚皮的舞姿，打动了祭司，以至神庙采纳她的“舞蹈”为祭祀仪式所用，并流传下来。

我在这个既有壁画又有传说的遥远故事中回想，其实，世界上许多古老民族都有“巫”的历史。在人类古老的祭祀活动中，手舞足蹈的巫师巫婆，那颤动不已的癫狂姿态，均有酷似“肚皮舞”的心灵祈求和肢体倾诉。因为用肢体向神灵诉求，更表达得明白透彻而强烈。那强烈而持续的颤动，达到巅峰状态，是在竭尽全力地表达，是在如醉如痴虔诚无比地倾诉。中国话语“巫”与“舞”谐音相通，“祷”与“蹈”谐音相通，舞蹈就从巫师身躯手足强烈颠颤的祈祷动作中萌生而来……肚皮舞在阿拉伯帝国时代开始流行，表明阿拉伯人把这种古老祭祀活动中的庄严诉求形式，改造成了更加优美的舞蹈。到奥斯曼土耳其时代，肚皮舞以更为开放的形式出现，其袒露肚皮的形象，在我看来，是远承着古老祭祀活动中的坦诚。十九世纪的穆罕默德·阿里王朝曾禁止在开罗的公共场所跳肚皮舞。二十世纪第二次世界大战结束后，伴随着世界性旅游业的恢复和发展，埃及的阿拉伯肚皮舞重现辉煌。哦，这肚皮舞从远古走来，被冠以雅名东方舞，其实是世界上历史最为悠久的舞蹈啊！

今夜，我在离这位阿拉伯舞娘只有一米的近距离，欣赏了她淋漓尽致的东方肚皮舞，不仅感到她婀娜多姿的东方舞激情澎湃地奔腾着生命的颂歌，美丽之极，并对源远流长的阿拉伯文化，以及阿拉伯人推陈出新的美妙创造充满敬意。

不知道这位舞娘跳了多长时间，我们感觉她应该跳累了，因为她舞蹈的时间实在不短，最后还不断邀请周边的男子与她共舞。她向大家鞠躬退场后，又一曲阿拉伯音乐再起，这时入场的是一位阿拉伯男子表演“苏非舞”，俗称旋转舞。

这是我此前从未见过的一种舞蹈，男舞者穿着宽大的长裙，周身上下色彩极为鲜艳。他宽大的裙摆旋转起来，越转越快，展开如同一把大伞。继续加速，他的身躯与那“大伞”已形成旋转中色彩难辨的幻影，令人感到不可思议。

忽然，他把飞速旋转的长裙从头顶上脱下来，我们发现他身上还有一条长裙继续旋转着，而他手里那条长裙转眼间被他折叠成一个襁褓中有娃娃的形象。这时，他抱着色彩鲜艳的“娃娃”，上身并没有旋转，裙摆仍是张开的，是他腰身的扭动使裙摆上下翻飞。接着，他抱着“娃娃”走到新娘跟前，让裙摆落地，躬身把“娃娃”献给新娘，新娘似乎有点羞涩地微笑着收下了。大家欢呼。我听不懂阿拉伯语，但看懂了，这是祝福新娘早生贵子的意思。在音乐轰鸣和大家的欢呼中，这是婚礼的高潮之一。

当大家再次进入圈中群起而舞时，音乐声、强劲的舞步声达至鼎沸。当他们把手都牵在一起时，挽起的手臂或上或下，就像是舞起飞翔的音乐，伴随着那么强烈的节奏，一阵一阵骤然发出的欢快呐喊，确实令人身心神往！

这时，我注意到，他们使用的小提琴和电子琴等乐器都是西洋乐器，但音乐一响，每一寸空气都充满了阿拉伯……那么典型的阿拉伯音乐，那么浓郁的阿拉伯风情！就在他们热烈奔放的音乐中、歌舞中，就有他们色彩斑斓郁郁葱葱的家乡。这里飞扬的文化就是他们的民族、他们的文明。

我忽然理解了，西化和现代化是两个东西。

他们可以接受西洋乐器，也可以接受西方现代科技，但不会因此而西化。他们的音乐、舞蹈、服装和配饰，他们眼神中、笑容中流淌出来的欢乐和情感，都告诉我们，他们是那么热爱自己的文化。那是他们生命的根，他们的激情，他们的家园！

我在那阿拉伯儿童的脸庞里看见了阿拉伯“神灯”，想起我少年时看过了阿拉伯神话。我还在某位阿拉伯男子的微笑中看到了“阿里巴巴”。

我在这个婚礼的歌声中、舞姿中，看到了阿拉伯民族浓郁的色彩，绽放着这个民族热情奔放的性格。

我想起在开罗的市场，随处能听到阿拉伯人见到我们开口就说的一句中国话："你好我好大家好！"我想这短短一句话中包含着对他人的尊重也包含着自信，还包含着共同快乐幸福的祝愿。

我还想起我看到的埃及国家大剧院、开罗五星级宾馆等现代建筑，里面装饰的色彩大约是世界上最鲜艳、最热烈的。我再次感到他们可以吸收现代科技造出现代化建筑，但建筑的风格、内外色彩都是浓郁的阿拉伯情调。那样的艳丽，那样的造型，大约只存在于阿拉伯神话。他们只要有经济实力，吸收现代科技，就会把阿拉伯神话中金碧辉煌的世界变成现实。现代化同他们热爱的民族文化结合，才有根植于他们民族土壤的富丽、雄强与尊严。

歌舞仍在热烈进行，他们仿佛不知疲倦。

我们忘记了游船是什么时候起航的。

忘记了尼罗河两岸的夜景。

眼前的美景，胜过了尼罗河两岸灯光弥漫的风景。

我相信，这里面有浸漫着他们身心的自豪与幸福。

在这个尼罗河之夜，我加深了对阿拉伯民族的了解。

我感受到了：阿拉伯民族是一个伟大的民族。

二〇〇六年二月

【补叙】来到埃及，看金字塔依然耸立，满街都是阿拉伯人。古埃及人到哪里去了？今天的埃及全称是“阿拉伯埃及共和国”，首都开罗是非洲第一大城市，也是阿拉伯国家联盟总部所在地。

古埃及约在公元前十一世纪后沦于被一个又一个外族统治，到公元前三三二年被亚历山大帝国征服，再后于公元前三〇年被罗马占领。公元六四〇年阿拉伯人攻进埃及，并最终使这片土地“阿拉伯化”。这个时期罗马帝国分崩离析，欧洲文明也衰落到严重落后于崛起的阿拉伯文明。这一时期阿拉伯人无论文学、艺术和科学各方面都有重大成就，这是阿拉伯人对东西方文化交流和发展做出重要贡献的时期。换句话说，能够使埃及“阿拉伯化”的决定性因素并非阿拉伯人的武力，而是以崭新姿态出现的阿拉伯文化。我由此加深了这样一个印象：在人类历史上，能够真正产生征服力量的并不是武力，而是文化。

西班牙往事

大海有门吗？西班牙被欧洲人认为是“打开大海之门”的国家，因西班牙女王伊莎贝拉赞助意大利航海家哥伦布远航，导致“发现”美洲大陆。此后西班牙成为海上霸主。英国则在伊丽莎白女王一世的时代，击败西班牙成为新的海上霸主。那日照海洋的往昔，有千般旖旎，亦有得失教训可为今日之鉴。

“让英国佬替我们生产吧！”

这是帝国时代的西班牙人的声音。由于哥伦布的发现，西班牙成为欧洲第一个去开发美洲大陆的国家，并成为自罗马时代以来西方第一个跨越洲际的帝国以及当时西方最富、最强大的国家。

那时，西班牙热衷于海外殖民扩张，许多商品依赖别国生产，最主要的就是叫英国人生产。西班牙把从新大陆运回的黄金白银付给英国人，用来购买各种物品。这就培育了英国的工业。

如果我们想在这个时期找一件西班牙和英国共同的大事，我看这就是了。就在这件大事中，强大的西班牙和正在谋求强大的英国发生了重大变化。

当时的西班牙并非没有发展工业的条件。在西班牙的黄金时代，被西班牙统治下的尼德兰商人正忙于“商业扩张”。他们建造了一种利于商业运输而不是海上作战的快速船，称“飞船”。商业的迅速发展使尼德兰地区形成了由商人和企业主构成的资产阶级。发达的商业正不断催生出制造业，此时尼德兰南部的安特卫普就是西班牙帝国的商业和制造业中心。

如果西班牙统治者能够认识到发展制造业和商业才是强国之本，就会把安特卫普看作西班牙最宝贵的强国基地。

可是，西班牙统治者把尼德兰地区十分活跃的民间投资生产活动看作对国家统治的威胁，国家及天主教会共同加以阻碍，于是爆发了“圣像破坏运动”，随即爆发了欧洲最早的资产阶级革命。一五七六年，西班牙统治者为镇压起义者，竟然放水淹了安特卫普，这就把自己的工业和商业中心消灭了。

从此，北欧的商业和制造业中心转移到荷兰的阿姆斯特丹。尼德兰的范围相当于今天的荷兰、比利时、卢森堡和法国的东北部。一五八一年尼德兰北方七省成立了“联省共和国”，即荷兰共和国，这就是欧洲第一个资产阶级共和国，并因强大的海上势力被称为“海上马车夫”，开始取代西班牙成为海上霸主。

在米歇尔·博德的《资本主义史》和西普拉的《工业革命前的欧洲》中分别提供过这样两个数据：一是十七世纪中期荷兰拥有的水手超过西班牙、法国、英格兰和苏格兰的总和；二是当时整个欧洲从事航运贸易的船只约两万艘，荷兰人的船占到一万五千艘以上。可见荷兰的海上贸易已做到多么巨大。

但是，荷兰在黄金时代也犯了一个错误，他们把主要的精力用于金融和贸易，而忽略了本国的制造业发展，虽然荷兰的造船业极其发达。

今天我们已不难看到：西班牙依靠从美洲殖民地得来的大量黄金白

银未必能建立起真正的强大。荷兰通过大力发展贸易和金融积聚了大量财富，也没有抓住时机充分发展本国工业。这两国最终都因工业空虚而走向衰落。英国却在为西班牙人生产、为荷兰人生产的过程中，把自己的工业发展起来。

英国的成功可以从这两方面去看：当近代工业在这个星球上出现的时候，建设本国商业和制造业才是强国之本，建立完整的国内经济基础，才有利于生存和发展，此其一；实现国家的繁荣要靠有生气和进取精神的民间投资者和工业产品制造商，以及规模宏大的产业工人，此其二。

再看当今中国。欧美投资者多因看上中国民营企业的“低价劳动力”，亦如从前西班牙人说“让英国佬替我们生产吧”，现在他们也说“让中国人替我们生产吧”，由此产生了两个后果：

一是中国民营企业科技含量不高，但在替欧美厂家生产的过程中，吸收国内外先进技术，这使生产水平得到快速提升。

二是中国人还穷，有点薄利就干，欧美投资者作为买方，便用资金培育了中国民营企业的工业生产能力。

中国民营企业由此把“生产力落后”和“贫穷”这两个弱势转化成优势。在这个过程中，中国沿海地区出现了一个新词叫“贴牌经济”，讲的是产品贴上欧美厂家的牌子，出海了。不久西方商家来了，说你把产品直接卖给我，可以得到更多利润。于是出现了西方商家与中方厂家的合作。因商家不是产品生产者，大量印有“中国制造”标记的产品，在海外市场出现了。一些民企贴上自己的牌子，这就走向了“创牌经济”。

从一个研究课题出发，指出中国民营企业在发展工业制造中造成的高能耗、高污染，无疑很有价值。文学是人学，如果从中国农民的生存和发展进步去研究，会看到什么？

在经济发展中最重要的进步是人的进步。中国有众多的农业人口，当大量农民变成工业生产者，不仅促进了农业人口向工业转移，并呼唤和促进了宾馆、餐馆、物流、文化娱乐等第三产业的兴起。当他们能使产品被欧美市场接受，他们便以不到三十年时间走了西方工业二百多年的历程，由此发生和仍在发生的一系列变化，不论怎么看都是奇迹。相当多的中国农民在这个时期犹如孙悟空出世，一个筋斗云翻出了十万八千里。此种进步，不管怎么说都是巨大的。

当然，问题是存在的，而且非常严重。

农民们传统的家乡是没有下水道的，他们发展工业的第一桶污水，泼在自己的家门口。第一桶垃圾也倒在离居所不远的地方，不久就堆积如山。但是，他们的口袋里开始有了钱，而且有不少钱。他们不能生活在垃圾堆里。

“产业要集聚，人口要集中。”这话出现了。

工业开发区随之出现，不久易名为科技开发区，这意味着制造业科技含量提升。有下水道的，使用抽水马桶的新村新镇出现。沿海一些地方出现移民并村，因人口集中，大型购物中心、餐馆、宾馆随之出现，建起的中小学、医院、银行、邮局、公园、图书馆、体育场、电脑中心，以及电信系统和宽阔的道路等，才会更有效地资源共享。“新农村”是这样出现的。

更准确地说，在“城乡一体化”建设中，这样的地方不仅接纳了许多外来打工者，当地农民也成为新的“移民”。

许许多多人都在体验：我们在迁徙，哪里是家乡？我们的父母来到这里，把希望播种在这里，这里就是我们新的家乡。

这是一个颠沛再造的时代，一个激动人心的时代，如此的迁徙，那种身心的迁徙，生产方式、分配方式的迁徙，思维方式、眼界胸怀的迁徙，我们从传统的农业时代迁徙到了百业交融、鲜花也成为产品成为高雅礼品的多姿多彩的时代。

也由于这一进步，我们才有了如何来实现经济增长方式转变的基础，这就挺进到了争取更大进步的前沿。任何民营企业在当代世界中要想持续发展，都必须从模仿制造走向研发制造，需要提升再提升科技力和高级管理能力，否则就不可能存在。

还有，不能忽略提升极为重要的文化力！因为科技力和管理能力主要涉及人的能力，它可以使你有很好的楼房和设备；文化力还需管人的灵魂，心灵之乡。优质的文化力才可能实现最为有力的低耗高效和资源共享。一句话，需要迁徙到信息化的新科技、新经济和新文化时代。

我看到，学者指出当今民营企业需要克服高能耗、高污染之弊，是深怀责任感的。那些生活在落后的乡村里的农民，为改变贫穷，包括改变科技文化的缺欠所进行的奋斗也非常努力，他们在今天取得的业绩，已经是值得后代子孙永远尊敬的。

二〇〇六年五月

【补叙】当我在浙江宁波北仑港看到——堆积如山的“中国制造”每日每夜都在向世界各大洲发运，无不满载出航……而从海外来的轮船甚至有无货可运放空航行的；当我在非洲亚历山大港访问得知埃及与中国的贸易之比是1：9，中国的9是向埃及出口各种“中国制造”，中国从亚历山大港进口的物质只有一种，即石油……我应该为中国人感到自豪吗？我渐渐感到吃惊！我看到了日夜向外发运的“中国制造”无不是资源，像这样发运，中国资源经得起多久如此外运？我们的“经济发展和繁荣”不仅以耗损大量自然资源为代价，更以掠夺性地耗损了子孙的生存环境为代价……事实上，中国广袤的农村仍有改善日常生活的巨大需求。每当地震、洪水等灾难发生时，我们从电视报道的救灾现场屡屡看到许多贫困地区的民居依然“一穷二白”……我不能不重新想想一些经济学家曾大力宣扬的用“中国制造”换“外汇”，究竟是怎么回事？我开始重新领略中国本身有巨大的市场，重新体会“自力更生”对解决中国城乡自身问题的伟大意义！

奥斯维辛静悄悄

走进去才知，这是个没有讲解员，也无须翻译的地方……那堆积如山的高跟鞋、童鞋，那同样堆积如山的金色头发就像波浪滔滔的金发之海，那金色的长辫子还保留着女主人生前梳辫的形状……那是全人类都能听见的凄厉控诉！

华沙在机翼下出现，万点灯光勾画出这座第二次世界大战后重建的城市。下了飞机，感觉凉爽像云雾那样弥漫在秋夜的静谧中，柔和的灯光似乎还飘来一种温馨。

我难以想象，这初到波兰下飞机的感觉，同日后踏进奥斯维辛集中营的感觉，如何能统一在一篇文章中？

但我决心要这样来写这篇文章。

我的眼前甚至栩栩如生地看到我亲爱的故乡女子。

我想就这样叙述，把我看到的奥斯维辛、维斯瓦河与华沙美人鱼，告诉我的亲人们。

奥斯维辛集中营距华沙以南约二百四十公里，从华沙驱车南去，可以充分领略这个平原国家。

在波兰语中，波兰的意思即平原。波兰海拔二百米以下的平原占全国总面积的72%，土地肥沃，风光绮丽。

波兰人是斯拉夫种族的一支，大都金发。

男子体格健美。女子大多数都长得挺标致，尤其是她们的皮肤那么白润晶莹，素有“东欧美女”之誉。我感觉还该誉之为“欧洲美女”，因为我在欧洲南部的意大利、中部的奥地利，都没有见过这么普遍的美丽女子。她们走在街上，仿佛就是流动的画，就是音乐，就是诗。

当汽车接近奥斯维辛集中营，我们不约而同地开始沉默了。

为我们当翻译的有一位是曾在中国西安留学的波兰籍青年拉发尔，他的脚受了伤，不大方便。另一位是在波兰攻读博士的中国女留学生何敢。汽车在昔日的集中营门前停下来，何敢说：

“你们去看吧，我不进去了。”

“为什么？”

她说她看一次，出来后三个月都缓不过劲来。

翻译不进去，那我们不是不方便吗？

但在奥斯维辛集中营，翻译是否进去是不重要的。

那里有堆积如山的金色头发，就像波浪滔滔的金发之海。

那金色的长辫子，还完整地保留着女主人生前梳辫的形状。

那用头发制造的地毯，看一眼就能令人灵魂震颤。

那同样堆积如山的头梳……

那令人震撼不已的如山如海的高跟鞋、童鞋……

那是无须任何翻译，全人类都能听见的凄厉哭喊和控诉！

这仅仅是德军溃败时来不及运走的一部分。

有许许多多死难者的头发制品早已进入欧洲市场。

走进去，我感到用任何语言来介绍这座集中营都是苍白的。

我于是拍照片，现在你可以看这些照片。

但照片也是有限的，面对那依然漂泊着死难者灵魂的如山如海的遗存，照相机只能拍出很小的局部。

走进去，发现所有的参观者都是静悄悄的。

没有讲解员。

你可以凝听死难者用自己的遗物、自己的灵魂向你控诉。

那岗楼，那一重重高压电网，都静悄悄的。

一切依然是六十年前的模样。

一座座关押无辜者的红砖小楼排列得如此整齐。

如何能想象，人类历史上怎么会有这样一批人，在这里这么冷静地操作着杀人。他们运用了科学技术，以提高大批量杀人的速度，并计算着最低成本。

今天，毒气室的地上，安放着波兰人用亡灵灯摆成的十字架形状，鲜花祭献在焚尸炉前。

德军在波兰建的集中营远不止一座。奥斯维辛集中营是最大的一座。被德寇用火车一趟一趟押到波兰来的绝大部分是犹太人，来自欧洲约三十个国家，死难人数至今难以准确统计。

奥斯维辛，则是当时有很多犹太人聚居的地区。

一九四五年三月，苏联红军占领奥斯维辛集中营，解救了还没有被德寇杀掉的少数幸存者，并抓住了还来不及逃走的德寇。

苏联红军对被解救的幸存者们说："现在，你们想对这些法西斯做什么，都可以！"

按想象，这些幸存者，不论为自己还是为那么多被法西斯杀害的人们，他们都可能扑上去复仇！怎么做都是可以理解的。

可是，他们没有一个人去碰德国人一指头。

这该如何理解？

在红砖小楼与小楼之间的路旁，高高地耸立着一排排大树。

金黄的树叶落满了小路。奥斯维辛的黄昏来了。

奥斯维辛，横竖是看不完的，最后一点时间，我们在这落满金黄树叶的小路上徘徊，这儿的故事正统治着我们的灵魂。

波兰给我的深刻印象，不仅因为这里有一座奥斯维辛集中营。波兰在历史上也灾难深重，十七世纪波兰遭匈牙利入侵、瑞典入侵，华沙成为废墟。十八世纪，整个波兰竟被沙俄、普鲁士、奥地利先后三次瓜分……于是我理解了，波兰诗歌为什么会在波兰文学中占有至高无上的地位。不仅如此，波兰诗歌还在波兰民族具有极其崇高的地位！

因为，当祖国不存在时，诗歌就是波兰人精神上的祖国。

诗人，就是他们精神上的国王。

在入侵者的铁蹄下，是诗歌保持了波兰的民族性。

我仿佛是在波兰，第一次认识到了诗歌的伟大力量！

奥斯维辛，最初是克拉科夫的一座城堡。

我还该向你介绍克拉科夫，它是波兰的古代首都。

它有千年历史。这里最著名的古建筑是瓦维尔王宫，王宫内有一座建于十四世纪的哥特式大教堂，教堂内的地下安葬着历代国王和主教。现当代这里不再有国王可葬了。教堂地下就安葬着他们的民族英雄和诗人。

我们瞻仰了教堂内地下的一处诗人墓葬。

那里安葬着三位诗人。一位是波兰十九世纪的诗人诺维德，他在法国贫穷潦倒，死在巴黎。多年后波兰人已找不到他的遗骨，就在巴黎他的墓地取来一些土，安葬在此。

在诺维德塑像前，我看到一束鲜艳的小花，是个儿童拿来放在这儿的。波兰儿童从小就背诵他的诗。另两位是波兰伟大的诗人米茨凯维支和他的挚友（也是诗人）。

波兰有三人获过诺贝尔文学奖，其中两位是诗人。诗歌在波兰民族确实蔚为传统。

波兰作家协会主席马立克也是诗人。他说："一国有两位诗人获诺贝尔奖，波兰是唯一的。"

马立克主席给我们朗诵了一首著名的诗：

雨，昨晚下了一夜。

我怎么告诉你呢？

我们还准备着往下听，马立克主席说，没了。

就这两句?

就这两句。

在波兰人的理解和想象中，这两句已有非常丰富的内涵。

譬如可以让你想到：

德寇昨夜占领了我的祖国。

我们连说话的自由都没有了。

于是我们鼓掌。掌声中我想到了李白、杜甫，想到李杜那些著名的五言绝句，也是短而精粹。

克拉科夫坐落在美丽的维斯瓦河畔。黄昏，维斯瓦河波光粼粼的河面上水鸟成群，岸边的墙壁上有许多波兰人的挥洒自由想象的美术作品，令人解读不尽。

著名的华沙美人鱼青铜雕像，也坐落在维斯瓦河畔。

这是一尊有着鲤鱼尾的美女雕像，她右手持剑，左手执盾牌。

鲤鱼本来是不会攻击人的，但她被迫起来反抗！她已经在这里存在了五百多年，美人鱼就是波兰人民英勇不屈的象征。

从奥斯维辛回到华沙，一位波兰文学史家告诉我：“不久前，中国京剧团到波兰演出，场场爆满，把站票都买光了。”

我问演什么剧目。

他说是《杨家将》《穆桂英挂帅》。

他说：“你们京剧里的精神力量，波兰人不看字幕就能体会到。”我于是明白了，对诗、对艺术、对自由的热爱，以及对反抗精神的敬仰，那就是波兰人生命中的东西。而中国京剧里那背上插着旗帜、头上插着羽毛的穆桂英，在波兰人看来，就是他们的美人鱼！

波兰有许多纪念碑、纪念馆，我们到处看到学校组织学生们去参观。一九四四年为反抗德寇举行的华沙起义牺牲了二十万人，华沙古城广场有一面巨大的墙，墙上的窗户上陈列着英烈的大肖像，那些男女英雄们都那么年轻英俊、美丽。这是个露天的很有感染力的纪念广场。

我还在一条街的墙上看到一块石刻浮雕，据介绍，浮雕上的人物是个德国人，他反对德国法西斯，波兰人就纪念他。像这样的纪念形式，路人就可以瞻仰。

中国驻波兰大使苑桂森告诉我们："波兰的星期一是闭馆日，但对学生开放。在波兰，到处可以看到他们讲历史、讲祖国。有的纪念馆还设有访问电话，备有所有现今还活着的抗战者的电话，任何人都可以通过电话访问他们。这对年迈的英雄们也是一种关怀。"

在祖国沦陷的岁月，波兰人仍然自发地纪念他们的民族精英。十九世纪，华沙仍被俄国人占领，时间长达百年。华沙的米茨凯维支纪念碑，就是由华沙居民捐款于诗人诞生一百周年（一八九九年）建造的，坐落在卡尔拉特教堂前的广场上。

波兰伟大的天文学家哥白尼纪念碑，也是华沙居民捐款于一八三〇年建造的，碑座的侧面写着"献给尼古拉·哥白尼——你的同胞们"。在许多纪念碑上，都可以看到波兰人民的气息。

反抗侵略，热爱祖国，热爱和平，讴歌自由与民主，是波兰诗歌历久不衰的主题，熏陶着整个民族，也培育了波兰作家对真理的热爱和神圣追求。

我们参观华沙文学博物馆时得知，这个博物馆还收藏有三千多位波兰诗人、作家的录音资料。这些录音含有目前不适合发表的内容，或由于私人的原因，或者是与政府不同的声音。但经政府允许可以收藏，并规定这些录音资料未经本人许可，任何政府组织和任何人都不许打开。规定博物馆有权打开的时间是在录音者本人去世二十年后。因为留下录音，毕竟是要留给后人去斟酌。

现在我很想告诉你，初来波兰时我还想象不到，在这个总人口四千万，略少于中国浙江省人口的东欧国家能见闻到什么。但在短暂的访问中，我感到自己已是如此喜爱这个国家，敬佩这儿的人们。

临别前夜，我们中国作家代表团全员与波兰作协的领导者和作家诗人们，再一次在烛光晚宴中长谈。

我想引用我们的焦祖尧团长说得相当深情的一段话："我们发现，波兰人民脸上保留不住任何感情，一个善良的民族，无害人之心的民族，不算计别人的民族，才会产生最美的诗。"

我想我看懂了，波兰的苦难历史，以及沉重地强加在这个国土上的奥斯维辛集中营，还是被不屈而善良的波兰人转化为波兰民族的财富。这是更值得追思、铭记和传承的。

在华沙之夜，我就想，我所接触的波兰男子，为什么容易给我留下谦逊而又自信的印象，是由于我接触得太少吗？

我也想，为什么波兰女子，给我留下那么美的印象，那只是因为外貌美吗？

我想我渐渐地看懂了，他们的自信，不仅因为今天有一个独立自主的国家，更因为他们一代又一代，在祖国沦陷的苦难中，在诗歌流传的熏陶中，在肖邦的乡村乐曲中，在哥白尼、居里夫人的聪明才智中，始终都拥有一个精神上的祖国。

在个人有隐私，或有不同政见的心灵里，也有一个个“个体生命”独立的精神世界。这个渺小生命中独立的精神世界，同祖国一样神圣。

那不是短时间能培育出来的。

那就是诗、是音乐、是雕塑、是永不屈服的精神、是独立自主的气质，变成了波兰男女生命中的音符。在他们的表情中，看不见浮躁。那种谦逊与自信，那样的美，是内在的。

在“二战”中，波兰是第一个遭到德国法西斯侵略的国家。

中国是第一个遭到日本法西斯侵略的国家。

我想起，我们应邀到波兰文化部访问那天，波兰文化部副部长克林姆查克和艺术司女司长波涅茨卡接待我们。波涅茨卡说：“过去，我们一直把一九三九年德国入侵波兰看作‘二战’的开始，现在我们越来越意识到，真正的开始，是一九三一年日本侵入中国东三省。”

她的话一下子把两国人民之间的感情拉近了。

波方还特别谈到，今天的德国政府和人民，对德国从前发动的侵略战争有深刻反思，但日本在教科书等方面非但不反思，甚至还有不承认侵略的态度，这是对人类安全的威胁。

最后，波涅茨卡还动情而充满诗意地说："我们真想叫波兰的秋季多停留一下，招待你们。阳光中的波兰秋季美丽极了！"

这是二〇〇四年的深秋。

确实美丽极了！

二〇〇四年十二月　北京

【补叙】重读自己写的这篇文章，忽然发现，在第二次世界大战时，虽然英、法、美等国都与德国法西斯为敌，但德、意、英、法、美等西方国家的文明具有同源性质，这是不能忽略的。由于纳粹把"征服"，把"优胜劣汰"推到极端，这使我们对西方文明中的"优胜劣汰观""以强汰弱观"究竟是好还是不好，更容易识别了。日本是东方国家，奋力于"脱亚入欧"走西式道路，日寇比德国法西斯更野蛮。

"二战"后人类建立了联合国，共同维护世界和平，这是非常重要的进步。但反思法西斯战争给人类带来的巨大灾难之时，仅见德、意、日法西斯的野蛮是不够的，还该看到，征服意识，以强汰弱观、优胜劣汰观，是西方文明形成过程中的重要观念，不仅是观念，更是西方列强在开发殖民地时期共同的实践。

我注意到英国历史学家汤因比在《历史研究·绪论》中这样描述："当我们西方人把别人唤作'土著'的时候，我们就等于在我们的观念中把他们的文化特色暗中抹杀了。我们把他们看成充斥当地的野兽，我们只要碰上了他们，同碰上了当地的动物和植物一样，并没有把他们看作同我们一样具有感情的人。”

西方不少高尚的灵魂对此亦有深刻的反思。每一种文明在发展过程中都有正义和邪恶力量的交战，研究不同的文明，分清利弊，是反思灾难、警惕危害、建立人类共同的安全生活所必需的。

我看拿破仑

拿破仑一生的经历可以是几部大书，但认识拿破仑的军事才华，他的精神和意志，有这两件事，大约就够了。罗浮宫里这幅画描绘的大事，是可以把那两件事联系起来的。

二〇〇五年秋，我站在罗浮宫的《拿破仑一世及皇后加冕典礼》巨幅油画前，脑海里却浮现出拿破仑与情人的一则故事。

先说这幅画，它是法国古典主义画派的奠基人雅克·路易·大卫最著名的作品，描绘的是一八〇四年十二月二日在巴黎圣母院隆重举行的国王加冕仪式。画上有两百位人物，拿破仑看到它时曾赞叹："这哪里是绘画，简直是真人站在画上！"据说路易·大卫用两年之久完成这幅巨制，对画上的人物，从形象到所站的位置、穿的服饰，都是"实录"。与实况略有不同的是，大卫甚至描绘了当时的缺席者。

还有一个重要情况，这个重大仪式的主题是罗马教皇庇护七世亲自来巴黎为拿破仑加冕。按传统仪式，拿破仑该跪在教皇面前接受加冕，但拿破仑没有下跪，他直接从教皇手里取来皇冠自己戴上。画家大卫避开了这不便表现的一幕，选取了加冕仪式后半截"皇帝给皇后加冕"的场面。

于是我们看到，画幅上，已戴上皇冠的拿破仑双手捧着小皇冠，正准备戴在皇后约瑟芬头上。我不知拿破仑的情人此刻在哪儿，也不知我印象中那位拿破仑的情人此时有没有与拿破仑相识。

拿破仑的情人，出现在圣赫勒拿岛。

一八一五年，拿破仑滑铁卢战役失败后被流放在此。

那时，战胜国想取得拿破仑的佩剑作为战利品，生怕拿破仑宁可把剑毁了也不给，只好请他的情人去拿。

她去了。有人驾船护送她去。

南大西洋的海浪翻滚着海浪，望着那个与世隔绝的孤岛渐渐出现，不知她是否想过，拿破仑会不会把佩剑给她?

她穿着长裙，登上了圣赫勒拿岛。

拿破仑看到她出现，是否百感交集?

我无法知道这位将军当时的心境。

岛上的看守和护送她前来的人员，都避到不知哪儿去了。

高高的蓝天下，海鸥也在远处翻飞……

他们的目光相遇时，彼此都想什么，说什么?

她终于说出了她来的目的。

拿破仑把佩剑给了她。

她小心翼翼地接过了佩剑，然后就要走了，而且真的与拿破仑告辞，转身走了。就在这时，拿破仑叫住了她。

她的心怦然跳着，站住了，回身看着拿破仑，等待他说下一句话……拿破仑没有看她，只看着她用胳膊夹住的那把剑!

拿破仑微低着头，说：“请不要像夹雨伞那样对待它。”

这是一个走到末路的将军说的一句话。这话像一道闪电，打进了她的心！南大西洋的天空和海浪全部改变了色彩……她是他的情人，但只在这时，她才发现自己是爱他的。他已经是一名战败的俘虏，他可以把象征着将军尊严的佩剑解下来给她，让她拿去给他的敌人，但他仍然是一位真正的将军！

我记不清这个故事是否从哪部电视片或电影中看到，也不能肯定这是真有过的故事还是虚构的，甚至分不清是否在我的记忆中经过了我的再创作。但是没有关系。一句话，可以勾画出一位将军。我相信这里有艺术的魅力。

现在，我站在《拿破仑一世及皇后加冕典礼》画幅前，怎样来欣赏这幅名画，或者说，怎样来看法兰西民族的拿破仑？我想起拿破仑一生中做过的两件事，这可是真实的事。

一件是拿破仑率领他的军队摧毁了欧洲贵族垄断的封建势力，致使其没有能力恢复。另一件是拿破仑建立了法兰西帝国后就主持制定了《拿破仑法典》。这是资本主义时代第一部保护私有财产的法典，与历史上的“刑法”不同，具有“民法”特征。它有三大原则：自由平等原则，所有权原则，契约自治原则。有一个著名的说法讲得很形象，说的是，一间破旧的民房，“风可进，雨可进，皇帝不能进”。《拿破仑法典》确定了公民在法律上平等和私有权不受侵犯的权利，成为此后西方各国法律的蓝本。

上述两件事，就发生在拿破仑加冕之前和之后。

换句话说，如果没有拿破仑做的前一件事，就没有我们在这幅油画上看到的场面；如果没有这个场面，拿破仑也无法做后一件事。那么，这幅油画联系着拿破仑一生中最重要的两大成就，这个瞬间连接起了“昨天和明天”。这就是史诗般的巨制。

我想，拿破仑一生的经历可以是几部大书，但认识拿破仑的军事才华，他的精神和意志，有这两件事，大约就够了。这两件事都堪称影响人类历史的大事。当然，还有他的情感世界，他对情人的爱也是真挚而有尊严的。不论拿破仑有多么大的缺点和错误，拿破仑是法兰西民族的骄傲。

拿破仑是伟大的！

二〇〇五年十一月

重温南丁格尔

南丁格尔的意义不止在医疗护理领域。在双方以杀灭对手为战绩的世界里，南丁格尔的红十字旗下没有敌人！她率领的护士团队举着红十字小白旗，行走在交战双方的阵地，抢救了无数伤员，还有许多士兵在她的怀抱中死去。战争，你为什么不哭？哭了，无数的士兵哭了，为世上有这样伟大的女性！

一

她似乎注定要属于世界。

尚未出生，她就随父母去旅游。一八二〇年五月十二日，母亲在旅游途中把她生下来。那座城市是意大利的佛罗伦萨，父亲就给她取名叫弗洛伦斯·南丁格尔。

她出身于英国望族，自幼在父亲的指导下学习希腊文、拉丁文、法文、德文，读了许多文学名著。优秀的文学著作对南丁格尔的熏陶是非常重要的，甚至是必不可少的（人生未曾受此熏陶，损失会非常巨大）。他们家有“恩珀蕾花园”和“茵幽别墅”两处家园，相当富丽，家园之外则满目贫穷。我想，假如南丁格尔少时生活在富人区，生活在富家孩子相互攀比的世界中，这个世界大概就没有我们今天所知道的南丁格尔了。穷人的生活取消了南丁格尔也可能在富家孩子中产生的攀比心，成长出一颗同情心。

我注意到她童年生活中的一个情节：某天一只山雀死了，她用手帕把小鸟包起来，埋在花园的树下，还立了一块小碑，上面写了一首诗作为墓志铭：

可怜的小山雀
你为何死去
你头上的皇冠
那样美丽
现在，你却躺在这里
对我不理不睬

这首小诗，饱含感伤。但她葬鸟、立碑、写墓志铭，这些举动透露出她不止有感伤，还有一种付出的实际行动，并追求这行动的系统性和完美。

青年时，她到巴黎大学读书，文学、数学、历史、哲学功课俱佳，还表现出音乐与绘画的才华。这些优越条件并不意味着她的未来就会一马平川。选择一生的道路，仍然是一个青年不容易的大事。父母期望她在文学或音乐方面发展，不料她选择了要去为护理病人服务。她的志向与父母的愿望，发生了尖锐冲突。

那时，有钱人是把医生请到家里来看病的，极穷的人病了才到治疗收留所去。那收留所几乎是不幸、沦落、肮脏、混乱的代名词，被雇用在那里做护理的几乎都是缺文化知识的年老的妇女。在英国上流社会的观念中，在治疗所做护理是比在其他地方做清洁还要肮脏而且危险的工作。父母认为女儿的这个选择简直不可思议，姐姐也认为妹妹是有病了，那不单有损家族的荣誉，还会把病菌带回家，危害全家。

可是，这却是南丁格尔唯一的志愿。

二

母亲回顾往事，意识到女儿有这念头大约很久了。

在她还是小姑娘时，看到自家的别墅外面，穷人病了连治疗收留所都去不了，她常常要母亲给她一些药品、食物、床单、衣服，她拿去济助那些穷人。

母亲看孩子有同情心，不能拒绝她，就对她说，你去那里把东西放下就回来。母亲没想到，这些支持很可能加强了女儿的同情心，并导致了她“胸无大志”的人生选择。

现在父母都认为，已有相当学识和文学艺术修养的女儿应该更有作为，如果把这些素养和时光都耗在护理病人上，简直是浪费。于是全家联合起来，决心要拯救她！他们甚至限制她的行动，不许她出家门。

她不是不知护理这行当多么被人瞧不起。她所了解的护理工作的恶劣环境，甚至比父母所知的更严重。那收留所里的大统房，病床挨着病床，墙壁与地板上的血迹和污渍随处可见，臭气熏人……南丁格尔忘不掉的记忆还有，她二十五岁那年秋天，家乡暴发了一种传染病，当地牧师亲自去做护理病人的工作，南丁格尔也随牧师去护理病人。一天，她眼睁睁地看着一个妇女痛苦地死去，那女子并不是死于疾病，而是护理者给错了药。这件事使她久久不能忘记，令她一再想：护理是需要医学知识的。

今天，我们如何来理解南丁格尔的人生选择和坚持？每个人都会生病，即使把医生请到家里来，医生走了，病人仍然需要有医学知识的人护理。得不到应有的正确护理，疾病会加重甚至死去。生命在最困难的时刻，没有得到尊重，这里有一片人类的多么大的事业需要有人去做。

南丁格尔曾在日记中写下：不管什么时候，我心中总放不下那些苦难的人群。她还写下，她听到了上帝的声音，要她完成一个使命。

人生有这“使命”，就不是一般的理想了，就没有什么能阻挡她了。一八五一年她已经三十一岁，毅然前往德国弗利德纳牧师主持的一个“机构”去接受护理训练。这个机构拥有一所治疗院、一所育婴堂、一个孤儿院和一所培训女教师的学校。南丁格尔离开富裕的家园，来此住在孤儿院内的一个小房间里。

一个贵族女子来此做护理，是不可思议的。

但是她来了，她在这里，一切都学着干。

如果说她完全投入了自己选定的这项事业，恐怕还不够准确。她是在为“护士”这门——日后将被世界公认为——崇高的事业，寻找道路，开辟前途。

一八五二年她三十二岁了，还没有结婚，并且拒绝了他人的求婚。父母为此深深忧虑。父亲在她生日前夕小心翼翼地写信祝福她……她了解那信中寄来的深深的爱和含意，在三十二岁生日时，她给父亲写了一封信，其中写道：

> 我的年龄的确不小了，不过我会更加坚持行使我的使命。事实上，我很高兴，因为我终于重获自由。我的不幸的青春期已经过去，我并不多么留恋。它永远不会再回来了，我为此而欣慰。因为这意味着我将获得新生。

她才三十二岁，她在庆贺自己再不会回来的青春。

一个没有结婚，而且几乎全部时间都被她所忠诚的事业占领的人，仍然会有青春的欲望。这种欲望也会给她带来难以皈依的痛苦，她把这种痛苦描绘为“我的不幸的青春期”。但是，现在，她在向她的青春期告别。她才三十二岁，她说“我并不多么留恋”，就是说，也不是完全不留恋。

但是，她还是要向自己的青春期告别，这似乎是一种强行的告别，因为她还只有三十二岁……无论是谁，看到这样的描述，听到这样的心声，能不感动！

她坚定的使命意识，终于感动了父亲。

父亲表示每年资助她五百英镑。一八五三年她三十三岁，到巴黎“慈善事业修女会”考察护理组织和设施，回国后得到慈善委员会资助，在伦敦哈雷街一号成立了一个护理所，首先对患病的妇女实施收留。

她主张“任何妇女，不分信仰不分贫富，只要生病就可收留”。在这里，她创造性地使用了许多护理措施，比如“病人拉铃召唤”就出现在她这个医疗护理收留所。

就在一八五三年，克里米亚战争爆发。第二年英军伤病员死亡率高达

42%，他们中的绝大多数是在医疗条件极差、缺乏护理的状况下死去的。南丁格尔就在这年带领三十八名护士奔赴前线。

三

我觅读南丁格尔在前线服务的有关记述，看到：英军的战地医院原是土耳其的驻军营房，建筑简陋，设备奇缺，所有的走廊都开设成病房。这些走廊相加全长达四英里，病床拥挤不堪。

床位不足，还有许多伤员就睡在地板上。

卫生极差，通风不良，臭气四溢，环境极为恶劣。

大批伤兵感染了痢疾与霍乱。南丁格尔克服了不可想象的困难，六个月后，她们使伤病员死亡率下降到2%。这奇迹般的护理效果，比一切炮火都更使前线受到震动！

更令世界震撼的是，从一八五四年到一八五六年的战争期间，南丁格尔以彻底的人道精神为交战双方的伤病员服务。

这真是奇迹啊！

在南丁格尔的红十字旗下，没有敌人！

南丁格尔和她率领的护士团队举着红十字小白旗，行走在交战双方的阵地上。她们抢救了无数伤员，即使对那些已经无法挽回生命将要死去的士兵，南丁格尔也为减轻他们的痛苦竭尽全力，许多士兵在她的怀抱中死去。

战争，你为什么不哭？

哭了，无数的士兵哭了。

为世上有这样伟大而慈祥的女性！

四

黑暗的深夜，南丁格尔总是手持油灯巡视病房。她提灯的身影映在墙壁上，所过之处，伤兵们在床上挣扎着去亲吻她落在墙壁上的身影……你只要想一想，就会感动不已！

一幅《壁影之吻》，那就是战争题材中最动人心魄的作品。

“提灯护士”“提灯女神”“克里米亚的天使”！

这是对南丁格尔永恒的赞誉。

“白衣天使”，也由此成为全世界对护士的尊称。

战争结束后，南丁格尔到英国贫民区从事卫生、预防工作，还到印度开展同样的工作，她心中回响的依然是那句话：不管什么时候，我心中总放不下那些苦难的人群。

南丁格尔崇高的品格感动了英国各界人士，人们纷纷捐款建立了南丁格尔基金，以助她实现为众人服务的理想。其中，克里米亚的军人一天就捐献了九千英镑。

一八六〇年，南丁格尔用公众捐助的基金创立了世界上第一所护士学校。她撰写的《护理笔记》《医院笔记》《健康护理与疾病护理》等许多著作成为教材，出版后被认为是“划时代的稀有著作”。的确，她使护理成为一门崭新的医学学科。

南丁格尔是近代护理学的开创者，也是护理教育学的奠基人。一八六七年，英国人在伦敦滑铁卢广场建立了克里米亚纪念碑，并为南丁格尔铸造提灯铜像。

后来，英国人还在十英镑纸币的背面印上南丁格尔的半身像，以使人们随时都能看到她。

我不禁想，在这里，令人敬佩的不仅是南丁格尔，英国人对他们民族优秀人物的珍视和爱惜，也令人深为感动和崇敬！

南丁格尔创办的护士学校，开学时只有十五名女子。她一生培养的护士，共有一千零五人，她们遍布英国各大医院。这期间，欧美各国南丁格尔式的护士学校相继成立，南丁格尔的学生多被聘请去开办护士学校。这个各国纷纷开办护士学校的时期，被称为南丁格尔时代。

她成功地把护理工作从“污水般”的社会底层提升到受人尊敬的地位，她为妇女创造了一个受人尊敬的职业叫“护士”。

瑞士慈善家让·亨利·杜南在她的影响下，于一八六三年在日内瓦成立了国际红十字会。一九一二年，红十字国际委员会决定设立南丁格尔奖章和奖状，每两年颁发一次，每次最多颁发奖章五十枚，是对各国护士或有关志愿助手的国际最高荣誉奖。

也在一九一二年，国际护士会（ICN）倡议世界各国医院和护士学校以南丁格尔的生日五月十二日为国际护士节。著名的《弗洛伦斯·南丁格尔誓约》，成为医护人员就职的誓词。无论何时，读一读它，你都会感到灵魂经受洗礼。

五

她终身未嫁。她生前的形象比她的铜像和英镑上的图像都更动人。

卡斯凯尔夫人曾这样描述："她身材高挑，消瘦修长。一头棕色茂密的短发，肤色白皙，灰色的眼睛闪现着忧郁消沉的神色，有时却流露出快乐的波光……她的牙齿美丽整齐，笑起来甜美无比。头上蒙一条柔软的长发巾，沿着发角扎起来，把她白净的瓜子脸衬托得更为美丽。她经常穿一件黑丝质料的长衫，外加一件黑色披肩，给人一种雍容高雅的印象。"

一九一〇年八月十三日，南丁格尔在睡眠中长逝。

她留下遗言："我死了，请你们把我葬在父母的身边。记住，千万不要举行热闹的葬礼，送葬的人只要两位就行了。知道吗？"

六

走出富丽的"恩珀蕾花园"和"茵幽别墅"，奔波了一生的南丁格尔，最后还是依恋地回到父母身边。或许，她觉得这是自己死后唯一能够做到的——作为女儿，去陪伴父母。

她没有成为文学家或者音乐家。

但她的一生，就是音乐就是诗。

她提高了整个人类生命的安全和质量。

她是一位伟大的女性。

二〇〇八年五月十二日

【补叙】我们常困于这个世界有不少污秽和垃圾。南丁格尔让我们看到，世上对人类有大益的创造，往往就在有污血、垃圾和废墟的地方诞生。南丁格尔还让我看到，决定一个“读书人”价值的并不在于你有多少知识，而是你用那知识做了什么。同理，一个人的价值也不在于赚了多少钱或拥有多大的权，而是取决于你用那钱或权做了什么。

我的老师文怀沙先生曾说：一个地主用土地去欺负人是可耻的，一个资本家用金钱去欺负人是可耻的，一个知识分子用知识去欺负人也是可耻的！先生的话令人振聋发聩。中国医院每年都会纪念南丁格尔，但医院为赚钱而施行的过度检验、过度治疗已引起全民共怒共恨仍不见收敛。如果南丁格尔的光芒有一丝能照进被金钱包裹的心，也能使那些心不至于那么黑暗。

南丁格尔陵墓

在这陵墓前，只要想想，奔波了一生的南丁格尔最后还是依恋地回到父母身边——与父母葬在一起，就会非常感动。虽然父母反对她去做这件“有危险”的工作，但她那颗心还是父母培育的。

南丁格尔并不比医生更有医疗水平，但她有一颗伟大的同情心，是这颗心使她那么努力、细心地去做。我们很多人难以做到像南丁格尔那样，不是没有她的聪明才智，而是不及她那颗心。

从海顿到施特劳斯

音乐也许是最纯粹的艺术。贝多芬与经济有什么关系？很久以来，听西方音乐，我们总是专注于那旋律本身的优美和音乐家的才华，如海顿、莫扎特、贝多芬的天才。在我少年和青年时期，都没人告诉我，欧洲经济的发展跟这些天才有什么关系。

一

当我坐在维也纳金色大厅，看大厅内三十六尊金色的音乐女神像神采奕奕，高悬的水晶吊灯和琳琅满目的水晶壁灯把大厅照耀得金碧辉煌，三层看台两千张金色皮椅座无虚席，几千朵鲜花把冬季的金色大厅装点得异彩纷呈……我想过，经济的发展繁荣同艺术繁荣当然是有关系的，然而单这样想，多么不够。

我不止一次随中国民族乐团到欧非访问，一路交谈，得知乐团的演奏家们多是从五六岁开始学艺，长大后进到国家一流的音乐学院。音乐学院的课程，也主要是致力于教授音乐艺术本身所能达到的造诣。他们都接受了相当优秀的深造，毕业后进到国家一流的乐团。我目睹了他们的出色演奏。然而，就这些在维也纳金色大厅博得热烈掌声的中国乐团，在当今的生存发展中正遇到严峻挑战。

遇到挑战的远不只是他们。二十世纪九十年代，我国两千多个艺术团体在改革时期全部遇到困难。许多艺术团演一场赔一场，不少团体工资发不出去，难以存在。我见过一位音乐学院刚毕业、颇有演奏天赋的女青年，她期望进艺术团体，不少团体对她说，我们这儿现有的人都在减员，要进人确实很难。最后她进了一家公司，该公司老总赞叹道："这么灵巧的手指，来我们公司打字真不错！"

难道改革开放使文艺团体前景堪忧?

我在金色大厅访问了维也纳爱乐乐团的一位负责人，那天，他说过这样一句话："如果你们打算邀请我们去中国演出，今天可以谈三年后的合同。"再问，得知他们乐团在世界各地的演出，已经排到了一千天以后。

我不禁暗暗吃惊。我无法确知他们的演出收入达到怎样的水平，他们只说靠演出"过着体面的生活"。此外，还知道他们是给国家纳税的纳税人。比较之下，我国传统体制下的艺术团体，是使用国拨经费的人们。国拨经费的来源，其实就是社会各业给国家缴纳的税金。那么，同为演奏音乐，他们是纳税人，我们是"吃税人"？

是因为维也纳音乐家的演奏水平比中国音乐家高，而且高很多？我不这么认为。我相信这里有音乐以外的原因。所有这些，均促使我去认真地拜访欧洲音乐在近代发展的轨迹。我意识到，金色大厅的异彩辉煌中一定潜藏着我不知的奥秘。我想知道，贝多芬的出现，施特劳斯的出现，与经济发展究竟有何关系?

二

我注意到，西方交响乐的出现，大约是我们认识西方近代音乐发展的一把钥匙。因为它是新生事物，也是交响乐的庞大阵容营造了大型音乐厅的演奏氛围，凝聚人气，营造出新型的音乐市场。

西方交响乐的历史有二百多年。十六世纪前期，尼德兰城乡资本主义有了相当的发展，随后发生的资产阶级革命成为十七世纪英国资产阶级革命的先声，西方交响乐的发展正是随着欧洲资本主义时代经济的发展而发展起来的。

此前，欧洲音乐有两大主流：宫廷音乐与教堂音乐。诞生于一七三二年的奥地利音乐家海顿，就曾经是宫廷乐师。他在宫廷服务了三十个年头后，从宫廷出走，去到伦敦。

我们对英国的“圈地运动”并不陌生，但不一定很了解，那是由于毛纺织业需要大量羊毛，养羊更有利可图，于是大规模圈地乃至退耕养羊的事就发生了。在英国纺织业兴起的同时，采煤、冶铁、炼钢、造船、火药、玻璃制造等新兴工业也发展起来，银行、商店、旅馆、饭馆等商贸业随之而兴，与新兴行业相联系的学校也涌现，城市人口大量增加，伦敦成为国际贸易中心。欧洲近代城市出现了，伦敦堪称“近代第一城”。海顿在这时来到了伦敦。

清晨，海顿被城市的喧声吵醒。他推开窗户，就听到了城市里邮递马车的声音、卖报的声音、锯木头的声音、泰晤士河上的汽笛声……这些声音在今天听来是城市的噪声，在当时却是伦敦工业经济正繁忙发展的景象。海顿激动了。伦敦资本主义市场四面八方传来的声音，开启了海顿汹涌的情思，以至他觉得用先前的音乐表现方式不足以表达伦敦，于是创作了《伦敦交响曲》十二部。

从前，音乐在宫廷演奏，欣赏音乐是一件相当高贵的奢侈的事。资本主义时代的市场，逐渐培育出也想欣赏音乐的资产者阶层乃至市民阶层。音乐以及演奏音乐，就成为可以通过剧场出卖的商品。在伦敦，已有了这样的阶层及其需求。海顿的《伦敦交响曲》是在这样的需求中一部接一部地诞生，每一部都在伦敦演出，轰动了伦敦。

海顿由此被认为是最早确立近代弦乐四重奏和交响曲形式的人，被尊为交响乐之父。海顿的一生，生动地反映了欧洲古典音乐从宫廷走向资本主义时代的市场的轨迹。

在海顿的时代，不乏专注于音乐创作本身的音乐家，他们对音乐创作的痴迷程度乃至音乐天赋，未必不如海顿，还可能在海顿之上，但他们仿佛被封闭在一个遥远的时代了，以致后人很难听到他们的声音。

这是值得当今许多艺术家、作家重视的。特别是已有相当艺术造诣的作家、艺术家，需要警惕被艺术所困，被艺术束缚。艺术的生命和美，永远在于它描绘了反映了生机勃勃的发展变化中的生活。海顿就是典范。

三

莫扎特比海顿小二十四岁。在欧洲昔日的两大音乐主流中，海顿是从“宫廷音乐”走出来的代表，莫扎特则恰好是从“教堂音乐”走向“剧场音乐”的典型。

我在一个冬天，拜访了莫扎特的故乡萨尔兹堡。这座奥地利名城，有一条湛蓝的萨尔茨河将其分为两半。北面的图莫湖畔和东面的萨尔茨湖畔，均有许多湖水浴场和度假村，风景确实优美而迷人。

那天，我和我的妻子特别用了很多时间瞻仰萨尔兹堡大主教教堂。这座教堂曾经三度建造，我们所看到的是一位意大利宫廷建筑师于一六一四年设计建造的，莫扎特就曾经在此担任乐师。

这座教堂的设计之美，它的雕塑与绘画之美，仿佛就流响着音乐，确实令人流连忘返。莫扎特在他二十五岁那年与大主教分手，从教堂出走，只身来到维也纳开始“自由艺术家”的生活。应该说，此时的维也纳，也因有了资本主义时代的剧场来吸收他的创作，他写的“豆芽菜”似的乐曲才可能出售，才可能成为一个“自由艺术家”。

如今，我们走在萨尔兹堡，看到这里最热烈的“符号”就是莫扎特，在巧克力、明信片和许多商品上都印着莫扎特的头像。我们能清晰地感觉到，萨尔兹堡人因有莫扎特而多么骄傲。那样的骄傲，是不管他乡人是否了解莫扎特，他们都骄傲无比的。事实上，萨尔兹堡也因莫扎特而声名远播。这位音乐家给家乡人带来了永恒的荣誉，甚至经济效益，譬如每年有千万游客来到萨尔兹堡，在莫扎特广场与莫扎特雕像合影留念。据说，这尊青铜雕像是一位慕尼黑雕塑家铸造的。

四

贝多芬被认为是最伟大的交响乐作曲家。他一七七〇年十二月十六日生在德国波恩一个贫穷的家庭，十七岁曾到维也纳向莫扎特请教。他二十二岁再来维也纳时，“不想走”了，从此定居维也纳，受过海顿的指导。在一定意义上，他融会了海顿和莫扎特。他一生中大部分时间在维也纳度过，以至于人们多认为他是奥地利人。他的九部交响曲，都在维也纳举行了首演式。

贝多芬的时代，随着工业的出现和发展，金属乐器也迅速涌现并发展，加上社会日益增多的欣赏音乐的需求，乐团的演奏阵容扩大，同时也就热烈地呼唤出多种多样的乐器的表现力。作曲家需要给更多的乐器写音乐，并将他们融会成交响，贝多芬的才华是在这样的背景下被呼唤出来的。

当然，如果只这么认识贝多芬是不够的。贝多芬最不同凡响的是他音乐中表现出来的力量。追寻他的成长，不能忽略他十二岁的时候师从风琴师尼福学作曲，尼福不仅使贝多芬熟悉了德国古典音乐的典范作品，并使他获得了对崇高的理解——这非常重要。一七八七年尼福还引导他到维也纳求教于莫扎特。莫扎特想看看贝多芬的潜力，让他演奏一下音乐。据说莫扎特听了演奏，问道：这是谁写的？贝多芬回答是自己写的。莫扎特于是向维也纳音乐界预言："请重视这个青年，他必将震撼世界！"

这一年，贝多芬只有十七岁。这个故事里，莫扎特慷慨而大胆的预言，比贝多芬的才华更打动人。莫扎特何以能这样预言？因他自己已被震撼，因为他自己就是维也纳音乐的高峰，因为他从贝多芬十七岁的音乐中已经听到——在此前的优美旋律中尚未出现过的一种抗争的力量。

这种力量从哪里来？在我们关注到市场经济对艺术发展变化的影响时，还不可忽略，资本主义时代的市场也正以金钱关系、买卖关系毁掉了往昔的田园风情，制造出许多撕裂人心的人间不幸。这在欧洲同时期的文学作品中有很多文字表述。贝多芬则是用音乐表现了决不向任何压迫势力屈服的力量，是“扼住命运的咽喉”发出生命绝响的人。

同样不能忽略，贝多芬的音乐，正是通过剧场传播到社会，召唤和激励了众多与命运抗争的人们，才显出那音乐的力量。贝多芬耳聋后仍然写出他最深刻的交响曲，并亲自担任指挥，这故事很多人都记忆犹新……那时刻，那首演式上的演奏结束的时刻，他面前的演奏家们热泪盈眶地提示他转过身去……作为指挥，他转过身，这才看到全场都起立鼓掌，全场都沸腾了……只有他自己听不见。这个故事多么形象地告诉我们，假如没有剧场，只有宫廷，是不会有贝多芬的。

一八二七年三月二十六日，贝多芬在维也纳的居所里辞世，他告别世界时没有一个亲人在他身旁。三天后的下葬之日（二十九日），维也纳所有的学校全部停课举行哀悼。有两万多市民护送他的灵柩到举行追悼弥撒的雅瑟尔教堂。他的墓碑上刻着奥地利诗人格利尔巴采的题词：“当你站在他的灵柩前，笼罩着你的并不是颓丧，而是崇高的情感……”贝多芬最后一部交响曲《第九交响曲》中的《欢乐颂》，如今是欧盟的盟歌。

五

音乐到了施特劳斯父子这儿，情况如何？

老约翰·施特劳斯二十一岁创建了一个舞会乐队，随后发展为乐团，他最著名的作品就是《拉德茨基进行曲》。流传至今，其显著特征是创造了让全场观众参与到演奏之中来的热烈氛围。

小约翰·施特劳斯十九岁就成立了自己的乐团，此后不断为这个乐团作曲。他最著名的乐曲是一八六六年创作的《蓝色多瑙河圆舞曲》，那闪烁着阳光和树影的流水般的旋律，引起了多瑙河流域无数人的共鸣。也就在这一年，维也纳的音乐之友协会开始动土建协会大厦，大厦的主厅就是维也纳金色大厅。

从海顿到莫扎特，到贝多芬，再到施特劳斯父子，欧洲音乐是这样地完成了从宫廷音乐走向大众，从教堂音乐走向市场的演变历程。如果我们要赞叹他们的音乐天才，那无疑是各具风格，光芒闪烁的。这时，再看看这些音乐天才是如何伴随着音乐走向市场的过程一个个诞生，我们会不会获得一个更开阔的眼界？

二〇〇〇年四月

【补叙】重读，觉有两点需补叙。

其一：一九九八年春节，首次叩开维也纳金色大厅之门，把中央民族乐团运营到金色大厅，去办中国春节民族音乐会的是一个民间文化公司，叫“吴氏策划”。到二〇〇八年，他们已连续十年在金色大厅举办中国春节音乐会，还陆续把中国多省市民族乐团带到欧洲、非洲和拉丁美洲多国巡演。总策划吴泽洲曾在北京师范大学从事物理教学，还曾应德国巴伐利亚科学院邀请从事低温超导下寻求磁单核研究。吴氏策划的另一位主角吴嘉童是吴泽洲之子，曾荣获奥地利鲁道夫·塞灵格基金会科技奖，他们的专业均与音乐无关。但吴氏父子自二十世纪末以来，年复一年地携中国大型艺术团体，将中国传统音乐传播到西方主流社会中去，这是很了不起的事情。十多年来，吴泽洲没有得过国内任何部门发给他的一张奖状，唯荣获过奥地利总统授予他的“共和国金质勋章”。

其二：一九九二年，我首次站在梵蒂冈西斯廷教堂，看到米开朗琪罗画在穹顶上的不朽杰作《创世记》，忽然想，当欧洲在文艺复兴中犹如向上帝发起“进攻”时，米开朗琪罗在竭尽全力地“拯救上帝”。但他此举却是罗马教廷组织的文化工程，否则米开朗琪罗的艺术造诣是发挥不到西斯廷教堂的穹顶上去的。二〇〇五年我再次站在西斯廷教堂看穹顶的《创世记》时，这种感觉已非常清晰。这使我想，作家、艺术家充满个性的独立创作非常重要，而以国家之力组织重点文化工程亦极其重要。

重读孔乙己

鲁迅先生的《孔乙己》是进入教材的名篇。我在计算机取代齿轮的时期意识到，很久以来，我们对这个名篇的理解有误。至今多数教师仍沿用着过去的误读误导。

至今记得老师讲解《孔乙己》，说这部作品写科举制度吃了孔乙己。讲《祝福》，便说封建礼教吃了祥林嫂。说鲁迅先生通过对孔乙己、祥林嫂悲惨命运的描写，深刻地批判了吃人的科举制度和封建礼教。近十多年，看到新兴生产力在改变世界，由此重新审视二十世纪前后中国遭遇工业时代冲击发生的变化，我逐渐意识到，教科书中关于《孔乙己》的解释，恐怕有误。

《孔乙己》是中国较早的白话小说之一。早先读中国文学史，看到一九一七年“文学革命”喊出“反对文言文，提倡白话文”，我便以为中国使用白话文是从这时开始的。后来才知，一九〇三年十二月林白水就在上海创办了《中国白话报》，一九〇四年三月陈独秀在安庆创办了《安徽俗话报》，同年八月北京有了《京话日报》。所谓“俗话”“京话”，就是“白话”。

为什么会在二十世纪的黎明出现白话文报纸？百年前中国涌现的报业，是与西方工业对中国的冲击以及洋务运动发展出中国近代工业相联系的。

以北京为例，一八八八年清廷在西苑（今中南海）建电灯公所专供皇宫使用，这是北京电力工业之始。一八九五年唐（山）胥（各庄）铁路延伸到北京丰台，京师首次通火车。一八九八年清政府成立大清邮政并办京师大学堂。进入一九〇一年，清政府被迫与列强签订《辛丑条约》后，西方商品涌入京师市场，北京出现了几百家洋货店或附设洋货的店。在过去严禁开店铺的王府大街也出现了商业中心，最著名的就是位于王府大街八旗神机营的练兵场发展为东安市场，进一步就发展为“王府井商业一条街”。

当初“王府井商业一条街”的发展，对京师民族资本实业的促进，某种意义上有如八十年后“中关村电子一条街”对高技术产业的促进。自一九〇四年起，京师民族资本陆续办起了纺织厂、织布公司、卷烟厂、面粉厂、呢革厂、自来水厂、玻璃厂等。清政府还在一九〇四年设立户部银行，并为发行纸币开设纸厂和印刷厂。在铁路建设方面，一九〇五年以詹天佑为总工程师的京张铁路开工，一九〇六年京汉铁路通车，一九〇七年京奉铁路通车，一九〇八年沪宁铁路通车，一九〇九年京张铁路通车。各种新事物的出现，也吸引了当时先进的文化人热情投入，如鲁迅写的第一本著作并不是文学作品，而是与人合著的《中国矿产志》，那是中国第一部地质矿产专著，一九〇六年五月十一日出版。那时“鲁迅”这个笔名还没有诞生，作者署名为顾琅和周树人。

我感觉鲁迅投笔写这部“矿产志”，意味着青年鲁迅对工业正在改变世界的关注，此种关注是鲁迅日后文学创作重要的世界观基础。这种世界观不只是看到改朝换代、军阀混战等政治因素，更看到了时代变迁，用当时的话说叫“变局”。如李鸿章就说过，中华遭遇“三千年未有之变局”。

一九〇六年，中国的穷乡僻壤虽然还没有听说过“工业”一词，但生产、经营方式已首先在大都市发生了变化。从前人们习惯于从书本上了解世界，现在世界变了，人们需要从“月报”“旬报”“周报”“日报”来了解最新的信息。报纸是面对大众、面对市场的，做生意需要登广告，如果用“之乎者也”登广告，读者就大大受限，白话文应运而生。

清朝覆灭后，北京涌现出一个办报高潮，一时间报纸多达五六十种，居全国第一位，其中“女报”就有《北京女报》《女学日报》《女子白话旬报》等。大部分是民办报纸，是与经济、文化密切联系的文化产业。

我看到了这些才理解，一九一七年的文学革命倡导“白话文”是指文学也要用白话文来创作。最先出现也最典型的是新诗。当时那些讲求诗词格律的诗人与词人们读到胡适、郭沫若的新诗会如何感想呢？那大白话也是诗？

可是，对不起，一个新时代出现了。那时擅长古典诗词的文人们并非艺术造诣不高，而是在中国同胞特别需要朝一个新时代跋涉前进的时候，他们未采用更大众的方式去与同胞共跋涉，反而被“艺术”捆住了手脚，以致被封闭在一个过去的时代。

我们再重温一下若干历史事实：

一九〇四年清政府颁布《癸卯学制》，但因科举制度仍存，新学难以推行。袁世凯、张之洞等大臣联名给慈禧太后上奏折请废科举。一九〇五年九月二日，清廷下诏废除了沿用一千三百年的科举制。中国教育从学四书五经开始全面转向教学文史地数理化。一九一二年清帝退位，清朝覆灭，这年在新式学堂里读书的全国学生已有二百九十三万人，其中多是民办或官助民办的学堂。一九一三年中国人自办的第一家电影公司新民公司在上海成立，并拍了第一部影片《难夫难妻》，这是文化产业。一九一四年刘海粟在上海创办的图画美术学院开始使用人体模特儿，这已是新文化运动的前夜了。

这一切盖源于中国出现了工业生产力和新兴经济，才呼唤出报业和白话文。是新学以及白话文在报刊上出现了十多年后，培养了一批新学子和一代读者，影响和准备了一代渐渐觉醒的先进的中国人，才发生了一九一五年的新文化运动和一九一七年的文学革命。这其中深受影响的包括青年鲁迅，鲁迅才得以在一九一八年发表了中国第一篇白话文小说《狂人日记》。

再回顾当代“文革”刚结束时，有人写出《伤痕》揭露和控诉“文革”的灾难。试想，到“文革”结束十多年后，还会有人写出短篇小说《伤痕》来批判“文革”吗？鲁迅先生的短篇《孔乙己》写于一九一八年冬天，此时科举制已废除十三年，新文化运动进入第四年，“文学革命”已经倡导了一年。可是，仍有大部分读书人看不见一个新时代正在改变世界，不肯向一个新文化时代前进。我们再看一眼孔乙己，孔乙己在说：“茴香豆的茴字有四种写法……”可见孔乙己不但爱读书，大约还是个文字专家，一般人哪知道茴字有四种写法呢！你说，鲁迅先生此时写《孔乙己》的主旨，是在批判科举制吗？

我以为，鲁迅先生写《孔乙己》的主旨，已然超越了批判（废除了十三年的）科举制，而是批判——在一个新时代到来的时候——不肯跟着时代进步的知识分子。

这使我警惕到，当一个民族生产力严重落后时，就连读书人要觉醒也是难题。许多读书人会以其事实上落后的甚至是迂腐的文化构成一种覆盖朝野的蒙蔽和耽误。鲁迅先生不唯批判了与民主相悖的社会制度，还在于呼唤孔乙己、祥林嫂们自身的觉醒，锋芒甚至及于那些处于奴隶地位却安于“做稳了奴隶”的人们。人类历史上伟大而深具魅力的文学作品，其深邃均不唯批判社会，更着力于人的反省、批判和建设，不妨说这便是“以人为本”，呼唤人的解放。如果以为鲁迅先生的主旨是批判社会的，那就没有看到先生文学作品更辉煌的价值。

我由此想，今天计算机正在全球取代齿轮，互联网正使人类获得空前的资源共享。二十一世纪的中国教育也需要发生重大变革，譬如以大智大勇坚决革新中考、高考等考试评价制度，从根本上变教育的“选拔功能”为“造就功能”，力图使每个学生得到好处，这才是以人为本，全面协调发展的新教育。文学艺术、文化建设，也需要在社会百业正孕育着重大迁变，人的精神世界发生诸多变化的基础上去肩负起自己的文化担当。

当然这不是没有困难。重读孔乙己，再看看那些恪守着应试教育或别的领域中不肯与时俱进的人，你是否看到今日也有不少大大小小的孔乙己呢！

读书吧，读书吧！

——此序言送给乡村父母与少年

本文是《当我从天安门前走过》一书的序言。在我读来，那是一个生在农村的女孩一直在寻找自己的故事。所谓寻找自己，那是在成长的过程中一直在找寻自己的立足之地、自己的价值……我也曾多次重返自己插队的村庄，看到我国农村当今遇到的挑战更为严峻。愿这个故事能为更多的乡村父母和少年所知。

一

徐庆群有五个姐妹，都出生在黑龙江省齐齐哈尔市碾子山区一个叫九里的山村。一个晚秋就被皑皑白雪覆盖的小山村，父母生了一群丫头，她们日后的命运会如何？今天，这六姐妹，有五个硕士一个博士。她们和她们的父母跋涉了一条怎样的路？她们有什么特别的天赋，或者有什么优越条件吗？她们走过的路是别人难以企及的吗？

这条路，似乎应追溯到她们的爷爷奶奶走过的路。山东省东平县有个叫一亩坟的小村，那是爷爷出生的地方。爷爷叫徐传德，奶奶叫张进英。他们生了一男一女两个孩子，女孩饿死了，爷爷奶奶带着男孩讨饭到黑龙江。尽管生活非常贫困，爷爷都坚持一定要让儿子去读书。

“读书吧，读书吧！”爷爷奶奶看着孩子在风雪中去上学了，眼里绽出泪花，据说那就是幸福。如果说庆群六姐妹的家庭有什么优势的话，爷爷奶奶即使穷到讨饭的地步，也一定要让孩子去读书——这大约就是个传家宝。何以是宝？这里分明凝聚着人穷志不穷的精神，凝聚着通过求学求知来改变命运的精神。

“我的外公是个叱咤风云的人物。”庆群说她外公是山东省梁山县人，一九五九年领着几万山东移民到小兴安岭开发北大荒。外公的名字也很响亮，叫张山峰。外婆有个很美丽的名字，叫周油花，是油菜开花的时候出生的。听着这名字，我们几乎能看见故乡的田野了。外公那时是干部，家庭条件比徐家好，外公却看上了徐家孩子是个读到了师范学校的文化人，便要把女儿张和平嫁给徐家的儿子徐家伟。你瞧，张山峰的意识中也饱满着对文化的崇敬和热爱。

徐家伟与张和平，就是六姐妹的父母。徐家伟在黑龙江省泰来师范学校毕业后到九里村当小学教师，张和平嫁给徐家伟就在九里村落户，成为九里村农民。

庆群生于一九七六年，这时已开始推行计划生育，讲“最好一个，最多两个”。村里打出的计划生育标语有一条是：“打倒老三！”徐庆群就是老三。在她前面已有两个姐姐。庆群说，也许她在襁褓中知道，她来到这个世上谁都不欢迎，她就生病了，病得连哭声都没有了。奶奶慌忙去求神，向神许诺：“我们不嫌弃丫头了，就算有一群丫头我们也不会嫌弃。”庆群的病好了，奶奶为了表达虔诚，给老三取的名就叫“群”。所以“庆群”这名在六姐妹中是个有代表性的名字。“庆”则是按族谱的

“庆”字辈取的，表明长辈都把女孩当男孩看待。

“为什么生六个？”期望生个男孩，这几乎是所有农家共同的愿望。爸爸是独苗，生个男孩传宗接代更是责无旁贷。老四出生了，还是丫头。怎么办？接着怀孕。这一回生出双胞胎，两个都是丫头。父母违反计划生育政策，向政府交了罚款。

生下六个女儿，在贫穷的山村，可怎么养？六个女儿都是九里村一队的农业户人口。父亲调到另一个乡的中学去教书了。母亲像男人一样在田里犁地、播种、锄草、收割、打场。庆群回顾说，母亲讲，她和我爸一定要供我们六个上学，我们能上到哪儿他们就一定供到哪儿，再苦再累也要供。

一九八八年，当了二十多年乡村教师的爸爸调到伊春市五营林业局机关工作。五营是个县城。她们随父亲举家搬迁到五营县城。这时爷爷已去世。进城后一家九口挤在三十多平方米的草房里，泥墙斑驳，门窗残破。草房是租来的，既然是租，为什么不租个大一点、好一点的呢？因为六个孩子的学费、九口人吃饭，父亲的工资每月只有二三百元，母亲要操持九口人的家务，要照顾瘫痪的奶奶，还背着冰棒箱走街串巷去卖冰棒。生活窘迫如此，实在只租得起这样的草房。

但是，读书、读书，再穷也一定要让每个女儿读书！

爸爸总说：我们遇到的困难，都是前进中的困难。

妈妈总说：慢慢会好起来的。

每天早晨，爸爸和六姐妹从破旧的草房里走出来，踏着朝阳去上班、去上学。这就是六姐妹永远的阳光记忆。应该有一幅油画来展现这草屋门前的阳光美景。

未必是六姐妹有特别的天赋，而是她们天赋的求知权利得到了父母的悉心呵护。只要做到这样，怎能没有光明的前途！

看看这六姐妹，分别学了六个专业。老大庆红，教育心理学硕士；老二庆勇，生态学硕士；老三庆群，法学硕士；老四庆杰，医学硕士；五妹六妹分别叫庆颖和庆超。这对双胞胎，小学同桌，初中同桌，一起考上高中后在同一个班，同宿舍，还是上下铺，后来又考上同一所大学，接着又一起考上了研究生，考到了北京。她们一路走来，全家人最担心的是“生怕两个有一个落下”。结果，老五读到北京第二外国语学院硕士，老六获硕士学位后再学外交，目前是中国人民大学的博士研究生在读。

我不惜篇幅写下这些，并不只是为了要给她们喝彩。我想，一个山村人家生了六个女儿，生活穷困如斯而能如此，对我国很多农家及其孩子应该是有点激励意义的。

读书，百年前在我国就有了新的含义。农业时代，一个农家孩子没有读书，凭体力与勤劳是可以获得生活的。工业时代出现，情况就不同了。英、法、美等国均在这个时期实行了义务教育。这是立法要求公民必须履行把子女送进学校去读书的义务。为什么？工业时代，如果孩子不普遍读书，则不仅是个人将难以在社会上找到生活，而是该国将无力抵抗外强入侵。信息时代到来，发达国家又相继把义务教育变成免费教育或福利教育，这是由于政府越来越认识到，倾力保障成长中的孩子接受到更多的教育，对于一个国家的富强，没有比这更重要的事了。

有无数的例子可以证明，无论一个国家还是一个人，教育都会确切地改变其命运。千年前西欧识字者仅占总人口的1%，三百年后，佛罗伦萨识字读文者约达40%，这是那时欧洲基础教育的最高水平，佛罗伦萨成为欧洲文艺复兴的发祥地。基础教育的发展催生了欧洲的大学教育，欧洲最早的博洛尼亚大学出现在意大利，同时有阿尔卑斯山以北的巴黎大学，它们均在十二世纪由教会学校发展而来。到十三世纪，牛津、剑桥、那不勒斯等著名的教学机构均发展为大学。德意志在十四世纪建起了海德堡大学。没有中世纪欧洲教育的发展，是不可能产生莎士比亚、哥白尼、牛顿、歌德、爱因斯坦的，也不可能有欧洲近代的崛起。

事实上，一个国家或一个家庭，倾力保障成长中的孩子接受到应该得到的教育，这在全部投资中是成本最低而获益最大的。更重要的是，这是着重于人的建设，是关系一个孩子一生命运的最重大的事。

我走过不少农村，也曾多次重返我插队的村庄，看到农村在信息时代遇到的挑战更为严峻。不少“剩余劳力”在家乡无业可就而外出打工，乃至村里多是留守儿童与老人。我国实行的是九年制义务教育，很多只读完初中的男女青年外出谋生仍非常艰难。我没有能力帮助他们，便想若有很多人像庆群祖辈父辈那样，不论多么艰难都尽一切力量让孩子多读书，这对家庭和孩子是有切实的远大意义的，对整个社会文化素质的提升也意义巨大。

二

写此序，我还想过以《阅读庆群》为题。因为感到：这是一个生在农村的女孩一直在寻找自己的故事。所谓寻找自己，就是在成长的过程中，一直在找寻自己的立足之地，找寻自己的价值、自己的能力，有时甚至会触及“活还是不活、怎么活”这样的问题，这就会追问到生命的意义。这不是轻松的问题。

在这本书里，她写到的一只脚和一只手给我留下非常深的印象。先说那只脚。几年前她告诉我，她上小学四年级时到城里参加数学竞赛，这期间上厕所碰到两个城里的女生，她们问她：“喂，你是哪个学校的？”她回答说：“四小的。”她听说过城里有个“四小”。不料对方说，“我也是四小的，怎么没见过你？”另一女生问，“你是城里的还是农村的？”庆群小声回答：“城里的。”对方马上说：“撒谎！你是农村的，一看就是个土包子。”等庆群站起来，其中一个突然在她屁股上踢了一脚！然后边骂“土包子”边跑了。庆群站那里半晌没动。

她说二十多年了，我一直忘不了被踢的那一脚，即使我考上大学了，想到那一脚就感到屈辱。我说，其实，你的屈辱并不来自那一脚，而是来自你自己内心的自卑。庆群一震，然后告诉我，她忽然感觉“那只脚终于放下来了”。

我再次看到，“农村人”与“城里人”的差别在她心中留下多么沉重的影响。她说，对农村孩子来说，这种屈辱和自卑是与生俱来的。“从第一次双脚踏上泥土地，它便随着年龄的长大而长大。”她说，我们从小就目睹了父母为一垄玉米、一畦韭菜，被烈日晒得黝黑粗糙的肌肤，目睹了身穿雪白衬衣、烫着卷发的城里人用柔软的手对农民栽种的果实挑肥拣瘦……她还告诉我，母亲不止生她们六姐妹。母亲生的第一个是男孩，出生后不到七天就因病夭折。第二个怀孕七个月后在劳动中流产了。第三个也是男孩，出生后也因病夭折。第四个活下来的才是她大姐。她说现在来看，那两个哥哥的病，要是在城里，治好是没问题的。可是在那乡下，没医生，来不及救治就夭折了。这一串往事她是上中学后才听说的，仍然令她灵魂震颤。

她说我生长在农村，十四岁随父母到城镇，长时间生活在城里孩子踢我一脚的屈辱里。二十三岁闯北京，属“北漂一族”，多年浸泡在“暂住证”的尴尬中……我问怎么叫“尴尬”？她说警察突然就进门，要看你的暂住证。她说，甩掉“外地人”的尴尬，我用了近十年；忘掉“农转非”，我用了近二十年；而走出那一脚的屈辱，我用了近三十年。

我听后，沉默了。

再后，我说，你让我感到了，你曾经感到的屈辱远不只是你个人的事情。一个半世纪前，中国被西方工业的炮火打进血泊，农业社会与工业社会的巨大差别就呈现了。二十世纪早期诸多知识分子对本民族文化进行反省和批判，特别是在西方进化论影响下，视古老的即落后的，乃至猛烈地刨挖“民族劣根”。至今说到近代史，仍言必称“屈辱”。屈辱是有的，但屈辱并不来自被坚船利炮轰击，犹如徐庆群的屈辱并不来自被踢了那一脚。要建立起真正的自信和自强，仍然需要找回我们民族优秀的东西，特别需要在勤奋学习的基础上善于继承与创新，才会有我们清醒的文化自觉和自信。

我与庆群探讨，我说你感到的“那一脚的屈辱”，是一种被踢的感觉，这是个颇有象征意味的感觉。你把“那一脚的屈辱”终于放下来了，还因为你终于走出了农村。迄今生活在九里村的孩子仍然会重复你曾经的辛酸体验，会在人生很多场合体验被“踢”的感觉。

我说庆群，你真实地写出的城乡差别并非特意刻画，却不止入木三分，而是穿透乡村粗糙的肌肤渗透到人的灵魂了。缩小乃至弥合这种差别，在我国迄今还很艰巨。如果做个简略回顾，在世界上，大机器工业出现，农民如何生存，农村向何处去，就是各国的巨大问题。今天的发达国家都曾经是农业国。以美国为例，我曾描述十九世纪中叶的美国西部还是荒凉的农业区，一八六五年南北战争结束后，西部农业机械的应用，加上工业的发展、铁路的延伸使荒凉的西部产生出许多城镇。无数的移民涌向西部，无数的青年男女从农场奔向城市。在这个时期的开端，美国只有1/6人口居住在城市，三十年后有1/3的美国人成了城市居民。一九〇〇年美国工农业总产值跃居世界第一位。简言之，发达国家城市化的进程，都伴随着农民转化身份，并伴随着城市化进程中人口文化素质的提升，导致现代社会的诞生。

我国在改革开放的三十多年间，农村涌现两亿多离土离乡的农民工，为城市建设做出了巨大贡献。他们其实是中国向城镇化、现代化转移进程中的主力。他们的生活待遇、劳动技能和文化素质，以及子女受教育程度的提高，对中国强盛具有极其重大的意义。但他们大都没有实现身份的转化。大量农民进城打工，也使许多村庄成了“空壳村”。城市确实漂亮了，空前地发展了。他们贫穷的乡村靠谁来建设？城乡差距更大了，特别是那些穷乡僻壤，那里的人们的生活，心灵需要的尊严，都沉默在荒凉中。所有这些，庆群心中是有的。这大约就是她几年前鼓起勇气去采写志愿者的原因——她对那些深入穷乡僻壤去援建农村的志愿者，心中有至高的崇敬。她曾说：“别人说我是志愿者宣传家，我这辈子就这么做。”初听，我一愣。再想，这大约就是“当仁不让”吧。

再说，要真正把“那只脚”放下来，也需要找回乡村生活中那些曾经深深地感动过自己、深情地哺育过自己的世代相传的东西。这些东西就在爷爷奶奶、爸爸妈妈身上，也是与生俱来的。坚定地深情地找回来，才会有自己真正的自信和自豪。

“写到爸爸妈妈，我的笔要跪着行走。”现在，庆群写这本书就是在如此寻找。

她写到的妈妈的手，是我难忘的。

母亲生养了六个女儿，家里还总养着猪和一群鸡鸭鹅，就总要在月子里干活，要洗冷水，因此落下了手麻的毛病。多少年来，女儿们常在半夜里被炕沿上发出的沉闷声响惊醒，那是妈妈的手麻得睡不着，就用手敲打炕沿以缓解疼痛。多年后，庆群姐妹都到北京工作或读书了。爸妈也来到北京，妹妹带父母去天安门、故宫游玩，妈妈看见易拉罐、矿泉水瓶就捡回来拿去卖。妹妹把这些告诉庆群时哭了。“我们的日子比以前好多了，妈妈为啥还这样？”庆群结婚了，利用婚假带父母去杭州游玩。一天坐在西湖边，旁边有两人喝了红茶把空瓶子扔在地上就走了。这时，妈妈伸手就要捡那两个瓶子，庆群和妹妹同时瞪向妈妈，大叫了一声：“妈！”

妈妈那只伸向瓶子的手，突然像触电一样缩了回来。

女儿继续责备妈妈：“这是干吗呀？一个瓶子值多少钱？”

妈妈没有说话，只用可怜的眼神瞟了一眼女儿，看向别处。

“可是，妈妈那只被我们吓到的手却永远定格在我心里。”庆群写道，那只手，抱我们、扶我们学走路、擦屎擦尿、缝缝补补、做饭干农活……我们伤害了这只手，更伤害了妈妈的心。

妈妈错了吗？

就算她捡瓶子不是为了环保只是为了赚几分钱，她有错吗？

我们凭什么、有什么资格去批评和制止妈妈呢？

“那被我们训斥后可怜的不安的眼神，戳穿了我骨髓里仍存的虚伪！”

我读着她写的这些，心中是有震撼的。

要建立真正的自信，并不容易。即使来到了京都，即使读成了硕士，仍然多么容易在现代城市中迷失。我是谁，我是我吗？这就是我想要的生活吗？我在阅读着、凝望着六姐妹从黑龙江那个九里村走出来的脚印时，心中却会掠过包法利夫人、苔丝、茶花女、玛丝洛娃的命运。她们都曾经是农村姑娘，今日我国有不少农村姑娘进城后也在不同程度地体验着她们的命运。有时我的心中有一种莫名的悲伤，我不清楚我此种莫名的悲伤有没有意义。但我肯定庆群这部作品有意义。要建立真正的自信与欣慰，需要一次次地找回对劳动、对俭朴深深的尊敬，需要一次次地剔除自己灵魂深处的虚伪。什么时候才算够呢？也许没有一个够的时候，当这样去认识、去体验、去做的时候，就是最好的。如果我们这样去做，人生仍在成长，永远会成长。即使生命结束，仍然会成长。

三

徐庆群把这本书定名为《当我从天安门前走过》，源于她二〇〇九年参加国庆六十周年群众游行时写的一支歌就叫《当我从天安门前走过》。她说天安门是我童年的歌谣，儿时的梦想，一九九九年年初我来到北京，十年后我与中央国家机关的两千三百名青年走在一个方阵，齐步走过天安门前，“那时我满含热泪”。一个人能有机会如此检阅自己心中深切的情感，是幸福的。

最后我想说，我并不只是因为庆群姐妹把书读到了“五硕一博”而为之喝彩。六姐妹把书读到了这儿，只是为自己的人生建立了一个新的起点，能用所学去做点什么，则是对她们新的挑战。

二〇一二年五月一日　北京

怀念周克玉将军

人间有四大恩情是铭心镂骨的：养育之恩、教育之恩、知遇之恩、救命之恩。我不能比较哪个更重，以为是并重的。周克玉将军给予我的就是知遇之恩。

一

“人生至为宝贵的东西，常常并不是隐藏在平凡中，而是暴露在平凡中的，但要真正看见它却不容易。”这是我从周克玉身上得到的感受。周克玉身上有很多宝贵的东西就是暴露在平凡中的，像阳光、空气那么平凡，那么自然。

周克玉是在《无极之路》中读到了作者宏甲，这是在阅读中发生的“知遇”。那时，我还不知世上有个周克玉。后来才知，爱阅读，是周克玉毕生的爱好。如果克玉将军不爱读书，就没有这样的“知遇”了。

这样的故事，发生得好比那充满梦想的阿拉伯民间故事中的某个情节。我那时甚至没梦想过三十七岁了当兵来到军营，这故事却真的发生了——他派人把我从鲁迅文学院接到解放军总后勤部。那天，他请我吃饭，在场的只有他和我，加上他的秘书。那时我还不知道，这样的场景，就是军中的少将、师长们看来也是不寻常的。因为周克玉是总后勤部的政委。

那年我还在读北师大研究生院和鲁迅文学院的研究生。周克玉将军突然给予我的鼓励、爱护、扶持，就像是从天上掉下来的。他委婉地问我愿不愿意当兵。因感到他非常平易，我想说，不当兵，与您交朋友，可以平起平坐；当兵就变成您的部下，要仰视了。但我没说出来。我说不知道我能不能适应，心里的意思是害怕军队纪律的约束。

现在想来，初次见面，他已认识了我，而我还没有认识他。我没有表达愿意还是不愿意，饭后就回鲁迅文学院了。

多年后，他在我的《中国新教育风暴》作品研讨会上说，这样的书，领导干部更应该看，因为领导干部有权力，看了这书，发挥的作用比一般读者更大。接着说，他当年就是用他的权力，在百万大裁军的同时，把我特招到军中。

他始终没有喝过我一杯水。古人说“君子之交淡如水”，我与周克玉政委之交，比水还淡。

初到军中，在一次会议后有机会与周克玉政委合个影，当时我想，这张照片得有点精神吧，是很认真地一照。不料照片洗出来，我吓一跳！照片中的我看起来很神气，周政委的一个肩膀在我的肩膀后面，政委含胸平视的微笑如此慈和谦逊。这张照片让我看到了谦逊的力量，也让我看到了自己的惭愧。

那以后的几年，我都未能写出可以回答周克玉将军的作品，那是我最为艰难寻索的几年。我不敢去见政委，但时时都能感受到政委的关怀、期待与宽容。现在想来，如果没有那几年沉下去的寻索，我是走不到一个新地的。

我也曾想，周克玉将军与我非亲非故，素不相识，他对我如此的关怀因何从天而降？“周克玉爱才。”这是军内外诸多人士对这位上将的共识。而我想，只因“爱才”才如此？

周克玉是一位将军诗人。一九九七年三月（我尚未写出新的著作），周克玉出版了诗集《京淮梦痕》，十月出版了文集《京淮求真》。“京淮”是他的故乡，从书名看，可见这位将军在少年时代就心中有梦。这两本书记录了周克玉十七岁从淮河边出发参加新四军后，半个世纪以来对梦想和真理的追求。在这五十多年戎马倥偬的岁月里，他发表了二百多篇文论和近五百首诗词，用克玉的话说，这是“对真理、理想孜孜追求的点点心痕”。

是在这时，我读见周克玉对家乡的热爱，在诗文中就像家乡之河那样自然地流淌。他的家乡在江苏盐城阜宁县一个叫于桥的小村，日后他常以“于桥”为笔名发表诗文。这使我想起以襄阳为家乡的北宋大书法家米芾常以“米襄阳”为名作书画。署名“于桥”与“襄阳”都是寄托着对故乡的无限爱恋。一九九四年六月，周克玉晋升上将后，特别写了一首《乡音》，诗云：

勿因位尊沾自喜　任重岂可忘乡梓
娘亲教我时谨慎　万变不离农家子

二

周克玉的书房有个书法室，曰“躬耕堂”。始终不忘自己的来历，这是周克玉本色。一九二九年一月二十六日，他生在苏北一个贫寒农家。

“小时候的事，有一件我记得最清楚，就是特别想上学读书。”他说七岁那年，父母送他进了一所只收书本钱不收学杂费的官办农村小学。

就这个“想读书”，日后成了他一生的第一爱好。“书是我的终身朋友，读书是我生活的第一需要。”爱读书，是周克玉一生极重要的品质。这爱好和品质，是怎么形成的呢？

那所小学在大周庄，距离于桥村不远，是方圆几十里内仅有的一所国民政府办的小学。一九三六年的克玉去那里一直读到四年级，并当了四年“年级长”。

读完四年级，要到城里升读高小。克玉家有兄妹六人，他排行第二。家里穷，尤其是日本人攻破南京后兵侵江苏，加剧了中国人的灾难，克玉家担负不起他上学，他就辍学了。但他没放弃读书，他已识不少字，可利用已有的知识去获取知识，于是在干农活的日子里自学高小课本，这培养了他自学的能力。

一九四一年共产党来到苏北，建立起苏北根据地，把大周庄小学改为六年制小学，并贴告示招生。克玉去报名，以考试第二名的成绩升到六年级。这年学校来了两位新教师，一姓胡，一姓仲，都是新四军的伤员。新四军安排他们在大周庄养伤，兼做小学老师。这时的大周庄小学教育有很大变化，除了学文化，还开设了军事课和政治课，成立了儿童团。周克玉被选为儿童团团长。在这里，少年周克玉初次体验到了共产党特别重视培养穷人学文化。

没有文化就不足以把穷苦人民组织成有知识、有力量的战斗群体。这是毛泽东在井冈山建军时期，在瑞金苏区时期开创的救国新路：红军不仅是战斗队，还是宣传队、工作队。新四军继承了这个传统，大周庄小学组织了由老师和学生共同参加的演讲小组，每逢赶集，走上街头，向群众宣传抗日救国、减租减息。周克玉是演讲小组的积极分子，那是他最初受到的做思想政治工作的锻炼。

一九四四年，他考入射阳抗日干部学校，在这里学习了中国革命史、社会发展史等课程。那时这些课程都很简单，就是这些并不复杂的课程武装了抗日干部的头脑，坚定了抗战必胜的信念和意志。今天，我们由此不仅可见周克玉的成长，还能看到共产党在艰难困苦的战争年代对文化的重视，对培养人才的重视。

在这干部学校，周克玉被选为学生救国会主席。一九四五年四月二十五日，刚满十六岁的周克玉被学校党支部发展为共产党员。就在这天晚上，周克玉夜不能寐，写了一首题为《启明星》的诗：

春雨绿柳新装
风和气爽苗壮
今晨的启明星
特别特别的亮

脚踩泥泞小径
前方道路宽广
今晨的启明星
特别特别的亮

母亲最懂儿心
喜在胸中深藏
今晨的启明星
特别特别的亮

这首诗一唱三叹，周克玉自称“日记式”，似乎是他守望黎明，看到启明星升起时的写实情景。心境则远不只是对这个眼前所见景致的描绘。一九四五年四月二十五日，苏联红军对柏林已形成包围，即将攻克柏林，中国的抗日战争也走到了黎明前。“脚踩泥泞小径，前方道路宽广”，正是对胜利前景的眺望。诗中的“母亲”已不只是家中的亲娘，还象征着祖国。这时的克玉已加入中国共产党，是个有信仰的人。人生有信仰，梦想就有了皈依，这是了不起的事情。“今晨的启明星，特别特别的亮。”这首诗一唱三叹，写得如此澄净透亮，是一首好诗。

三

周克玉将军还有个一生不变的习惯：善于做记录。他即使身为上将，也没有放下勤于记录的习惯。有时，在有些会议上或行走中不便记录，事后他仍会独自追记。

他说自己在读小学时开始“练习记录”，再后读借来的书，随手做记录更是经常的事。因有些内容并不是当时看了就懂，需要记下来慢慢理解。走出校门，投身抗日战争，常把身边看到的事连同感想随手记在小本子上，这就是他最初的日记。

一九四七年他担任连队指导员后，即使天天行军打仗，他仍然坚持记日记。“有时当天实在来不及记，第二天必想方设法补上。”到一九六七年就“记满了大小不同、纸质各异的五十多个本子”。

时值“文革”，他的妻子王昭出于安全考虑，提出把日记本统统烧掉。他万分舍不得，也只好眼睁睁看着火焰吞噬了他的一本本日记。当看着烧到抗美援朝期间那几本时，他突然伸手去抢出来：“这几本不能烧！”

妻子一愣。

他说：“里面有无数战友的鲜血和生命！”

于是，一九六七年以前的日记，只有抗美援朝期间的几本幸存。那以后，直到一九七八年，他才重新打开日记本。如此，周克玉写日记前后六十余年，其中五十余年近两万天，天天写。

二〇〇四年，周克玉的一部出访日记《天方行草》出版。此书就是以日记形式记述了他（从一九八五年十月到二〇〇二年九月）十七年间六次主要出访的经历，是从他的一本本日记中“抽出来”合为一书。记述了出访十六国，行程百万里的见闻和所思所想。文中也多有诗作，情景交融，诗文并茂。而这只是他至少三百万字日记中很小的一部分。

二〇〇七年，作家出版社出版了周克玉的《军政委日记》，此书出版前曾在《中国作家》杂志分五次连载。周克玉在书前写有《自序》，他说：“一个人的日记，是其行进足迹和心路印痕的记录。我的这部日记，也是我那段时间生命历程的记录。”他还写道，“日记的最可贵之处，是当时、当地、当事的真情实感，这是任何其他文字形式所难以完全做到的。”

周克玉是解放军上将中唯一的中国作家协会会员，《军政委日记》是解放军高级将领的日记首度公开出版，实属不可多得。然而这也只是周克玉一九八二年至一九八五年任某军政委三年期间的日记。

周克玉非常重视自学，记日记也是他学之习之的重要方式。他有个独特的“自学说”，常用以勉励官兵，是这样讲的：“所谓自学，就是自己学，自觉自愿地学，自始至终地学，自强不息地学。”

周克玉从一九七八年重新写日记以来的三十多年间，所写日记“无一日缺损”，不知世上有几人能做到。他说自己是“积习难改，也是痴情不悔”。他的《天方行草》令我想起《天方夜谭》，不是说书名有点相似，而是如此的毅力，如此的痴情，把我们吓倒！

我在深夜凝望他的故乡和他的脚步，看到在他出生之前，虽然有过“打倒孔家店”的往事，但乡村里还是读“圣贤书”的。周克玉读见“吾日三省吾身”，以为其中有人生大道，就记取了。他数十年如一日写日记，深得周公和孔子的教益。他的诗文均是以赤诚的心灵洗过的文字。我的恩师文怀沙先生首称周克玉为儒将，我理解先生所称这“儒将”，是深有内涵的。

四

周克玉称自己的诗为“日记性的诗”，溯其始，也与记日记有关。战争年代，没时间记其详，匆匆几段，言简意赅，下笔时胸中有慷慨壮烈给予他激情，心中流响着不能抑制的壮美诉求，那日记就变得仿佛以诗歌的形式去记之，由此锻造了他的诗。

他参加过淮海战役、渡江战役。一九四九年四月从安徽巢湖乘木帆船横渡长江，登陆南岸芜湖，又连夜冒雨急行军二百余里，参加追歼数万溃逃之敌，部队士气高昂，他以不可抑制的诗情写下：

千帆竞渡断浪飞，
万炮齐放敌垒摧。
扬子江头雷霆夜，
铁军雄师显神威。
怒涛席卷江南岸，
金汤一夜尽成灰。
春风杨柳迎亲人，
波光闪闪映朝晖。

一九九五年周克玉上将离开了部队领导岗位。此后当选为全国人大法律委员会副主任，此后几年，按分工他组织审议修改过《中华人民共和国村民委员会组织法》《中华人民共和国预防未成年人犯罪法》等十几部法律。在审议修改前，他必亲自下去做深入调研。二〇〇三年，他出版的第二部诗集《足茧千山》，就是在深入基层调研期间所见、所历、所感写下的诗。

称为“诗”，周克玉所重却是“茧”，人称劳动可使双手磨出老茧，而走基层能把双脚走出老茧来，周克玉以为这是光荣。所以他郑重而深情地把这部诗集取名为《足茧千山》。

人们评价周克玉的诗，有个六字公论，称之“情真、味厚、格高”。若要为他的诗文找一个共同特征，那就是都基于他本人恪守的一个人生信条："求真务实，不善虚华。"

文怀沙先生为周克玉诗集《京淮梦痕》作序，其中举《春意》乐府诗批曰："天籁，人品在其中矣。"或恐读者尚不能充分领略，又批曰："以百战身，入自然境，得智慧，颂和平。"周克玉《春意》诗如下：

一地绿色好，满天云彩新。
风来花低语，叶摇万里春。

因有文老的批注，我们确实可以领略此天籁声中深蕴的中国文化，这是中国的将军诗，是中国将军诗人周克玉心中的和平梦。

真正的和平不是没有战争、没有困境，而是有克服困境、争取美好的不懈追求。他到基层，到边关哨所，走到哪里都给官兵和家属留下温暖的念想。一九九五年，我在青藏线采访，高原官兵告诉我，周克玉任总后勤部政委后，首先就到环境最艰苦的青藏高原部队调研和看望官兵。他不仅去烈士陵园献花圈，还冒着雨，打着手电筒一家一户地走访看望了二十多户烈士的遗孀和子女。

高原烈士的家属告诉我：见面后，周政委就问，有什么困难，并当场拍板解决困难。烈士遗孀握住政委的手泣不成声。周政委去看望战士们，见战士与他握手时掉下泪来，他就放慢脚步，让战士与他握手的时间长一些。每离开一地，周政委都要到炊事班去与炊事员握个手，道个别，平常得就像他写日记一样。

周克玉的秘书告诉我，周克玉和老伴王昭常年资助农村的穷困孩子上学，多数是家乡的农村孩子，数量已超过五十个，有的从小学资助到高中，有的资助到读完大学。我曾想就此事写篇文章，但周克玉说，不要写了，这里面有我们的歉疚。我理解这“歉疚”的意思是，新中国成立半个多世纪了，我们的农村还有这么多穷孩子。

每个人都有自己的家，关于个人和家庭，周克玉曾这样说自己：“虽然也考虑一些个人和家庭的事，但是，‘国’和‘民’这两个字，就像两盏灯，在我脑海里闪着光，只要这光亮不灭，我就知道该怎么做人做事。”

读周克玉诗文，再看周克玉这段话，我想我已能够理解，周克玉对我的关怀仿佛从天而降，不唯人们常说的“爱才”。我知道他对我的期望在哪里。他给予我的信任和激励，对我来说如影随形，无时不在。虽然他说过，他是用权力把我招到军中来的，但他给予我的巨大的激励，并不因为他的权力，而是因为他人格的力量，这种人格的力量是权力到达不了的地方。

纵然当今世界万象纷呈，在中国改革开放中出现的腐败现象考验着很多人的精神走向，官员在老百姓心中印象复杂，但只要有周克玉将军这样一个人在我心中，我就知道，优秀的官员是有的。非常优秀的官员，也是有的。

二〇一四年三月二十八日

【补叙】多年来，我在写作中常念想周克玉将军。我的老师和好友都曾建议我：“你该写一写周克玉。”但我一直不敢动笔，只恐一下笔就有溢美之词。八年前将出这本《让自己诞生》时，念想周克玉将军对我非常重要的影响，遂有一文。二〇一四年三月二十五日，周克玉将军溘然长逝。谨呈此文于将军灵前，永志怀念！

文怀沙先生

在我所能与之相处的人中，对我影响最深的是农民。可与农民对我的影响相比的，是文怀沙先生。

写下这段话后，发现自己第一次面对“思维可能为情所蔽”的问题。我为自己遇到的“情况”感到奇异。

我初次见到文怀沙先生，是文学院请他来讲课。后来他对我说，我所以敢去，是因为你们这些号称作家的人有两缺：一缺知识，这我可以给你们补；二缺德，这我跟你们一样。

我不把他这话看作玩笑。

有德不是容易的事，比有知识要难得多。

当今之世，真是五色五音五味都缤纷驰骋，涌来磨砺我们的耳目身心。重知识、重本事，一般来说，也是当代很多人的一种生活需要。文怀沙先生的魅力不在于他拥有许多“天下少有人知但他知”的知识，甚至常常也不只是表现为一种思想，还有一种驾驭思想的东西。

这东西是什么呢？早先，我注意到他在课堂上说过的这段话：用土地去欺负人，是可耻的；用金钱去欺负人，是可耻的；一个知识分子，用知识去欺负人，也是可耻的。先生因此认为，还有一种东西，应该凌驾于所有知识之上，那是制止知识跋扈的东西。那东西，先生认为是突破个人局限的良心。那么，支持良心的东西又是什么呢？先生认为，简单说就是

“爱心”。

爱，是个司空见惯的字眼。要真正拥有，并不容易。就像屈原之爱国，楚怀王却不给他爱的机会。但是，楚怀王没能消灭屈原的爱心。用先生的话说，《离骚》之爱，“不是你爱我，我才爱你。爱，只讲一往情深，不讲等价交换；只想给予，不想索取。”进而铿锵道出：“以亡楚的代价换来一个屈原，是值得的！”

那时刻先生目光烁烁，语惊四座。

先生在此传递的已不只是关于楚辞的知识。

我以为，每一种看世界和人生的方法，都是一种世界观和人生观。在这里，文怀沙强化的是透过斑斑血痕去认识生命激情，而不只是认识社会优劣的方法。我相信，只有充分认识人，也才会充分认识：人世间有那么多苦难，那么多丑恶，为什么世界还是生机盎然？

爱，不只是爱国。这是人生多大的课题！

爱，似乎给人带来幸福，也带来痛苦。倘害怕痛苦而逃避，便要堕入无聊。痛苦还可能引人同情，无聊连同情都不可得。

文怀沙关于“爱”的内蕴的界定，在我看来，是发生了一个事件。因为这是一个世界性的难题。

当代世界已经不是不能去爱，君不见人间有许多似乎由爱引起的复杂故事吗？不幸发生的时候，你走在闹市如同走在荒漠，如同夜临深池、月照废墟，你找不到一人诉说。人们喟叹世间哪有真正的爱，那不过是相互利用，或单凭一己的需要去占有、去掠夺。东西方都有人通过艺术或论述，去揭示“爱”的外衣包藏着的虚伪、卑鄙、丑恶、残酷等。

但是，倘以文怀沙关于“爱”的定义去审视，那些复杂故事并不表现为爱的复杂性，只说明人性的复杂性。那么，文怀沙关于爱的真义的认取，正是努力着要把——被人性的复杂性埋葬着的——爱，拯救出来，还其真面目。

不能想象，人间怎能没有爱，人怎能失却生命激情。人生如果没有了激情，理智也会陷于瘫痪，生命就会剩下躯壳。因而，倘说文怀沙的这一“学说”是关于生活的学问，我以为还该称之：是“催生”的学问。

少时读《离骚》，看到屈原对自己的出生很自豪，少年怀沙心中，民族的、家族的自豪感也情难自已，踌躇满志。中年以后，却“依稀得知我尊敬的母亲有着卑微的、讳莫如深的悲惨历史”，发现自己连自己生命的来历都搞不清楚，“难道我是母亲收养的弃婴？”可考的是，自己的身世如绳之以封建礼法，肯定不比范仲淹光彩。从此他对考据学反感。多年后，他写道：“但愿那永恒的秘密，连同母亲的慈爱和自尊心，永远埋在北京香山的坟墓里罢。”

多年后他写出：“盖凡大善知识，咸具大千慈悲，必含慕道沉痛。”这话写了刻在《南通州广教寺法乳堂碑》。我曾痴望着其中的“乳”字，能望见他母亲的影子，也想起我的母亲已经出家了，想起我孩童时曾惊奇地见过母亲美丽的乳房，想起“法”与“乳”的结合，太高妙了！

那是哺育，是爱！我不禁泪沾睫。

文怀沙所撰那碑文三百七十一字，哪里是以一个国家一级教授的知识去作的呢？那是以大爱去亲颂大善，以此奇妙，古之所无。这篇作于公元一千九百八十二年、佛历二千五百二十六年，僧俗共赏的宏妙之作，是可以爱音共梵音齐远的。

文怀沙曾这样说自己："我是一个在生活中充满尘垢的人。"就这样一句话，在这个不少名人包装自己犹恐不够的世界，有谁肯这样说？就这句话，也惊世骇俗啊！

这是对人生的忏悔吗？我相信，他从上帝那里也得到一些东西。更相信，他一定是看见了自己隐秘内部的隐秘，好比科学家看见原子、中子，知道那东西很宝贵，爆炸开来也能毁灭世界。

对先生这些话，我怀着至深的敬意，深信先生的"学问"，不只是通过发掘深奥的典籍所得，是用极大的真实去正视自身的"存在"，并用自己一生的坎坷去作生生灭灭的搏斗，是至诚探求，才收获、升华了"骚"的真韵。

他还说："我不怎么相信世界上有什么不存在阴影的东西，我只相信有不断战胜阴影的愿望。"还说，"在许多秽语下常常埋葬着一个庄严的灵魂。"这该是由自身曾经的痛苦和屈辱，体察到天下很多人也有的痛苦和屈辱了。

他曾是民国的"政治犯"，也在共和国坐过牢，"幽于圜墙"十年，得个"无罪释放"。有这经历，他似乎有资格相当"深刻"或者"冷峻"，但我感受到的常常不是这些。是我愚钝，还是他太会遗忘？

我要理解他那牢狱生涯不是没有困难，但我感到不无惊讶的是，他似乎做到了自甘为囚。作为中外闻名的楚辞研究专家，他知道屈原因何"虽九死其犹未悔"，用生命去敲出汨罗江中的千古绝响；也懂司马迁为什么"就极刑而无愠色"，能够活着受辱。文天祥说，自杀我是不会的，只有你们把我杀掉，那就成全我了。文怀沙也可这样认为，自己来蹲监狱，我是不会的，既然不得不为囚，囚徒生活也是一生中的组成部分呢！如果能把囚室也变成家，把自己变成那里的居民，世上还有什么能囚禁得住他呢？

“举国一人谓之囚。”我听到文怀沙这样说。

我读过他写给远在加拿大的女儿的一封信。“亲爱的DU-DU：人家的闺女有花戴，你爹我没钱不能买。我真不知给你什么才好？为了你，难道还有什么值得吝啬的吗？”又写道，“你需要补习的功课太多了。你知道吗？世界上没有任何一个国家有我们这样内蕴丰富的灵魂。它埋伏在沉默底下的沉默和蠢动。”

我读到这儿，真是为之动容。早先鲁迅说，沉默啊沉默，不在沉默中爆发，就在沉默中灭亡。文怀沙看到了沉默底下的沉默，那该是双重的沉默。这是他在狱中看到的吗？并看到沉默底下的蠢动。

在文怀沙的世界里，蠢动该是爱，是被覆盖在沉默底下即使不以爆发的形式出现也决不会灭亡的痴情。因而，我不能不更重视他的另一句话：“被理解也是痛苦的，而且是更大的痛苦。”

早先，文怀沙也只是理解到被离间的痛苦，亦即不被理解的痛苦。现在如何来理解来描绘他的新发现呢？从前钟子期死，伯牙终身不复鼓琴。世间的创造，是因为遇知音，你那创造才成为美。否则，会像色彩对于盲人，不存在的。钟子期把伯牙的音乐带走了，伯牙还活着，人生恍惚岂不好比剩下躯壳。如果伯牙不曾遇知音，还不至于这么痛苦的。狱外还有爱怀沙、理解怀沙的人，铁窗把他们切割成了两个世界。这阻断，对彼此来说，都不下于钟子期死去。于是文怀沙说："人生如果不被理解，也不必悲伤。"这不是智者的声音是什么？

我们已经可以来认识，痛苦是因为有思念、有理解、有爱。是理解、是爱被阻隔，才产生痛苦。爱，是其中最本质的东西，是我们值得用生命去捍卫的东西。但是，这样说太轻松了，值得停下来细窥一下那个"痛苦"。

"我是怕痛苦的。"文怀沙老老实实地说。书中常见，忽遇大喜，竟不敢信，于是拧自己一把，啊，痛！便知不是梦。那么，痛苦可以为幸福做证。但那时文怀沙不是用来证明幸福。夜半醒来，疑在地府，拧自己一把，啊，痛！证明我还活着。"痛苦是生命的证明。"文怀沙说痛苦大，证明感觉系统良好，没有麻木。如果消灭了我的肉体，那就把我害怕的那个痛苦也消灭了，又还有什么可怕的呢？

这是不是阿Q的精神胜利法？我曾听他说，和尚在山中修到万事皆空的地步，就去人间化缘，看万家脸色，嗅市井香气、秽气。往来于山林与市井，得清气也得浊气。清了用浊气破之，浊了用清气破之。如此打磨来打磨去，就打磨出佛光来了。我因此想，他一定是在狱中由自己的面壁想到和尚的面壁了。但那时他不得去市井，只能在狱中修炼。炼到什么都不在乎的地步，就要用实际的痛苦去破之。若痛苦到不能自拔，就是沉溺。那就要用看不见的精神去破之，去提之升扬之。

我想，为人为文，乃至为政，都同此理吧。太实了，要讲求空灵；太空了，要讲求实在。这哪里是精神胜利法呢？以实破虚，以虚破实，虚实相济。这是一个哲学命题。文怀沙就这样打磨来打磨去，虽在暗狱，怎能不打磨出光亮来。

如果说那里有他的“铁窗哲学”，我以为仍是爱的哲学。

不仅有情人被分开的痛苦，是因为有爱。

人为什么要忧国忧民？

国与民到了要忧的地步，并不是美妙的事。有忧是因为有爱。是爱使忧国忧民美得动人，美得让人伤心、让人掉泪。这情感在牢中訇然充满空间，犹如立起一座出征的帐篷，是可以抵御由压迫带来的痛苦的，至少使痛苦变得可以忍受。

但是，不被理解或被理解的痛苦，有没有办法超越呢？

爱，难道可以被囚禁吗？

我想起文怀沙曾高度赞扬蜜蜂。他不是赞扬蜜蜂采百花精华的勤劳，也不是赞扬蜜蜂遭遇攻击会不惜牺牲英勇反击。他说：“要学习蜜蜂能嗡嗡时只管嗡嗡，不考虑为谁辛苦为谁忙。”我想，对呢，它们要是一考虑，也会像人一样说：没劲。

我也想，他说这话时恐怕已考虑过，伯牙也有囿于自身的缺憾罢。不要在乎有没有人欣赏，学会陶冶自己，欣赏自己，使自己快乐，难道不是人生最基本也最重要的贴身本领吗？

其实，这本领不少人是保持住了的。最难把它保持住的是知识分子。怀才不遇的痛苦流传千古。我读到文怀沙为《禅林意趣诗》所作的序，见他写道：“中国的知识分子，特别是苦难中的知识分子，自古至今都需要学会征服或超脱苦难的精神世界，都需要开拓自己的胸怀。胸怀宽广了，苦难也就相应地缩小了。”我以为这话也自有它的来历。

世界各民族都知道，寻求解脱痛苦的方法很重要。产生了宗教，也产生了要杀死上帝的尼采，还有摇滚乐……我相信文怀沙用以“超脱痛苦”的方法，不表现为尘世所说的“苦行僧”，他的“开拓胸怀”，同样是让爱极大地占据胸怀，从而使生命呈现出令人惊异的景象。

这样说，很可能令人误以为他只有爱而无憎。其实，他的“尖刻”也是著名的。他称自己是从“暗门中飞出来的猫头鹰，腹中不免埋了一些死老鼠的残骸”。他说自己“厌恶伪善有甚于恶魔，特别是对待政治上的‘贞节牌坊’总抑制不住一种发自五内的挑逗情绪”。他解剖自己，也携带着让那些“正人君子”难堪的锋芒，还常常爱以“己过”与“人恶”相互攀扯。他也说自己，“不讳人恶”，特别是不懂得“为尊者讳”的奥妙，“几乎害了我一辈子”。

面对稠座，他也说自己年轻时曾爱“美”成癖，无杜牧之的才情，却有他的轻浮。他还这样说自己：“几十年中也是够荒唐的，记不真的浅酌低唱，数不清的悲欢离合……”这里，不含有对他人的“苛刻”，而有如他的一位前辈朋友留给他的两句新诗：“雨后的黄昏，像泪洗过的良心。”细细品味，就会为之深深感动。

我确认：美，不是完美无缺。正确，也不是没有错误。没有错误就不会有正确。看不到这些，心里就会被太多“堆积沉重”的东西堵塞，也看不见美。反之，世界会呈现另一种景象。面对人间许多失落、罪错、斑斑血痕，也会有如面对断臂维纳斯。

他不认为推动历史前进的只是光明，认为是光明与黑暗共同作用的结果。他引用杜甫的诗句“阴阳割昏晓”来表达他的“光明与黑暗观”，在我看来，那也许是一个能用一部大书去阐述的哲学命题。

我相信，至大的爱心，是可以笼罩天地万物的。

先生对年轻人的平易，很多人都感到是异乎寻常的。他说孔子讲“三人行，必有我师焉”，是走群众路线；屈原讲“年岁虽少可师长兮”，是向年轻人学习，这就更了不起了。当耄耋之龄的文怀沙用自行车载着我，在北京的大道上白须飘飘地违章逆行，我该怎样来理解这位老人呢？

他对年轻人不是通常意义的长者的关怀或爱护，是参与，朝气蓬勃的参与。用他的话说：“可以埋葬过去，无权埋葬未来。轻视年轻人无异于埋葬自己的未来。”所以，“中年以后就学会了爱比自己年轻的人”。

我肯定我是遇见了一个不凡的人。这个人常常在我心里引起的一种东西，甚至有如一个令人动情的少女在人心中引起的波澜。这除了说明他迄今依然澎湃的青春令人羡慕，我找不到别的解释。

文怀沙所运动着的生命奇境也不是“匹夫不可夺志”，是“志”内部的生命冲动，是发动生命的东西。外部的异己力量和自身不可逆转的年华岁月，都没能改变他。

文怀沙带我去游白洋淀，才上船，开口就赞道：真美啊，白洋淀像个野妹子！接着说，这与西子湖不同，“西子”是个经过打扮的美女。最美的女子是打扮也美，不施粉黛也美，刚醒来披头散发更动人，这就是白洋淀。然后我看到他在阳光中惬意无限，仿佛已置身于这位野妹子的怀抱。

他说：“宇宙中最动人的景象就是阴阳电的摩擦。”这话，舍文怀沙，谁曾说出？大自然中这一令人不无惊骇的景象被他注入了爱的内容。于是我望见漆黑的夜空，那摩擦完全不顾无边的黑暗，不顾肆虐的暴雨，硬是相互投奔，那闪亮哪怕只有一瞬，划破长空，动地惊天，不伟大不动人吗？

几乎一切话题，他都能扯到与女子有关的语言上去，且情趣浓浓。己巳年，他在日本，台湾省方面有人找到他，要他去台定居。怎么回答台湾的邀请呢？文怀沙说："我已经跟共产党过了几十年了，别让我到老了还闹一个不贞的名声吧。"文怀沙变成了"贞节妇"。一个严肃的问题化作双方的笑声。对方又请他写几行字，问：行吗？文怀沙提笔写下两行："还君明珠双泪垂，恨不相逢未嫁时。"对方读懂了文怀沙的幽默。

先生所给予我的爱护和教诲是事实，又不足以概括。在我看来，比我所得到的知识更珍贵的，是他自由如云鲜活的生命，让我看到了什么叫青春，看到了生命中的美丽。

这个忘了自己年岁的人，使很多年轻人感到自己的苍老，使老年人看到人生什么时候都可以尝试着让时光倒流。

人生坎坷路漫漫，要留住激情留住爱，使之依然鲜如朝阳，很不容易。爱，是需要勇气的。勇气不是霸气。充沛的爱则需大勇气，并非通过"学"所能得到，恐怕需要扔掉很多东西，才可能望见它的项背。

激情不是思想，爱也不是，却能使思想逊色，是孕育思想的温床，是思想的母亲。那些内心无爱的人不可能真正理解人性的复杂性及其引起的痛苦。他们也会为自己生命中本能的欲望骚扰，面对它，可能什么都敢做，但笼罩着他们的不是勇气，正是那种糟蹋爱的侵占心理，一旦得到就是霸气。那些心中无爱，或爱已蜕化的人，唯知用训诫去"教导"他人，实际上他自己最需要的就是去做人间爱心的儿子，重新接受抚育。

文怀沙以一"文士"，受到一些戎马生涯的将军和政界高层人士的敬重。我们也可以从俄罗斯当代著名汉学家、意大利艺术研究院终身院士尼·费德林博士的著作中，听听他对文怀沙的评价："文怀沙学识渊博、胸怀开阔、待人谦恭，这都使我最为倾倒。"文怀沙则对我说："费氏与我几十年的交往，为情所蔽，不可信也。"

可是一些仅仅听他一席之谈的德国、英国的学者们，却称他为"东方微笑的智者"。这一"封号"或许是基于文怀沙曾说"微笑是思想外壳的最佳表现形式，能面对一切世相——包括桎梏和沉重的悲哀——微笑，是最高境界"。

在我看来，老子说"大道废，有仁义"，把道德仁义排了座次。一个"道"，把仁义等都涵盖了。文怀沙曰爱，对仁义礼法兵等，不是涵盖，是它们"身体"内部驾驭"生命"的东西。爱，并非空阔浩渺到难以企及的东西，从人间唇齿相依，呼吸相闻，摸得着、看得见、爱得到的自身的事情出发，可以通向苍生万有，至于无穷。所以，我坚信文怀沙所说的"爱"，比他的其他任何学问都重要。

文怀沙对中华文化之爱，强烈深沉。他说自己是"土地恋"，"黄昏的树影拖得再长也离不开它的根"。就在那封给女儿的信中，在写下中华内蕴丰富的灵魂"埋伏在沉默底下的沉默和蠢动"之后，他接着写道："我多么热烈地企图医治它，即使毁弃我暮年仅有的健康和生命。"他所说的医治，该是说欲把那被人和社会的复杂性埋在底层的灵魂拯救出来吧！

屈原曾感叹："黄钟毁弃，瓦釜雷鸣。"这情形今天也存在的。文怀沙似乎一直是个颇有争议的人，我总以为这是一个历史性的误会。先生的

“学问”本不像是为“学者”而作，虽深邃却非深不可悟，其精华不在高深在平凡，不在只有少数人能欣赏，在许许多多人都能借以去问雌雄。那是对众生大有裨益的生活智慧。所以，我以大热忱有如代为布道，愿很多普通人，知道这个人世界上有一个文怀沙和他的“爱之说”。

你可以不同意我的看法。我不能熄灭我心中这一超热情的火焰。我深以为文怀沙“爱之说”的触角，可以够到被世人踩在鞋底的一粒沙子的温度。

每当想到我的很早就失去丈夫的母亲，当她把我交给另一位女子之后，她就走了，随法鼓共梵音做伴。我无法想象她这一生失去多少，我读不懂她对着悲哀的微笑，但一定是她帮助我读见文怀沙。想到母亲的一生，即使此文全篇为情所蔽，在所不惜。

我同样看重的是文怀沙的普通生活。他喜称自己为“北京市民”，在市场与商民讨价还价，领受“买卖”的乐趣与平等；在“面的”里听司机讲个当代悲惨故事，感伤得夜不能眠；在陕西的酒吧里看衣着不多的西部女郎跳营业性的“迪斯科”，对当地官员说，这些十八岁的少女对封建观念带来的冲击力，比我用毕生的学问去讲课要有力得多……正是这些平平常常的日子构成了他生机勃勃的世界。

我还想起先生从年轻时开始，一生的职业也是很平凡的，教师也罢，教授也罢，都在教书。一生的学问，大都是用粉笔写在黑板上，写了擦掉，擦了又写……很多年了，先生信奉“述而不作”，偶有作诗也不是为了发表。近年他曾为后生著作作序，把自己的一些思想写在那序中，对后生的奖掖之情也使纸面澎湃。我深信，先生的学识与智慧，是早已写进很多学子心里化入血液，那是擦不掉也不会变成纸浆的。

一个夏夜，我与文怀沙先生同去参加一个座谈会，归程中同坐在一辆出租车里，先生掏出他的怀表看了看时间，然后把表链扣别在我衬衫的一个扣眼上，把怀表放进我胸前的衣袋。起初，我以为先生又在开一个什么玩笑。但先生没有看我，眼睛只望前方，望夜色中迎面奔来的京城大道。当感觉到我不无疑惑地把表掏了出来，他才说："你留着吧，你用得着。"那时刻，我还能说什么呢，把先生的怀表重新装进口袋，感觉到秒针就在我的心脏上与心同行。

先生所给予我的，一定比他告诉我的要多得多。

因为我是如此善于理解，善于吸收。

因为我深为所动的是从他那儿感悟到的一种生命形态。

因为那魅力——如同有一个美丽动人的女子在前方召唤，未来要靠自己去真诚探求。换言之，我深知，先生所拥有的，是他一生痛苦和幸福分娩的不朽儿子。我羡慕不已，也只能自己去爱，自己去生。

一九九三年

刘建传

从前陶渊明写《五柳先生传》，连五柳先生的姓名都不知道。韩愈写过《圬者王承福传》，柳宗元写过《梓人传》，文章都不长，乃借某人经历阐述作者感悟。我想写《刘建传》时日已久，说不上是感悟到什么，却是感有写一篇传的责任。

刘建，福建建阳人，生于教师之家，十一岁入县第一中学，同年父以右派入狱，母随即被解除教职，去为人做保姆、切猪菜，立下大志：决不能让一双儿女失学。刘建从初一开始，一路以令人惊奇的成绩读到高三。

刘建要考大学了，母亲忽做出一个决定：与丈夫离婚。一纸由妻子发来的离婚书文，很像男人被女人“休夫”。其父能读懂那“休书”里的爱情，在妻的芳名前并排签上男子汉的大名。妻名曰：远笙。夫应道：文在。

李远笙、刘文在的离婚契约算得上艺术品，人间有以离婚来表达爱情的吗？多年后，作为书法家的刘建总写“长相知”三字送人，得字者却很少得知他在说什么。其父刑满留在农场，把智慧和余年用来为农场设计小水电站，他成功了，改造罪犯的地方亮起电灯。

刘建却失败了，两次高考落第。在考卷上称雄多年的时代结束了。他挑着行李去远村教书，见不少学生背书包、提饭篓，才知他们来自十里外更偏僻的山村。一算，得出一个令他惊讶的数字：一天往返二十里，读完小学岂不是超过二万五千里！他被这些孩子征服了，决定安下心来教他们。

两年后，他奇迹般地入了共青团，这是靠了他那些学生的成绩。此时，他还赢得山外一位漂亮姑娘的芳心。未想时隔两月，他就被开除出团，开除出教师队伍。祸起于他写在学生作文本上的句子，他以为多添些句子对学生有好处。如今没必要重复那些句子了。他被开除后就在小村务农，那时他想，人生在哪里跌倒，就应该在哪里爬起来。

某天，他教过的一个女学生突然服了砒霜。那少女初嫁，丈夫是“四类子弟”，她是贫农女儿，她不愿意。时值盛夏，刘建与村人星夜把她从大山腹地抬出来，火把换了又换……送达医院，洗肠催吐，发现她已有孕。那是村里长得最美丽的一位女子。披头散发，痛苦中单衣被她撕碎，一双丰满的乳房上道道血痕。平静下来，她就死了，两条生命。

不久女友来信，说她的父母说：本来父亲黑尚可，如今本人黑怎谈？一个初恋故事，就这样结束了。刘建在田里挣扎半年，又接到村工作队下的逐客令：本村不容“新四类”。

学生送他出村，那情景不能回眸。抬头不见学校，始知这些年是学生助他坚持下来。没有了学生，他流浪去打石头，铺公路。三块砖支个锅便是灶，夜宿凉亭。一边睡六位少女，另一边是刘建等小伙子，中间睡一对夫妻，成一道天然屏障。彼此都不明来历，都很规矩。蚊子不讲规矩。手拍大腿的击蚊声此起彼落。凉亭两面贯通，望得见天上的星星……站到高高的脚手架上去造脚手架，鸟瞰大地，滴滴汗水滴滴收成，应该有一支歌，来唱这天上的诗……公路上传来城区发生“武斗”的消息，抵抗不住对母亲和妹妹的顾念，于是回家。

在家乡县城的小巷被昔日的校友发现。校友都记得他那支“笔”，他的“笔”被用到一派广播站去造舆论。他乐而为之，因为那里有饭吃。他为之服务的高音喇叭越来越让对立派嫉恨。发生枪战。广播站首先成为对方火力猛攻的目标。他左肩中弹，看鲜血流经前胸侵染到裤。死里逃生。伤好还去做工。插队成为时代光荣，他去插队。下乡前夜，那是个没星星没月亮的夜晚，家里除去被子便是书。十年寒窗皆废尽，此去拿锄头柄，还要这些书做什么？他将家中藏书烧光。到了乡下，他又下田又喂猪。此时又一位女子闯进了他的生活，小他两岁，叫詹雅度。

雅度的母亲在县城发生武斗时误踩地雷丧生，其父原是国民党军官，属“四类”。刘建的母亲上门说合，期望对方把女儿嫁给刘建，用刘母的话说是“黑对黑”，也算门当户对。双方说定，雅度的父亲却消失了。刘建与雅度的“恋爱”是十一天里共同跑遍山野河沿，最终找到了雅度父亲遗体。刘建说，肿如水桶，我从河里把他抱上来，裤管还扎紧的，从里面拿出两个大卵石。大卵石很光滑，望遍河滩也不见那么圆满的。一具棺材，三人送上山。后面跟着雅度的妹妹雅秀。不久雅秀也消失，至今毫无音信。

明代袁宏道作《徐文长传》，说徐谓屡不得志，曾以斧自击头颅，以手揉冒血的头骨咔咔有声，又用利锥刺入双耳寸深有余，竟没有死。有个叫石公的人说，古今文人牢骚困苦，没有像徐文长这样的。徐谓蹲过监狱，因被怀疑误杀了自己的继妻，经一位太史力救出狱。文长为文有卓见，书法奔放如其诗，以余趣涂成花鸟也超逸有致。袁宏道是这样说他的。我想文长终不能找到解脱苦难超然驾驭人生的道路，也真是不幸。刘建才志堪比否，我不敢说，坎坷是不在文长之下的。士可杀不可辱。仅站到板凳上任人批斗一节，这辱，徐君不曾体验。

刘建说自己一九四九年穿开裆裤跟在解放军叔叔屁股后面打转转，那是多么幸福的童年，“清清的流水，蓝蓝的天”。这往事不是舜尧神话，不能忘却。他还是得了时代之气的。

在乡间，每逢春节，农民都请他写对联。他因文获罪，不造句子，一遍遍恭书“跟共产党走，听毛主席话”，甚是安全。农民得字之喜，则使他发现自己还很有存在的价值，委实不必伤害自己的头颅。唯愧字写得不美，于是自撰一联：“世间无穷事，临池忘却悲。”倾心书法，以博得农民夸奖，也很快乐。这是得了民气的。

再有就是得雅度。办完丧事，雅度就到刘建插队的小村也插了队。简单的婚床，就是风雨人生不至于沉沦的一叶扁舟。

这时，刘建感到自己往日烧书是犯了个错误。他说自己，如今虽然做了“田舍郎”，但毕竟还是个“人间识字农”，看书解解闷也是好的。插队十年中，他最大的盼望是苍天降雨，全队歇工他也歇工，便可以舒袖畅享白日“临池”。刘建赋诗说：“此是天公开假日，农家小屋起书声。”直到今天，他仍然“但逢落雨精神爽”。

到插队第十个年头，经考试他再次成为教师。不久由教师选调县政协工作，直到退休。自从在乡间迷上写字，可以说他是迷成恍若不要吃喝的神仙。回城后再书一联挂于壁：“人因求知瘦，家缘买书贫。”很像是用来遮挡一下家徒四壁之羞。一次宿舍遭窃，走廊里众家晾晒的衣服尽为掳掠，唯有刘建的一领白衬衫弃在院外阴沟。那盗者竟还有时间识得此衬衫上有很多墨斑。刘建捡回来，引为一乐。

他的书斋名“积羽斋”，取积羽可沉舟之意。学书好似右军柳公的奴隶。我曾尖锐抨击他走入误区。当今开放之世，以我所知他的潜能，做什么不成。我确信去日的不幸给他烙印太深，痛惜他已被磨钝。他依旧痴迷要穷尽天下书帖，买书搜帖之狂，不在任何发疯的古董收藏家之下。这使我渐觉，就这风景，怎见得不是奇诡气象？没人能说他是家徒四壁了，四壁尽为书帖塞满，好比用砖块砌成的堡垒，足以惊倒邻墙。我站那儿，感有寒气袭人，生出敬畏。我想我读懂了眼前世界。心想：人若心无敬畏，感觉天地间再无高超可供追随，则自己就陷入险地了。徐文长是不幸困于此罢。

刘建那字也生出一副面目了，非端庄、非苍劲、非奔放、非奇崛，也不存媚俗。好像是专写给不懂书法的人看的，所以我敢说喜欢。不独是我，但逢小县书展，总能聚很多目光，而几乎所有的展览，观光者总是外行多于内行。求书求学者日众，刘建正困于买书缺钱，顺水推舟办起书法班。历十年，竟得弟子三千有余，其中不乏在全国、全省书法赛中的获奖者。他自己却不参赛，好像是怕失败。

他自编了《行书技法》一册，里面多是他的行书。本是为教学用的，不意为出版社看中，以《行书入门》为名出版，首印售空，再印。全国各地来信求书者不断，看来那字能激起不少人想学书法艺术的冲动。一日，竟收到一封狱中来信："我要以您的书法来净化自己的灵魂。"那么，那字里是否还有宗教？我不知道。

有一天他要来破坏他的收藏了。我不知道他站在他那碉堡似的屋子里，那决心是怎么下的。二十多年节衣缩食，牙掉了，镶个牙也要跑好几家，寻个便宜。逢出差，除了跑书店、跑古书店，还是跑书店。大包兜满了，太沉，在包外加麻绳。大汗淋漓，他像插队时背麻包走一段歇一阵。十字路口红灯闪处，他被警察拦下来，解开麻绳，那书让警察看傻了。二十多年万水千山，那几乎是他的全部家当，全部寄托。现在他要来对他的收藏动真刀了。我不知他动刀之前是否对它们行过祭祀礼，他对它们千刀万剐，他的妻子好比帮凶。

南方大暑天，他们家住五楼顶层，关起门赤膊上阵。书帖的碎片铺陈满地，不能开风扇。雅度的剪刀功使不上，得用从医院弄来的手术刀。我目睹了那场面很惊叹。我说你想编一部中国行书大字典，怎能肯定有人给你出版呢？他说这些年我没见过行书大典。这么说他想为国填补一个空白。可是中国之大，也许不待你编成，一部同类大典突然出世了呢？“那就自己看吧。”他说。不久，他书赠我一幅字：“草色人心相与闲，是非名利有无间。”

我久望那字，感到自愧。确信他做这事，成败哪里是出版与否可以度之。想刘建如此这般在中国东南角的一个小屋里默无人知地劳动，即使能得出版，稿酬抵得上他切割了的数千册宝贵书帖吗？这里有什么经济利益可言呢？这是一种怎样的创造性劳动呢？这不是他的本职工作。如今天下还有几人做这样的经营呢？我看到这个刘建，是已经很辉煌地冲出他的堡垒了，悠然于无覆无盖无挂无牵的天野。我不知还有什么能困得住他。

但我还是去问他：打算找哪家试试？他说出一个出版社来，说他多年买书，以为当推这家最讲究、最权威。那时我要到北京读书，把他的书稿用箱扛出了我的家乡。他们夫妇送我启程。车开了，故乡嗡嗡地留在马路后面，我眼泪掉下来，我为自己感动。到北京站。超重。被罚款。我扛着那箱书稿出站去挤公共汽车。听不见身前身后的责备。真对不起，姑娘，我爱你们！我负重不小，不容易文雅。

我找到了那座红楼，五四运动的发祥地。文物出版社就在那里。这箱东西放在那个绝对禁止吸烟的地方，也使那儿的人如同面对一个事件。

有什么人事先不联系就贸然干起这活的呢？我呈上一纸说明，纸上写着刘建开列的若干书帖，说还剩这些没有寻到，乞助。苏士澍先生是资深大编辑，见到这部行书字典文稿，也难以想象这件事怎么是一个小县城里的人干的呢！但他立刻识别出了质量。在这件事上，他的专业才能就是权威。他说这样的书，出版社赔钱也得出。一九九五年，一部《辞海》那么厚那么大的《行书编》由文物出版社出版。苏士澍又代表出版社正式约请刘建再搞一部《楷书编》。这仍然是艰难的事，却似以全其德。刘建欣然为之，如今已完成并出版了《楷书编》《五体汉字汇编》等三部中国历代书法大字典，行销海内外华人世界。刘建笑曰："半生心血，换世人几许方便，足矣！"顺便说一下，那时我和刘建都绝想不到，多年后苏士澍会当选为中国书法家协会主席。

在编纂后两部书法大字典期间，刘建还神差鬼使般写出一部五十万言的家乡县史——不是修县志，是独立写一部文采飞扬的家乡四千年县史。国史家事，都有众多读者。鲁滨孙那样的故事，漂流到无国无家，更有人读。但有几人去拜读一部县史？谁能给你出版呢？落下第一个字时，是否就有如壮士登程，足下扬起悲壮味道？此书即《大潭书》，另有一个英文书名《中国一个县的历史》。潭，即建阳的别称。曲阜出孔子，建阳有朱熹。"北孔南朱"对中国文化的影响源远流长。曲阜很出名，建阳鲜为人知。这大抵是刘建作《大潭书》所抱的责任。朱子之后，建阳还出了宋慈，世界尊他为人类法医学鼻祖。让我惊叹的还不是这座东南古城中早已声名远播的人，《大潭书》让我看到，古老的墙垣一次次坍塌，玉石俱毁，一次次都有人沉潜于汲汲再造。就在潭城的历史废墟里，埋藏着诸多英魂；非常时刻，女子也纷纷"匹妇有责"摘首饰捐钱犒军保家卫国。生生灭灭多少事！那些已经无法找回的乡村史诗，往往是些穷书生留下的残破音节。他们的名字已被后代忘得很干净了，他们的努力却早已化入苍生厚土，使深土澎湃，推举出今天。刘建从一个个废墟中掏挖出来，哪怕只是一个文明的碎片，也以敬畏之忱小心吹拂去尘封，放在我们面前。让我们惭愧，让我们感奋，让我们看到数不清的手臂挽起的千年梦想殷切期望，仅用以凝聚一个家乡激励一方传人，也是了不起的号角！

果然，此书经文物出版社出版发行后，在当地被广为阅读广为收藏，于是再版。我感觉这也是值得“研究”的现象。书不必是全国全世界的人来读，其实获了诺贝尔奖的书，很多人也是不读的，而且获奖的也未必就读之有益。水不在深，有龙则灵。这龙是精神是魂灵。书不在出名，开卷有益就行。《大潭书》不是编年体、不是纪事本末体，但叙事无前后割裂、首尾不能连贯之憾，看之在夏商汉唐，倏忽就在当今。它也不是纪传体，不是实录、方志，但记人物生平能详其原委，际遇追求随时起伏，得失成败自有沉浮。作者拓展了容纳春秋的自由，读者也平添览游的山海。其涉猎、采撷、布局、用字，沉潜浩浩中舒袖从容，使我想起古人说的，美人迟暮另有一种姿媚跃出，更使我深感中国城乡市井里面，必还有很多老死都未被认识未肯杰出的人物啊！

我相信我在书中感受到了与我在国史中感受到的不同的东西。不属于造反，不属于朝政，也不属于疆场决战。属于劳动，属于生活，又与朝政、造反、战争密切相关。我看到了，中华文化之所以博大，因它的根基是如此殷实丰厚。当今各国的文化力上升为综合国力中极重要的“软实力”。国家号召大力推进文化大发展大繁荣，像《大潭书》这样坚实描绘一个家乡丰厚历史人文的读本，就是从深层次构建我们的文化力。我为之祝贺，在我看来，他以一人之劳作去再造父老数千年之桑梓，这部皇皇巨著是可以作为他日后坟墓上的石头的文字了。

近年，他还倾心撰写了一篇“千字文”。历史上的《千字文》为南北朝时周兴嗣撰，早已是中国蒙学经典。刘建感慨南北朝后中国还有诸多雄伟未曾入文而跃跃欲试。我读之，深觉其文气象犹如浑然天成，以为称得上《刘氏千字文》。昔《千字文》有智永和尚、怀素、宋徽宗、赵孟頫等写成书法作品传播于天下。今《刘氏千字文》正由中国书协主席苏士澍书写，尚未出版。

真对不起，我把他这些在我看来很难再省略的故事讲出来了。我踌躇过许多回。他写字自号潭漪，取池塘之水不过一点小波纹的意思。他不愿被人宣扬。可否说他到底还剩下一怕：人言。或说他毕竟还留下一点聪明人的东西，俗一点好，不要啥都不怕。其实，成就也会成为一种笼罩力量，对自己，对他人。我确信自己不是看重刘建的成就。论种田，他插队十年没学会犁田；论做工，哪位师傅都比他强；论做生意，摸一个倒爷就能做他的老师；论做文章，天下比他名气大得多的人太多了；论做官，他最多只任到建阳市政协的秘书长，算几品？我看重的是他并无成就的那些日子，只有那些日子能打动我。

从前苏东坡说：“古之立大事者，不惟有超世之才，亦必有坚韧不拔之志。”其实，古来有大才坚志者碰得头破血流一筹莫展的还少吗？若论成大事者，我以为，能从个人的不幸中迈出脚去，与芸芸众生共艰辛，才是跨出了第一步。刘建得益于在穷乡同“小桥流水人家”共炊烟，那些古道瘦马，天涯断肠人使他道不出孤愤。他是得了天涯草色之风，披萝带荔之骚的。所以我看重他能从写对联中把自己真正的快乐化入农民的笑声，而他那打石子、修公路、睡凉亭的历史也几乎是令我羡慕的……中间隔一对夫妻，另一边有一群少女，那是很美的啊！世上的路，是他们铺成的。看今日北京以很快的速度修大道、修立交桥，那些修路的男女们夜里睡哪儿？从古至今，总是在他们生息的地方才有大道。

我离故乡已很远了，我写着这文章时故乡就在我面前。我想，把这位故乡人曾经的坎坷写出来，怎不是给平凡中、艰辛中如亲人如兄弟如朋友的人们提供一位朋友呢？某年刘建来京，我曾领他去拜访文怀沙先生。那日，先生高兴地谈了许多话。临别，文老忽掏出百元人民币，说他今晚有约，派我代他陪刘建去吃喝一顿。我们没经历过这事，不知所措。我并且很俗气地想起我们二人是徒手来的呢，慌忙称谢，只不敢要。未想文怀沙用六个字把我们都征服了。他说：“长者赐，不可辞。”此事，刘建视为此生所得到的最高奖赏。特记之。

一九八二年春天的一个下午，阳光很好，两位白发苍苍的男女相挽着，走进婚姻登记处，要求登记结婚。新郎、新娘都没有一颗牙齿了，他们的年龄之和有一百五十二岁。这便是刘建的父母。新时期，其父是全县第一个被平反改正的右派。从劳改农场还家的刘文在与离婚的老妻李远笙住在一起，还有谁来干涉吗？失去的早已失去，还有什么需要保护吗？这是对国法的尊重罢，亦即对国家的爱。当然，更有他们自己需要借助某种形式去共同体验的心情，沿着年轻时共同走过的路，相挽着，一步步走去，往事都苏醒了……从前那是卵石铺就的小街，清晨湿漉漉的，第一次穿旗袍裙……不要惊动他们，他们在体验着时光可以倒流的美好感觉，这样的时间已经不多。

一个大团圆。不要嘲笑这中国式的大团圆不如悲剧深刻。

这里有很辛酸的东西，有中华民族的生存和生活智慧。

我还该交代一下刘建之妹，她叫刘阳。少年刘阳星期天随哥去苗圃拔草，见蝴蝶纷飞，常忘了手里的工作；又每晚去一对医生夫妇家做小保姆，照看两位小男孩，因那夫妇常值夜班。一日晚，小巷窜出一条黑狗，刘阳惊跑，跌断门牙两颗，从此养成一生寡言笑不露齿的习惯。她大我三岁，长成大姑娘时，我还是少年，其端庄秀丽闭唇微笑形象，至今在我记忆中美极。后来她去插队，嫁与农民，当过民师，也算在穷乡僻壤启齿说话，继承了父母曾经的职业。

刘建退休后，在家乡建阳办了一个“积羽书院”，从事书法教学。家乡的少年儿童或青年，多在假日来学书法，半年时间，就能写出相当漂亮的毛笔字。家乡许多人意识到，当今对孩子的素质熏陶，非常重要。他的书院中有弟子作指导老师的，因而我相信这是刘建开辟的事业中一个可以传之于久远的事业。这也是对建阳历史上曾经“书院林立，讲帷相望”的一种遥遥的继承。我相信，这会呼唤出更多家乡仁人的创造，从而展衍出一方土地的文化大观。

刘建祖籍浙江义乌，其父在日本攻侵浙江时逃离家乡漂泊建阳，生一双儿女，取名刘建、刘阳。此兄妹二人的名合称就是：建阳。

二〇一九年三月二十八日刘建辞世。我作此文，祭思好友。

【师学军】中国的城乡市井里面确实潜藏着很多“老死都未被认识未肯杰出”的优秀人物，潜藏着很多令人敬畏的东西。不论社会发生了怎样的变化，这种人物与令人敬畏的精神，总在一方土地上坚持着弥漫着，生生不息。

说 巫

“巫”这个字，你会不会觉得有点丑陋？有人说，从认识这个字起，对“巫”就没好感。为什么？因老师讲到“巫”，就要讲到巫婆。其实，“巫”是我们祖先精心创造的一个很漂亮的字。

你看，巫字从工从人，“工”的上下两横分别代表天和地，中间的“丨”，表示能上通天意，下达地旨；加上“人”，就是通达天地，中合人意的意思。其中的“人”，不是孤立的人，是“复数”的人，众人的意思。它蕴含着祖先期望人们能够与天地上下沟通的梦想。如此看，你还会觉得“巫”是个丑陋的字吗？

如果“巫”字传达给我们的含义是愚蠢丑陋的意思，我想，那是我们精神世界中存在着一个盲区罢。我们常在重视科学的时候忽视人文，尤其是我们祖先创造的古老文化。我们对“巫”字的感觉，大约是个典型例证。

科学无疑是宝贵的。然而，人类情思所及的世界远不只是科学领域。科学是指那些已被人类认知的确切知识。思索是属于科学的，思辨就是哲学的了。情感所钟的心灵世界的问题，则几乎都是科学所不能确切回答的，因之才有文学艺术。对未知世界的探索，也不只是科学的探索精神，更是哲学永不疲倦的浓烈兴趣和追问，也是文学艺术泪花滚滚的求索。

文学早期的创造之一即神话艺术。在神话出现之前和之后的漫长岁月，都有过对神奇莫测的种种自然力量的崇拜，随后产生了神学。东西方早期的哲学，都曾经从神学里吸取养料发展而来，比神学更原始的便是巫术。

当人类面对着大洪水大瘟疫，面对着种种不知的无法抗拒的命运时，有人敢从惊慌失措的甚至绝望的人群中站出来，咿咿呀呀地发出声来，发出声来还表达不清就用手比画，用手比画也不够，再加上脚……他（她）在干什么？他在告诉大家：如此就能与命运抗争，如此就能抵抗灾难！

真能抵抗灾难吗？但是，众人跟着发出声来，跟着手舞足蹈了。他们发出的声音在远古的乌云下盖过了电闪雷鸣……这多么了不起啊！勇气鼓起来了，力量发出来了。真正的灾难是绝望。人类首先要战胜自己的恐惧、怯弱和绝望。

爱因斯坦曾说：“哲学是其他一切学科的母亲。”我以为神学是先于哲学的，巫术又是先于神学的，那么可不可以说，原始巫术是哲学的老祖母呢！

看啊，手舞足蹈，用相同的步伐和手势发出共同的震响，舞蹈是这样诞生的，绘画也在那比画中找到形象。听哟，如诉如泣的呐喊发出不同的声调，高亢而婉转，音乐从中找到灵感找到表达，语言在那呐喊中成熟，思想在那比画中成长。那些能在灾难面前领导众人手舞足蹈与命运抗争的人，就成为部落的巫师，受到高度尊重。渐渐地，人类发明出在未有灾难之日为防止灾难降临而定期举行的祭祀活动。人类早期最好的建筑，不是酋长的住屋，而是那些被尊为巫师的人所从事祭祀活动的公共场所。那些场所的发展就是神庙，比巫术更有思想的是神学了。

世界各民族的考古挖掘，常在古老神殿的废墟里找到祖先发明的文字。各民族都曾经由僧侣保管和使用该民族最早的文字。中国甲骨文就刻在龟甲和兽骨上，那就是从事占卜留下的记录。比甲骨文早得多的贾湖刻符也刻在龟甲、骨器和陶器上。在淮河上游距今八九千年前的贾湖墓葬中还出土了一种被称为龟铃的器物，里面装有颜色不同数量不等的石子，摇之有声。龟是一种长命的爬行动物。龟铃随葬，反映先民已有期望生命活得更长的追求，也意味着对死者来世的祝福，并有助于减轻人们对死亡的恐惧。龟灵崇拜以及龟甲上的刻符，依稀勾勒出原始崇拜起源、卜筮起源、宗教起源的信息。这实在不是小事。巫在先民公共事务中规定禁忌，约束行为，抚慰精神，创造信仰，那是人们的心灵之灯。从贾湖刻符到殷商甲骨文，中国字起源从刻画开始，有一条延续四千多年的脉络。在文字日益成熟的岁月，比神学教条更富于思辨的便是哲学了。

古老的祭祀活动和原始崇拜，是先民生存中最重要的精神活动，它教诲天地间的人们，对不知的难以抗拒的事物要知敬畏。这不知之中的“知敬畏”，乃至渐渐地懂得顺应比征服更高明，就从“知”升华为“智”，这就是中国智慧了。

巫术也是先于医术的。古代“巫医术”就是“巫术”和“医术”的合称。世界各地几乎都流行过巫医术，即用符咒、驱神、祈祷，结合药物、手术等为人治病。中国在春秋战国时期，医从巫医中逐渐分离出来。《史记·扁鹊仓公列传》中说：“信巫不信医，六不治也。”扁鹊是战国名医，医学此时已独立存在，并与演变为以装神驱鬼替人消灾治病为职业的巫师划清界限了。

所以，原始巫术是先民信仰和后世宗教的起源，因兼事占卜、星历之术，它也是后世天文、历算的起源。在人类走向文明的岁月，这都是非常了不起的创造。我还以为，巫术是先于艺术的，艺术则是先于思想的。理解祖先需要用情感，而不仅仅是科学观。缺了这一点，就不容易看到博大的中国智慧。

二〇〇八年二月

商周论

历史上，殷人讲贫富，周人讲贵贱，为何有这种转变？弄清这转变，大约就看到了这两个对后世都深有影响的时代。

殷商富不富？汉语中的“殷富”“殷实”之词使用至今，你可以遥想那富。殷商时期达到的繁荣，甚至难以用一个“富”字来概括。

《尚书·酒诰》中有“肇牵车牛远服贾”之句。“贾”就是用货贝（币）做买卖的意思，讲殷人用牛车运货到远方去做买卖。商代发明了货币，并成为世界上最早使用货币的帝国。在继承夏代农业文化的基础上，商业成为商代的重要特征之一。贸易需要使用算术并使数学得到发展，需要记账，文字也得到发展。

从甲骨文可知，商代已经用“一、二、三、四、五、六、七、八、九、十、百、千、万”来计数，并按十进位记数了。虽然还没有“零”的符号，但用留空一位表示。古印度约在印度河流域文明（前二五〇〇—前一七五〇）时期有了十进位记数，但没有“零”的符号，也用空一格表示，到公元九世纪后半叶始有零的符号，写作“·”。中国零的符号约出现在公元八世纪，因中国字是方形的，曾写作“口”，后写作“〇”。印度的十进制位值法记数，后经阿拉伯人传入欧洲，世界上说的“阿拉伯数字”是沿用欧洲人的说法。在历史上，中国人最早写出“零”的符号，这一创造是联系着商代已发明出的十进位记数法的。

商代的历法每年分为春、秋，这种划分主要是针对春耕秋收这两件大事设计的，这大约也是后人把历史岁月称作“春秋”的来源。到商周之间有了春分、夏至、秋分、冬至，一年分四季。商代根据月圆月缺来计月，每年一般有十二个月，大月三十天，小月二十九天，每月还分上中下三旬，这是太阴历。如此计算，发现几年后会多出一个月，商代就采用了“置闰”的方法，每四年在年尾加上一个月，称“十三月”，后来又把“闰月”放在年中，因而商代的历法已是“阴阳合历”，沿用至今。历法的施行不仅造益农业，对历史记载也意义深远。甲骨文记年月日有如今日西方人的记法，先记日，后记月，再记年。所谓“历史”，因有“历”，由“史”官对人事加以记载，便有了“历史”。

中国“象形文字”一经发明，能发展沿用至今，成为世界上使用时间最悠久的独一无二的文字，得益于它的创造原则不只是“象形”，它突破了象形的原始构思，还创造出指事、会意、假借、形声、转注，共六种构字方法，即后人总结的“六书”。这“六书”在甲骨文中都已具备。在语法上，“主语—谓语—宾语”的运用也已成形。

商代非止甲骨和青铜器上有文字，《尚书·多士》说：“惟殷先人有册有典。”这“册”字的形象，是把一片片细竹条用线穿起来的模样，写上字就是中国最早的书籍。所谓“建言献策”，这“策”从“册”来，臣子把建议写在“册”里，上呈君王，这是有谋略、有思考的文字，于是“策略”“策划”“政策”衍生而出。由此也可遥见，最早的简策与政治密切相关。“典”字，是“册”放在案几上或双手举册的形象，表示这是更重要的书籍，是要念念不忘，值得供奉的精华书籍，所谓“经典”。商代的“史”官不仅熟悉旧典，也是修新典的人。

商代表示音乐的字在甲骨文中与繁体“樂”字极相似，像丝弦架于木上。商代已有用金、石、竹、木、丝、陶、革等制成的各种乐器。甲骨文也有“舞”字，如人披着丝织品婆娑起舞状。医药关乎人的生命，商代自发明汤药以来，医和药的知识都有显著发展，卜辞就记载了许多病症，以及对疾病进行分类的情况。

中国的学校，相传在夏代就有了。据甲骨文载，商代有瞽宗、庠、学等学校。当时的“国之大事，在祀与戎”，教育内容以宗教和军事为主，还有伦理和文化知识。周朝所称的“六艺”教育，礼、乐、射、御、书、数，在殷商已初露端倪。

由此可见，殷商时代，中国的数学、天文、历法、文字、典籍、历史、艺术、医药、教育、军事等诸多领域，都有了皇皇建树，奠定了传给后世的基础。而赶着牛车去远方的贸易，运去的多是获利甚丰的手工业品，这促进了商代手工业制造的勃兴，中国进入青铜器时代。

也由于商朝国力强盛，其货币是可信的等价物，这使商人到远方去做买卖成为可能。殷人也称商人，运来销售的物品即“商品”，所经营的这项事业即“商业”。商人还发明了世界上最早的铜币，这些都是商代传给后世的伟大发明。论生产工具和生产能力，以及文化艺术，甚至人口、疆域、兵员和武器装备，商朝国力都比周族要强大很多，商朝怎么会被周族所灭呢？

司马迁曾说周文王拘羑里而演《周易》。文王被囚禁在商朝监狱时，“天命不易”的说法已在商朝盛行。这是说商帝乃受天命而统治天下，这是不可改变的。而原始的《易》产生在殷周之交，这“易”是什么意思？

“易”含“日”和“月”。易，讲日月，讲阴阳，讲周而复始，讲规律，讲变化。万事万物都在流转变化，春夏秋冬，草枯草荣，无时无刻不在变化。这都是“天”让他们变的。“变”，才是“天意”。

整部《易》都在说“变”。乾坤二卦所代表的“天”与“地”，都服从于“变”这个法则。天与鬼神也降到了从属地位，统治世界的是“变”的规律，而不是哪个帝王或上帝。世界上的哲学都是曾经从神学中汲取营养蜕变而来，中国甲骨文可证殷商时代的卜筮活动中蕴含着丰富的神学，《易》就是从神学中蜕变出哲学来了。西方人认为古希腊第一个哲学家是泰勒斯，他约生于公元前六二四年。原始的《易》产生于公元前十二世纪，这仍然是商朝智者的创造，在周发展为《周易》。《易》是人类第一部叩问哲学之门的书。

不论文王对《周易》做了什么，可以肯定文王琢磨过《易》，并从中受益。商朝说“天命不易”，《易》却说一切都是会“变”的，这种思想在殷周之交出现，极具革命意义。周取代殷，有理论依据了。我们从《尚书》中读到“天乃大命文王”的说法，但也读到文王说“天不可信”的有关教诲，后者就是文王从《易》中汲取的智慧。

文王去世，武王即位。武王去世后，周公辅佐幼君。周公多次说，我不敢安于天命，唯有发扬文王之德，上天才不会抛弃文王所受的使命。周公把“德”上升到比“天”还高，认为殷人失天下是因为民与之“离德”，所以“天降丧于殷”。何以见得？帝纣成为亡国之君，并不因为周的强大。事实上商朝此时还很强大。

早在帝纣的父亲帝乙时期，商朝就陆续对东夷用兵，掠夺大量俘虏为奴隶，奴隶是会生产财富的财富，通过增加奴隶聚敛财富成为商帝和贵族的共同追求。帝纣继续对东夷大举用兵，直至征服东夷。帝纣横征暴敛，以致扩大的统治区域“如蜩如螗，如沸如羹”，这一古籍中的形容比怨声鼎沸还要严重。

这个时期贵族间奢靡之风成攀比之势，帝纣更造“肉林”“酒池”，即悬肉为林，以池盛酒。又造“炮烙”，把那些胆敢论其是非的人绑在铜柱上活活烙死。帝纣的叔父比干看不下去了，苦苦劝谏，被帝纣下令把他剖腹取心而死。此时，帝纣的心已经没有任何力量来约束，变得比野兽更凶残。

朝臣人人自危，连太师、少师也抱着乐器投奔到周。周武王组成讨纣大军。帝纣集结了十七万军队在牧野迎战。两军阵前刚接触，帝纣的奴隶军团竟纷纷掉转矛头，杀向商军。这就是著名的“前徒倒戈”，是一个暴君人心丧尽的经典故事。在黑暗的商帝纣时期，历史还是亮出了人心向背的光芒。

因而我以为，商的灭亡不能仅仅归咎于商帝纣一人的残暴，而是统治社会的核心价值观丧失了道德精神。

人类在这个历史岁月，除了利用神的力量来约束君权，如何利用其他力量来限制君权的办法在全世界都还没有发明出来。周公试图在人心的内部塑造有德的品质，使君王有德，才可望产生约束自己的力量。

西周初，在周朝统治者内部，怀疑“天命”还只是周公等极少数智者的思索，民间的占卜活动和天命观依旧是很强的。倡导德治，从统治者到民间都很难。周公教导周成王，能否受天命关键在于有没有德。在此，不但天人合一，民心和天命也合一了，这是把民心抬高到与天命等同的地位。如何衡量君王有没有德？周公认为从“民情大可见”，这种以“民情”来衡量君德的社会观，是中国古代政治思想史上极重要的进步，在距今三千年前发着光芒。

仅靠周王敬德也是远远不够的，还需造化全体臣民的心。殷商甲骨文中尚未发现“德”字。周代刻于钟鼎的金文中，“德”字大量出现。周公倡导“德”，始有“颂德”之说。钟鼎铭文的特点正在于记颂功德。“德”字从“直”从“心”，强调“直心”为“德”，重人心之治，德治便不仅是针对执政者而言的，而是适用于所有的人。

倡导以“德”为核心来治理人心和社会的政治思想及其方式，属周公首创。当不仅仅用“天命观”来统治社会时，一个超越商朝的时代就真正开始了。

周公主持制定的完整的周礼体系，将殷商和周的宗教、政体与传统相融合，是周代完备的政典，并在礼制实行中形成一系列法规，其作用相当于今天的宪法、行政法和民法等法典，并规范了人们的伦理法则。

周公以相同的融合思想制定的雅乐体系同样恢宏，比如雅乐的主要形式包括六代乐舞，即黄帝、唐尧、虞舜、夏禹、商汤、周武王时代留下的最高规格的乐舞，此外还有展示各种优美舞姿的新创作的乐舞，还有诗乐等。雅乐需要乐器，大型编钟、编磬以及其他各种乐器的出现，使西周的高雅音乐达至相当辉煌。

所谓“制度”，就是制定出可供大家遵守的行为规范，生活准则，并用法律和政令去保证它的施行。周公是中国自古以来第一个面对君王、群臣和全体人民，如此大规模地制定可供周朝各民族共同遵循的行为规范、生活准则的政治家。如此追根溯源的宽广的融合，这一整套完备的礼乐体系和制度，把黄帝以来的中华政治与文化发展到了顶峰，形成了青铜时代完美的中华古典文明。

周公为什么如此用心制礼乐，为什么把礼乐并称？盖因为礼可以用来规范人的外部行为，乐可用来陶冶人心。

在推行礼乐制度中，宗庙祭祀体制和相关建筑由此而出。周朝仍有祭祀天地的活动，祭天地不完全是祭神的意思，包含着对自然的敬重，祭祀天地的场所分别置于都城的南郊和北郊。祭祀祖先的太庙则建于宫殿建筑群的左前侧，周公的目的是要周王时刻不忘祖先创业的光荣传统。

周公说：“嗣前人，恭明德，在今。”就是说，继承前人的光荣传统，奉行光明的德行，就在今天。他还写道：我姬旦非大家的表率，唯想把前人的光辉传给我们的后代。

社稷坛设在宫殿建筑群的右前侧，社代表土地，稷代表五谷，社稷此后成为国家的代称。周代推行礼制，其宫殿建筑和礼制建筑都端端正正，庄严雄伟。西周初开始出现陶瓦当和陶瓦，首先被用于建筑宫殿和宗庙，瓦面上饰有精致的花纹，有回典纹、绳纹等，反映周人把实用和美观结合起来了，增添了宫殿的富丽堂皇。这种“左祖右社”的建筑模式代代传承，我们今天看到的北京故宫也是这样布局的。

周代的诗，是用来配乐歌唱的。有风、雅、颂。雅，是正统的宫廷乐歌，分大雅、小雅。大雅用于隆重盛大的宴会典礼，内容多是歌颂从后稷到武王等人的功绩，是周民族的叙事性史诗。小雅多用于一般的宴会典礼。颂，是祭祀乐歌，用于宫廷宗庙祭祀祖先，赞颂神明。雅和颂，主要是周朝掌管礼乐的官员或贵族的作品。为什么出现这些颂歌和史诗？同样是期望贵族们不忘祖先的创业事迹和传统。

然而仅贵族受乐诗、受光荣传统的熏陶是不够的。周公企望陶冶全体民心，于是有了“风”，即各诸侯国的土风歌谣，是周朝派采诗官员和相关文艺人才到民间去采集来的，称“采风”。直到今天，采风仍作为作家到农村采访的代称。把民间歌谣采集起来，加以倡导，有利于民间传唱。相传从西周初到春秋中期传下古诗有三千多篇，经孔子精选删定成《诗经》三百零五篇，对中国文化的影响非常深远。

西周的六艺教育为礼、乐、射、御、书、数。商代讲“国之大事，在祀与戎”，教育上首重宗教与军事。西周就把礼乐教育放在首位。用教育去推广礼乐，其影响就从塑造少年开始。其中的音乐教育吸引了很多贵族子弟的兴趣，培养了大批专职音乐人才。

礼乐的通行使贵族和作为知识阶层的“士”，普遍重视音乐修养。这对于熏陶贵族子弟的精神，特别有意义。因为无论夏与商的覆灭，最终都并非穷人灭了他们，而是贵族自己把自己灭了。商帝纣也沉迷于乐舞，但靡靡之乐与周公倡导的乐有质的不同。一是腐化精神，颓靡意志；一是净化灵魂，激励精神。

西周音乐教育之发达，使周代乐律学有重大成就，五声音阶、七声音阶，以及十二律体系都在周代完成，奠定了中国乐律学的基础。所谓“黄钟”“大吕”，都是乐律学十二个律中的律名。春秋时音乐的发展还提出了“和”的旋律范畴，指音符在音质之外组成的玄妙的旋律性，其理论发展使“和”与“德”一起构成了战国哲学的思想基础。

殷人讲贫富，但周人讲贵贱了。

一个人虽穷，但不偷、不抢、不懒惰，精神可以高贵。

什么叫“君子”？一个民间的小子，有高贵的精神，那也可以冠以一个“君”字，称“君子”。

一个富人，如果精神趴在地上，行为可耻，那也是下贱的。

贫富讲的是外在财富的多寡，贵贱讲人格精神的高下。

礼乐制度的推行，音乐教育体系的出现和成就，人们在殷商时的占卜之风在西周逐渐被淡化，从念咒语变出咏诗。

所有这些，在公元前一千年前后，在当时的世界上是绝无仅有的。周公摄政七年，成王长大，周公还政给成王。在这七年间，周公做的事对后世的影响有多远?

可否说，那是周公在深谋远虑地做的一个人心工程。在千古传承中，中华民族成为礼仪之邦。五六百年后出现在古希腊时代的苏格拉底本人没有留下任何著作，他那些蕴含哲学思想的言论被记载在他的学生柏拉图、色诺芬等人的著作中。周公在三千多年前不信“天命”，倡导“德治”的思想，以及他的政治观与教育观被载在《尚书》中，对中国人在公元前的思想进步和后代政治的影响也是极为深远的。这个灵魂同样应该被中国人永远尊重。

孔子也许是最理解周公的人，他对周公的思想极为推崇，事实上周公的思想也成为孔子思想的基础，并被孔子继承和升华。从这些千古传承中，我们也能再次领略，即使一个曾经辉煌的王朝最后衰落灭亡，但祖先在历史深处创造的智慧会被继承下来，仍能照耀今天。所谓灵魂不朽，这就是了。

二〇〇八年二月十四日

【补叙】中国古代智者的哲思，在商周已非常高妙。《易》就是标志性成就。老子《道德经》无疑吸纳了《易》。何谓道德？可以这样解释：天地万物皆有其自然规律，倘用一字称之就是“道”，遵循规律就是“德”。甲骨文里有个“徝”字，被释作“德”字的前身。左边的“彳”（chì）在古文中是表示道路或行动的符号，右边是一只眼睛的象形，眼睛之上是一条垂直线，合起来表示走正直的道路。那么，“徝”已有遵循规律的奥义。它被释为“德”是有道理的。周代加进“心”，扩大并强调了“德”的人文意义、社会意义，是多么了不起的创造。“彳”被俗称为“双人旁”，“德”更有了人与人之间要以正直之心相待的含义。

楚秦论

先秦时期，楚国曾经最有条件统一中国，结果未能抓住机遇，反遭灭国之灾。

楚雄踞长江、汉水流域，拥有发展农业的最好条件，所谓“湖广熟，天下足”。湖北随县（今随州市）出土的编钟，不仅可证楚国音乐不凡，还足以证明冶炼铸造业发达。冶炼铸造联系着兵器，那是武装军队的必要条件。今武汉东湖的大型雕塑《庄王出征》，令人神情为之一振。楚庄王时期国势大到饮马黄河，那是越出长江流域挺进到了北方。春秋五霸有两霸是吴和越，后来越灭吴，楚又灭越，势力就扩展到“百越”之地，那是多么辽阔的疆域！灭越，就占有西施的故乡，那是纺织业最发达的地区。“衣冠楚楚”一词，本因楚国服饰华美而来。

武汉人仿造出一座“楚天台”，据称是仿楚灵王“章华台”建造。章华台被后人称为“天下第一台”，是中国历代帝王园林化离宫的先导。楚宫的故事有“楚王好细腰，宫妃多饿死”之说，这话也让我猜想，当年楚国宫中鸡鸭鱼肉丰富，楚王已感觉人胖了既不美也不利于健康。今人不是也想减肥吗？而“楚楚动人”一词，描述的正是苗条的楚国女子身穿楚服是多么美丽动人啊！

武汉东湖还建有“楚城”，与其相连的景观有“楚市”。古人曾写文章说，到楚国都城郢，清晨穿新衣上街，归来就被挤破了。这描述也许夸张，但我们还是可以想见那繁荣。

繁荣的经济一定会哺育出相应的文化。游三峡访秭归拜谒屈原祠，自然要想到《离骚》。我们读屈原的作品和他的一生，还可以看到，屈原爱国，楚怀王却不给他爱的机会，但怀王没能消灭屈原的爱心。屈原的爱不仅是爱国、爱人民，他也深情地写男女爱情，凝聚在楚辞中的爱，是非常丰富的情感。《诗经》主要是民间集体创作，屈原的《离骚》作为极具个性的作品，体现着个体生命中极其神圣而宝贵的东西。人生可能不被理解遭受冤屈而失去许许多多，但不能失去心中的爱。

爱是个人情感，却对应着整个世界。人生若失去这种情感，世界也会黯然。《离骚》中所体现的个性，已然是对共性的升华。不管怎么说，从诗经发展到楚辞，楚辞已是当时最优秀的文学艺术。凝聚在楚辞中的个性与爱，也标志着中华文明在距今两千多年前达到的人类境界。

楚国不仅有楚辞，诗歌可入曲传唱。宋玉曾说，有位歌手到楚国首都郢来演唱，开始唱“下里巴人”，与他和唱的有数千人；接着唱“阳阿薤露”，和者有数百；最后唱“阳春白雪”，能与他和唱的就只有几十人了。“阳春白雪”是高山流水。“下里巴人”也不是低水平，而是通俗歌曲，有数千人与那位歌手和唱，那是相当大的场面，有今日中央电视台《同一首歌》大型演唱会的规模了。你看，从“下里巴人”到“阳春白雪”，楚国音乐在民众中已是多么丰富而有层次。楚国何止是有屈原呢，楚国的群众性文化已经多么灿烂！

如此，楚国就给我们留下一个问题：楚国农业、纺织业、冶炼铸造业，陶器、竹器、漆器等手工业，乃至商业经济均发达，文学艺术也最为发达，何以会被在西北蛮荒之地发展起来的秦国所灭？

楚国不是生产力不行，也不是文化艺术不行，而是经济、文化都发展后，统治者的政治建设未能随之发展进步，未能满足大众的要求而招致灭亡。

楚国更大的悲伤，恐怕还在于它不是没有出现过变革。早于商鞅在秦变法的前二十五年，吴起就受楚悼王重用主持变法，变法的措施就是商鞅后来在秦施行的“废井田、开阡陌，承认土地私有”，可惜变法仅一年，悼王死，吴起被贵族射杀，变法夭折。

悼王去世半个世纪后，怀王即位，此时有屈原。屈原有什么革新主张吗？他作为诗人的形象太饱满了，以至于后人常忽略了他的政治主张。但司马迁作《屈原列传》，还是指出《离骚》称道了齐桓公。齐桓公曾用管仲搞过春秋时最早的变革，齐因此成为春秋五霸的第一位霸主。《离骚》还称道了汤武革命，这都能让我们窥见屈原的变革政见。

屈原不仅是诗人，他还是楚国的“左徒”，这是掌国家内政外交大权的高级官员。一个高级官员有如此丰沛的学问和艺术造诣，且如此重视人的个性和创造性才华，岂不难得！

可惜，楚终于被秦灭亡了。楚国的悲伤是其他被灭亡的各国都无法相比的啊！你听，“痛楚”“酸楚”“凄楚”，描述的正是楚亡后楚人深长的痛苦和悲伤。

悲剧的力量总是最打动人的，也是这巨大的感伤和对国家的热爱，造就了屈原和《离骚》。为了记住这巨大的不幸，这虽九死其犹未悔的人伦大爱，千秋以来中国人为一个人立个节日每年都纪念他，这个人就是屈原。千古以来没有任何一位帝王被人民这样纪念。

然而，如果把亡楚的责任都推给国王，恐怕也是不公道的。虽然悼王支持变法遂有楚国变法，虽然怀王未能理解屈原以致付出巨大代价，但关系一个国家能否适时变法的力量并不取决于君王一人，在楚国反对变法的分明有一个旧贵族阶层。

人为什么会悲伤？那一定是曾经美好的东西沦丧。

这旧贵族的先人，原也是相当积极进取的啊！

楚国的先人可追溯到熊绎，西周前期周成王封楚子熊绎居丹阳，丹阳在三峡西陵峡深处，那是最早的楚国首都。所谓“上控巴蜀，下应荆襄，当水陆之要冲”，这是说楚国位置险要，这样的地方若不向外发展，楚就会被封闭在峡谷。楚国的先人胼手胝足、拓土开疆，在战国时兼并了上游的夔国，向下游发展使楚国都城出现在荆州，整个三峡地区就通称“楚”。

当楚国发展到江汉平原就地处华夏中心了，这使楚国最有条件汲取东西南北之长，但也容易四面受敌。楚先人会集四邻之长，警惕危险，把国家发展到最雄强。但后人在繁荣中滋生出优越感，滋长了自高自大。这自高自大不把四邻放在眼里，并不只是统治者的缺点。今天我们作为一个普通人，也需要警惕我们自身存在的毛病。

楚国的优势确实曾经很多，以至楚南公说：“楚虽三户，亡秦必楚。”果然，秦始皇建立的秦朝是被楚霸王项羽所灭。可是，项羽又被秦汉之地的刘邦所灭。为什么？你看，自高自大，不把刘邦放在眼里，这些缺点，在生长于楚的项羽身上也体现得多么明显。

秦凭什么击败楚？无疑要追溯到商鞅变法。

可是，这“变法”并不是商鞅的发明。

商鞅的智慧从哪里来？

春秋时齐国发生的变革可以追溯到西周末开始用铁。铁耕促进了井田外“私田”的开发。春秋“井田制”不是私有制，也不是公有制，是国有制。管仲搞“相地而率征”，即首开按土地征税之先河。管仲曾经是个商人，他懂得交换的方法和意义。“税”这个字，从禾，兑声，描述的是，劳动者缴纳若干粮食给国家，国家就承认你开发的田地为私田。这是一个用劳动果实去交换土地所有权的政治经济制度革新。

战争起源于剩余劳动产品，一个国家经济发达就处在容易遭到周边蛮族攻掠的危险境地。不妨把目光向远方瞭望一下，古埃及、古巴比伦经济与文化艺术都相当发达，结果都被经济落后于他们的蛮族攻侵而衰弱，最后被灭亡。中国的火药、指南针、造纸和印刷术在宋朝都已相当可观，一幅《清明上河图》也可证明北宋市场经济与城市发展的规模盛景。换句话说，宋朝无论生产力和经济，乃至文化艺术都比来自漠北的蒙古族先进得多，但宋朝被蒙古人的铁骑灭亡了。

类似的悲剧，中外都曾一再重演。有许多锦绣成灰的沉痛历史告诉我们，当一个民族生产力进步，经济繁荣，文学艺术也相当发达之时，政治制度及时革新跟进，对一个国家的发展进步多么重要！如果未能及时革新跟进，这个民族就处在危险中。

再说战国七雄最先的强者是魏。魏文侯曾用李悝厉行变革，李悝作《法经》列《盗法》为开篇，这表明伴随着私有财产的增多盗贼也增多。李悝用国法来保护民间私有财产，成为法家始祖。此后变革被称为“变法”。魏文侯还用吴起为将。文侯去世，吴起受同僚诬陷被撤职，离魏奔楚，遂有吴起在楚的变革。

吴起死后二十五年，商鞅才从魏入秦。对秦国来说，商鞅完全是外国人。此时秦国生产力与政治制度都落后，从统治者、士大夫到老百姓，头脑中都还没有产生出商鞅带到秦国来的革新思想。秦孝公的英明，在于他相信商鞅带来的变法举措就是曾经使魏和楚强大的法宝，于是下决心用这个外国人来推行变法。

商鞅由此轰轰烈烈地“废井田，开阡陌，承认土地私有”，与此相呼应的举措包括：以“军功爵制”取代“世卿世禄制”，按杀敌人数来赏爵和土地。这办法在商鞅去世后仍被继承下来，极大地调动了秦兵作战的积极性。秦国被六国称为虎狼之国。秦兵作战，得胜时将敌人的头颅割下来系挂在腰间，继续冲锋。那头颅是他们不能丢弃的，用今天的话说，那是他们的计件工资，他们要用那头颅去分领土地。不久秦国人聪明地发现，头颅太沉，系在腰间不利于作战，割下一只左耳用于计件就够了。

从前苏东坡的弟弟苏辙作《六国论》，说六国的诸侯们凭着五倍的土地，十倍的民众，发愤向西攻秦，最后竟不能免于灭亡，为什么呢？他认为六国不能团结一致，却贪图边界上的寸尺之利，背盟弃约，以致被秦国钻了空子，岂不令人悲伤吗？

《六国论》自宋以来是相当著名的，历代都有大学士、大学者称赞。在我看来，那并不是六国之间能不能团结的问题。商鞅变法，通过立军功来赏土地适用于每一个士兵，其军功门槛不高，杀一个敌，就能赏到规定的一份土地，这是每个士兵都可以去奋力争取的。士兵的来源是农民。通过作战杀敌得到赏田，可以使参战士兵在战后实现“耕者有其田”。在这个政策下，参战士兵的动力极其巨大！通过这样的变法，打破井田制和已经出现的多为贵族占有的土地私有制，向几十万参战士兵能在战后得到赏田的“耕者有其田”转变，这个意义是不能忽视的。

六国没有实行像秦国那样彻底的土地变革制度，就给秦灭六国实现大一统提供了极大的战争资源。你看，在秦的制度下，六国的土地已不是秦的战争对象，而是秦可以利用的巨大资源。六国的无土地民众也会加入秦军中去作战，以便立功分土地。如此，六国的无地人民也会源源不绝地成为秦军的兵源，而不是敌人。这样还有谁能挡得住呢？因而，秦灭六国，最锐利的并不是它的军队，而是它的政治制度。

随着战争的胜利推进，秦将六国的土地均化为秦制度下的私田，这个“私田”不是贵族、大地主兼并的私田，而是数十万上百万从前的无地农民通过参战得到的赏田——在相当程度上实现的“耕者有其田”。所以，秦灭六国非以武力胜，而是以政治经济制度胜。

楚国的失败是从变法夭折开始的，秦的崛起则告诉我们，一个落后的国家，可以通过革除官僚“世卿世禄制”，割除贵族势力在很大程度上垄断的土地私有制，使绝大多数人“耕者有其田”，生产力得到解放而获得经济发展，后来居上。

二〇〇二年十月　北京

【补叙】本文讲了秦灭六国非以武力胜，而是以政治经济制度胜。可是秦统一后仅十四年（前二二一——前二〇七）就迅速灭亡了。为什么？难道大秦帝国不够强大？非也。从前六国拥有雄兵浩浩尚且奈何不了秦，秦建大一统后更聚集了农桑、水利、冶铁、制造等多方面的人才和种种资源，若论经济、论科技、论军事、论法治，秦都达至空前强大。如此，秦的兴起和倒塌，就为后世提供了又一种典型。

值得记住，军事、法治、科技、经济，都属于器、技、术的范畴；社会是人们组成的社会，一个社会的政治有真正的为民众的思想和政策措施，这个社会才有先哲往圣所说的“道”。如果缺了这个为民之道，即使军事、法治、科技、经济都发达，也不能避免政权倒塌。在秦朝的政治里，对付人民的残酷刑罚多么突出。楚亡，尚能引起悠长的悲伤。完成中国统一的秦，功勋卓著且那么强大，在那么短的时间里就灭亡了，千秋却罕有人为之悲伤，可见其政失民心之深矣。

【师学军】读《商周论》《楚秦论》，令我体验到像读韩愈《争臣论》、欧阳修《朋党论》、苏轼《范增论》《留侯论》《贾谊论》的快感。不同的是，韩欧二公各论一事，东坡诸篇各论一人，宏甲此二篇各论了两个朝代。

孔子论

在中国，没有受孔子影响的人是没有的，哪怕是激烈反对孔子的人。

关于孔子，已有数不清的文章。

称孔子为“圣人”“万世师表”。

也曾有“打倒孔家店”的猛烈批判，最猛烈时人人都可以对孔子口诛笔伐。直到今天，有人致力于重振国学，孔子成为新的热点，乃至有全球华人的祭孔活动，但也有学者撰文说，要警惕复古主义回归。

其实，关于孔子，不只是学者们如何评价的问题。

孔子是早已渗透到中国人的精神血脉中的。

今天，孔子是否还关乎我们的起居住行，或者心灵？

我相信前人针锋相对的论争，都提供了许多有价值的思考，但我不能仅仅让自己的大脑成为各种论说交锋的战场。我需要用自己的思索和人生体验去体认：孔子究竟是怎样的人？

每个人都有其来历，孔子从哪里来？

孔子的祖先曾是宋国贵族，其六世祖在一次宫廷斗争中被杀，后代避难迁居鲁国。孔子的父亲叔梁纥，母亲颜徵在。父母结合时，父亲六十六岁，母亲不足二十岁。据传他们曾为生子祈祷于尼丘山，所以孔子名丘，字仲尼。

孔子生于公元前五五一年的鲁国陬邑昌平乡，三岁丧父。母亲带着他回娘家，迁居曲阜阙里，靠勤俭维持清贫生活。

很久以来，人们论孔子，很少谈到他的母亲。

可是，孔子在这样一个“单亲家庭”长大，如果没有一位贤母的悉心抚育，三岁的孤儿要成为日后的孔子，是不可思议的。我相信孔母必是少年孔丘第一位最好的老师。

少年孔丘在贫贱中长大，干过许多卑贱的活。他说自己十五岁“志于学”。他的父亲是一位以勇武立过战功的勇士。孔子选择通过学习增长知识使人生有作为，这个“志”，也有母亲的教诲吧！我们纪念孔子，不能忽略他的慈母。母不慈，焉有孔子？

西方人纪念耶稣，那么崇敬圣母玛丽亚。

中国文化中应该有孔母颜徵在的圣像啊！

孔丘十七岁，母亲去世了。二十岁后，他在贵族家中当过管理仓库的小吏，还管过牛羊。孔子说的“三人行，必有我师焉”，我看是他自己在贫贱生活中的学习经验。

所谓“学无常师”，孔子就是通过随时随地向许多人学习，才日益积累起学问。中国人说的“学问”，这“问”非常重要。不懂就问，这是知识的重要来源。如果没有人能回答你的问题呢？还问不问？

问！这就要问自己的头脑了，这“问”就包含了思考。

孔子说过：“学而不思则罔，思而不学则殆。”这是说只学习前人的知识而自己不思考，会陷在迷惘中。两千多年来，有过多少关于孔子的说法，至今还在争议，如果我们自己不思考，即使把各种说法都看了，是不是会陷入迷惘？如果只会冥思苦想而不善于向他人学习，那也会一无所成。

学习是思考的基础，只有学且思，才会有自己的见解，才由此产生独立、自主、个性这些品质。这些品质的出现，才会使人感觉到自己是一个人，不是一个可以被随便驱使或杀戮的动物。这样的人拥有了一定的文武才干，才称得上人才。

如此，注重随时随地向前人与时人学习，学且思，是孔子成长的经历，也是他成长为自己的来历。

孔子三十岁已学有声誉，并有人来向他求教。

三十五岁，孔子离开鲁国奔齐国。在齐国当高昭子家臣，期望通过贵族高昭子进见齐景公。孔子此时最关心的是什么？

在齐国听到韶乐，他“三月不知肉味”。何至于呢？

我以为这信息传达给我们的不只是韶乐如何动听，更在于可窥见孔子的知识储备。一个人只有内心储存着能够闻之感动的资质，才可能感动。否则是听而未闻，视如未见的。

韶乐是西周推崇的音乐。鲁国的始祖是周公的儿子伯禽，鲁国对周公时代创行的礼乐文献是保存得较好的，它是孔子此前学习的重要内容。可是孔子来齐国才听到令他陶醉的韶乐，可见西周的美妙音乐在鲁国也丧失得很严重了，而孔子在寻找它。

孔子来齐国的前一年，还千里迢迢去洛阳访问西周制度和民风民俗，并与老子有过一次历史性的会见，这可以视为一种社会调查。因而，认识孔子，还有一个不能忽略的关注点：一个人仅凭向书本和他人学习并据此思考，是远远不够的，眼前的社会，是最大的“学问”。在关怀人间社会中逐渐形成学问，这是孔子与许多读书人的重大区别。

论乱世，莫过于孔子身处的春秋战乱。时值春秋后期，周天子已无力号令诸侯，诸侯也不把天子放在眼里，战车隆隆，烽火烛天，争霸的战争写满春秋。所谓生灵涂炭，礼崩乐坏，民间杀人不以为罪、越货不以为耻者大有人在。

十五岁“志于学”，学了用来干什么呢？

不论世道多么黑暗，孔子没有失望，也不是把学问用于揭示黑暗，而是着眼于建设。他学且思后，那“志”发生了重要的展衍，即如何拯救这个世道？

这是孔子此后贯穿一生的真正大志。

三个月韶乐萦绕于心，孔子从中听到虞舜谦让的美德，赞叹说：尽美，又尽善啊！孔子终于见到了齐景公。景公向孔子问政，孔子讲了“君君、臣臣、父父、子子”，意思是君臣父子都要各尽其责，这里讲的是礼。

礼和乐，是孔子最重视的东西了。

礼，可以用来规范人的行为。

乐，可以用来陶冶人的精神。

这是治理乱世，使社会重归安宁最要紧的东西！

我想，还该留意，孔子重视礼乐，并非照搬，是他经历着春秋乱世的再思所得。历史上所有能被继承下来的事物，都是后人一次又一次再认识的结果，只有自己能够去思想去实践，才有真正意义上的继承。否则就没有“继承”这种东西。

齐景公曾想用孔子，但被齐大夫晏婴阻止了。孔子未能被齐国所用，也就无法实践。孔子离齐返鲁，这年三十七岁。

日后他说自己“四十不惑”，大约是说，他的关于如何拯救世道的思考已成熟坚定，虽然未被当政者所用，也不会疑惑了。

孔子一生中真正做官从政，已经五十一岁，持续只有四年左右。起初被鲁定公任用为中都宰，约一年，他就被升迁为司空，由司空升为大司寇，直到以大司寇代理相事。

从接连升迁看，可见干得不错。孔子也期望能用好这个辅佐鲁定公的机会，使鲁国强大。但在他代理相事期间，他的政见不能被贵族大臣认同，也不能被鲁国君认同。五十五岁那年，他感到自己的政治主张已经无法被鲁国接受，就决定弃官离鲁。

孔子弃官这事，被很多人忽略。他弃去的职位有多高？在鲁国，除了鲁定公和握有重权的贵族季桓子之外，孔子“行摄相事”已位居第三。他如果肯苟且，无疑也是可以既富且贵的。但他说：“不义而富且贵，于我如浮云。”他不是要做官，而是要实现他的政治主张，于是去别国寻求用处，此举可见孔子心中不是只有“一国”，而是有“天下”的，他是以拯救天下为己任的。

孔子带着他的一班弟子上路了。此时的情状，也并非如不少文章说的茫然无所适从地奔走。他对自己的政治主张是满怀信心的。五十五岁，孔子的政治主张已有一个体系。这次上路就是历史上说的孔子“周游列国”。这“游”不是游览而是游说。

司马迁说：“孔子明王道，干七十余君，莫能用。”有文献可查的，孔子只面见过卫、陈、曹、宋、郑、蔡六国国君。有的国走到了，没见到国君。司马迁或许是说，孔子游说过七十余个有身份的人。不管怎么说，孔子“周游列国”非常努力，但始终没有找到一个可以采用他主张的国君。他的游说，在各国国君看来，这不就是周公的主张吗？可是周公倡导的礼乐曾经在各诸侯国推行，最后不是“礼崩乐坏”变成今天这个天下大乱的社会了吗？于是觉得孔子没什么有用的学问。

孔子便这样“周游”了十四年，到公元前四八四年，鲁大夫季康子派人来聘孔子，孔子结束了“周游”，怀着希望返回鲁国。

季康子领着孔子去见鲁哀公，鲁哀公也向孔子问政，孔子讲了他所见的“列国”情况，仍坚定地讲了“为政以德”的主张，最终仍没有被采用。这年孔子已经六十八岁。白须飘飘的孔子，未来还有多少时间，人生还能做什么，能做出什么呢？

有研究者说，孔子从事教育是从三十岁开始的，他周游列国也带着一班弟子。但我以为，孔子从三十五岁离鲁奔齐，到周游列国，主要的努力方向是学习、考察，形成他的政治主张。周游列国也不是带着一批弟子从事教育，而是寻求政治主张被采用。如果有一国采用，被用的就不只是孔子一人，孔子这里的一批弟子都是贯彻孔子主张的最好人才。这是孔子和弟子们十四年风雨同道的主要努力和动力。

然而十四年游说各国，没有一国采纳。

正是这段经历，孔子被后人说成“到处求仕不得，惶惶然如丧家之犬”，至今在不少文章中仍有此讽。

公元前四八四年的天空下，孔子失望了吗?

他对自己的学问没有失望，只是颠沛的游说生涯给了他深刻教育。五十五岁后不辞艰辛艰险，跋涉了那么多路。以十四年之坚毅顽强，去试图说服哪怕一个君王。他可能大志未酬，死在路上。他试图教导君王的持续努力，前无古人，后无来者。

我突然意识到，孔子没有失望，是因为他有一种永不失望的品质。这会使他此途不通再寻他途。于是，十四年艰辛跋涉，没有一步是白走的。是这世无其匹的努力，使他终于觉悟到：欲治天下先治国，治国先治家，治家先治人，治人先治心。一步步寻本追根，才看到治天下首先要治人心。治理人心，需要教育。这就把思考从外部世界聚焦到了人本身。

现在，他已经六十八岁。如果不把自己一生追寻所得的学问归纳总结，传授到年轻人头脑中去，他的学说会随着他的去世而消失。最有生命力的学问，恐怕莫过于写进年轻人心中。不管这是不是孔子想过的，这无疑是他所做的。

六十八岁，是孔子人生的分水岭。

是孔子一生中的重大转折。

再说一遍，六十八岁以前的孔子，主要的实践是求学、形成政治主张，并试图在当代得到实施，以达到治乱兴废，天下平安。

从六十八岁开始，孔子才真正专心致志地从事教育，看到教育的伟大力量，并由此使一生的学问都发挥出巨大作用。

假如六十八岁这年，在他的政治主张又一次不为鲁国国君所用之后，他沉浸在看透了黑暗的“深刻认识”中，对弟子们说一声，我们已经够努力了，算了，这个世道没救了，你们各自回家，好自为之吧！那么，孔子也就结束了。不管此前孔子有过怎样的努力，积累过怎样的学问，都会灰飞烟灭。这个世界将没有孔子。

孔子从六十八岁到去世，只有五年。

是他人生这最后五年，决定了孔子。

是这五年专注于教育，烛照千秋万代。

他一生的学问积累，也在这个时期发生了质的飞跃。

孔子学说的核心是“仁”。

当代研究者大都认为，孔子的仁学是以仁为核心的道德规范体系，或者说仁有多重含义。我多年前就想，那孔子为什么不以“德”作为他学说的核心呢？

在纷繁复杂的乱世中找出治乱兴废最核心的要素，这好比把一个庞大的复杂的问题简单化，简单到用一个字就能概括，这是中国上古非常智慧的思想方法。孔子已经把它提炼曰“仁”，我想，我们就应该循着孔子的思路，去追问“仁”内在的质。

何谓“仁”？

“仁”含“二人”，当指初生之人和长大成人之人。初生之人，只是父母给了一个有本能的人之形体。孔子说的“性相近也，习相远也”，这是说人之初，性质是差不多的，只是由于后来习染的不同，才相去甚远。近朱者赤，近墨者黑。学好，保持着善良的人性，就成人。学坏，丧失人性，就可能禽兽不如。怎样才能成人而不变成兽呢？就需要教育。

孔子讲的“修己”还告诉我们，不光是教育，还需要自我教育。学生问仁，孔子说：“克己复礼为仁。”这克己复礼便是修己的方法。不能忽略的深刻意义在于：不论施行怎样的教育，最终是通过“修己”才得以实现的。所以“修己”又称“成己”，即成为自己，这是有自主意识，有独立个性的人。

我由此以为，“仁”最本质的含义该是：从初生到成人，是人生自我完善、自我完成的过程。“仁”就是成人的人所具有的内在的“质”，即人的本质。

再听孔子说“仁”。他说“仁者为人”，这里已经把“仁”作为人区别于动物的本质。怎样才算“人”？大抵是“三军可以夺帅，匹夫不可夺志”者。日后孟子说的“富贵不能淫，贫贱不能移，威武不能屈”，便是对“匹夫不可夺志”的展开诠释。这就是有自主意识的人，有善恶是非判断，不受权钱收买，不受邪恶驱使的志士。所以孔子也称“志士”为“仁人”。孔子这里说的“匹夫”，是具有独立人格的人。其深邃的含义是：哪怕是一个最普通、最平常的人，只要有独立人格，他那志，你是夺不走的。

因此，“仁”凝聚着一个人从初生到成长为人所必需的过程，这是一个人应有的职责和权利。这是无人可以替代的，每个人都需要自己去完成的神圣历程。所以，“德”字不足以用来概括孔子哲学的内涵了。

孔子的影响及于后人，孟子持“性善说”，还提出“良知”的概念，这是把从外部世界得来的学问看作知识，把从内心，即人的善良本性中发现出来的认识称“良知”。荀子持“性恶说”，认为“人性恶，其善者伪也”。这“伪”不是指“虚假”，而是“人为”的意思。这“人为”便是后天教育的结果。如此，不论“性善说”还是“性恶说”，都导向人生必须通过教育才能成为一个好人。

如此，中国古代的教学，从孔子开始就不只是传授知识，更在于启迪良知，有了“育人”的意识，所以称“教育”。

在这里，育人，唤醒人的自我意识，培养自主意识，捍卫人的权利和人格，是教育的第一大任务。学知识，是第二位的。因为知识是可以用来做好事，也可以用来作恶的。成人，比成才重要。两千多年来，中国父母期望子女长大成人，就凝聚着孔子的成人思想。今日无数父母把培养孩子成才看得最重要，就已经丢失了孔子育人思想的精髓。

在古希腊戴尔菲神庙入口处，很早就刻着那句著名的箴言：“认识你自己。”几千年来，认识人自己一直是西方认识活动中追求的事情，也使西方哲学注重人的认识。孔子哲学则注重人生的建设。孔子仁学，包含着治乱兴废的政治学，包含着社会公共道德和个人道德，更是迄今值得我们认真读解的人类伟大的人生哲学。

基督教的圣经《旧约》里，上帝面对变坏了的人类，只选挪亚一家造方舟以便逃生，然后发洪水把别的人们都淹死了。在这里，仁慈的上帝竟然放弃了对变坏了的人类的教育。儒教不是宗教，孔子却极慈悲地说：“不教而杀谓之虐。”这是为那些没受到教育犯了法的人被杀，而痛心疾首。这也是在批评时政，在说：你们不教导他们，却在他们犯法时就杀他们，这是虐待啊！

孔子的时代，官学制度在春秋战火中风雨飘摇，民间已有私学出现，但入学者仍多是贵族与官家子弟。“成人”是每个人的人生权利和职责，孔子说的“有教无类”，当指平民也需要受教育之惠。孔子也因此成规模地创办民间私学，正是这些思考和这一抉择，使孔子成为春秋时期创建民办教育的杰出代表，成为中国最伟大的教师。

公元前四七九年，孔子逝世。不少弟子结庐守墓三年，其中子贡在墓旁住了六年。子贡最善思辨，是孔子晚年最器重的弟子。我想，他们是在距离老师最近的地方整理孔子的学问。《论语》就是弟子们对孔子言行思想的记载。

在今人文章中常见一种说法，说孔子一生都想做官，不得志才办教育，一生都很失意，没想到死后被历代统治者抬到很高的位置。从孔子的经历看似乎不能说不是，但从精神看，与孔子相距有多远，我不知有没有人量过。

我读《论语》，以为最能体现孔子追求与精神的大约莫过于《论语》开篇那三句话。千古诸多人解释过，叙述略有不同，但大抵意思如下：所学的知识能不断温习它，不是很愉悦吗？有朋友从远方来，不也是很快乐的吗？别人不知道、不理解我，我也不生气，不也是君子的气度吗？

我对这解释渐渐怀疑。心想，放在《论语》首篇的第一段话应该是很重要的，这三句话应该表达一个互相有联系的完整的意思，怎么能互相关系不大，或者说几乎是没有联系呢？

在仔细追寻了孔子的一生后，我突然想，虽然那时的书还罕见专设序言，但我感到《论语》首篇这段话，大约相当于全书的序言。孔子的弟子们大约是想到，该把老师一生的追求和精神境界，写在全书最前面。

孔子十四年游说列国，不就是希望自己的学说能被使用吗？这是与他同行的子弟们最深刻的记忆。那么《论语》开篇第一句“学而时习之”，那“学”是指孔子的学问；那“时”当指“时人、时代”；那“习”，当指被学习实践。“有朋自远方来”那“朋”[①]，有“同窗”之意。三句话一气呵成的意思是：

> 孔子的学问，若能被时人学习实践，不知多高兴啊！若不能，有人从远方来同窗学习，不也很高兴吗！如果竟无人知无人理解，那也不必生气，因为我们已经不失为君子了。

三句话序《论语》，把老师的遗志和境界，把弟子们作这本书的目的，表达完整，没有遗憾了。

我还想，那第三句“人不知而不愠，不亦君子乎”，是不是差一点呢？不。此句有不为人知也无憾的意思。人生若能无憾，是极高境界。人在离世之前，究竟有几人能达到无憾？帝王能达到吗？富翁能达到吗？但寻常百姓不做亏心事，无负于人，则可能达到。这便给世上每个普通人以勉励和欣慰。

还有个说法，说孔子“无疑有复古倾向”，并说当今尊孔，“要警惕复古主义回归”。且不论这评价对不对，我感觉值得一说的是，用以衡量事物的尺子值得商榷。

近代以来，西方文明渗入中国，人们大抵把古的视为落后。可是，我们今天说的人定胜天、征服自然，会比古人说的天人合一、顺应自然更正确吗？

---

① 《易·兑》有“君子以朋友讲习”之句，唐代孔颖达疏：“同门曰朋，同志曰友。”——作者注

中国殷商已创造了青铜时代的灿烂文明，西周更发展到青铜器的黄金时代。英国历史学家汤因比在《历史研究·绪论》中曾说，从孔子的“现世智慧”和老子的“出世思想”，均可见“他们两位都认识到，在他们社会的历史上，兴旺的时代已经过去了。孔子对于这个社会的过去每怀敬意，老子则转身离开了它。”

在汤因比看来，在孔子和老子所处的周朝的前期，中国有过一个兴旺的时代，那个时代有相当灿烂的文明。中国一些历史学家对那个时代的描述与汤因比的看法相去甚远，说孔子是试图恢复那个腐朽的时代。

在我看来，孔子不但对那个时代“每怀敬意”，而且试图复兴那已经衰弱的文明！

欧洲的文艺复兴，曾经那么鲜明地致力于把古希腊的东西找回来。孔子在比欧洲文艺复兴早一千八百年[①]的岁月中在干什么呢？君不见他专心致志地整理出《诗》《书》《礼》《乐》《易》《春秋》六种教本吗？《书》是中国最古老的史料汇集，含西周以前流传下来的历史文件和部分追述远古事迹的著作汇编。《易》是世界上最早叩问哲学之门的著作。《诗》是中国最早的诗歌总集，含西周，甚至西周以前那些不知姓名的先民传唱的诗歌。凡六艺，都是上古以来的历史文献和文化艺术。

孔子在专心致志地试图把被列国争霸争雄的战争打碎了的东西找回来。他说的“温故而知新”，同后人批判他“妄想复古”的说法相去何其远呢！

没有哪一种伟大的理想不是很早以前就有渺小的心灵憧憬过。没有哪

---

① 首版《让自己诞生》中此句误为一千二百年，第二版已纠正，本版再次说明。——作者注

一种烛照万家的生活智慧不是很早以前就有草履布衫的先民温习过。我每每感动于祖先创造的文化中有那么多的平民色彩，那么大的生活意义。如果对那么智慧的文化看不见，甚至砸烂它，或者贬低它，我们就太容易骄傲了。

周礼原本有“非天子，不议礼，不制度，不考文”的规定，孔子却以私人身份带着弟子们编修六经，在事实上打破了昔日的“礼制”，开了个人编书之风。《论语》则加强了立说。这些都为后来诸子百家著书立说开了先河。

孔子编六经作为教材，无疑是孔子创办教育的成就。但这么看是不够的……我一直在想，犹太王国覆灭前并非没有腐败和没落，假如亡国后的犹太人痛斥那些误国的腐败事迹，并写出来传播，犹太民族恐怕早已不存在。犹太王国灭亡，几万犹太人在沦为“巴比伦之囚”的岁月中，陆续把本民族优秀的神话、传说和人物事迹回顾出来，汇集为《旧约》。就这部回顾优秀事迹的文章汇编，使犹太民族成为国家灭亡了而民族不灭的伟大民族。失去了地理上的国家，《旧约》就是他们的祖国。这部崇善之书还成为世界上跨民族的福音书……中国上古以来的朝代更替中当然不是没有腐败事迹，孔子选编的六经汇集了上古以来的优秀事迹和文化艺术，这是在做一件怎样的事呢？

孔子七十一岁才以鲁国史来编《春秋》，这是中国现存第一部历史著作。春秋五霸、战国七雄里都没有鲁国，鲁国是个小国。当时诸多诸侯国也有史官，有记载历史的简册，为什么以鲁国史为素材的《春秋》会成为中国现存第一部历史著作？因诸多国家的历史简册都随着国家的覆灭而毁灭。《书》是更古老的史料文献汇集，如果不是孔子将它们收集选编为教材，会不会早就失传了呢？

孔子时鲁国史年代已长达二百四十多年，有学者认为那竹简原本恐怕不止“五车”，可见孔子编纂《春秋》工作量不小。名之“春秋”，隐喻变化，还有读史可以“知兴替”的说法，也提示这是一门蕴含着哲思也富有诗意的学问。司马迁就是接受了此种熏陶并加以发展，所以《史记》有“无韵之离骚”的美誉。这是中国人在历史学中凝聚着哲学观、美学观、正义观等崇高品格的著作，而不仅仅是对历史的记录。这些精神品格都可以追溯到《春秋》。

今天也有学者猛烈批判孔子“删削”历史的“罪恶”。可以肯定上古历史岁月中的罪恶一定是存在的，孔子亲眼所见的乱世杀人越货，以及游说列国所见的昏庸腐朽，难道还少吗？他为了治乱兴废，天下平安，在周游列国十四年劝政后，从此专心致志地办学，企图造就新人。经他之手编集的经典教材，使上古以来的优秀文化，传播于千秋万代，这是怎样塑造了一个民族的精神和品格！

孔子不仅是伟大的教育家，还是中国历史上第一个伟大的文献整理家，他做到了当时那么多国家的政府力量都没有做到的事。

我以为，从文明的兴灭继绝、承继再造看——

中国春秋战国时期，有过一次伟大的文化复兴运动。

孔子编六经是其发端。

孔子是这场文化复兴运动的伟大旗手。

到战国时期，百家争鸣，中国历史上一个多么灿烂的思想解放、文化复兴时代，终于蔚为壮观了。

中华民族，至今是依凭着祖先传承万代的文化而伟大。

伟大的人，没有不被误解的。孔子遭到的最大误解，莫过于被认为是导致专制的根源，民主的大敌。

我曾惊见，在世人说的“黑暗的中世纪”，欧洲国王的权力被上帝压制了一千年。在那一千年，“上帝面前人人平等”的意识被传播到西方非常广泛的世俗生活，以至深刻地影响政治。拿破仑也需要罗马教皇为之加冕。美国《独立宣言》、法国《人权宣言》都建立在“人人生而平等”的基础上。西方的民主意识得益于“上帝面前人人平等”的观念，实不可低估。

孔子的学说不是宗教。但“仁学”所高扬的独立人格，是中国文化中关于人的自主意识、权利与义务最宝贵的思想。这些前面已有阐述，这里值得再次提起注意。

孔子是推崇礼让的，但他说“当仁不让”。

就是说，任何人，不受权钱收买、不受邪恶驱使的人格，是高于一切的！可以“杀身成仁”，不能出卖人格。人格的尊严是没有阿谀，没有苟且，大义凛然，值得用生命去捍卫的。

孟子是孔子学说最重要的弘扬者，他说得更明白：“民为贵，社稷次之，君为轻。”在这里，人民高于一切，国家次之，君王第三。今日常常听到说，国家利益高于一切。数不清的人唯领导是听。比孟子如何？孟子指出仁义高于富贵，道德高于王权。还特别说，征伐诛杀殷暴君纣，不算弑君，是正义的。这些都是明确反对专制暴政的言论。

谁害怕？秦始皇怕。

正是他最恨孔孟思想的威胁，因而焚书坑儒。

今日论孔子，我想，更重要的意义是：如果说孔子的思想在封建时代被帝王歪曲，未能被真正认识和传播，今天则需要加以弘扬传播。譬如仁学中蕴含的伟大的人生哲学、自主意识、高尚人格、人的权利观和义务观，光明正大，都是有益民主的。

孔子不仅属于中国，也属于世界。

一九八八年一月，全世界的诺贝尔奖获得者在法国巴黎开了一个会议，会议结束时发表了一个惊人的宣言："如果人类要在二十一世纪生存下去，必须回头去吸收两千五百年前中国孔子的智慧。"

世界为什么会这么看？我想有一点特别值得重视，当年孔子游说列国，并不是教诲哪个国君如何强大起来，灭掉别国，而是以道德礼乐仁爱治国，才有国与国之间的睦邻相安，天下和平。

西方人也有批判精神，但反思西方文明没有猛烈抨击苏格拉底、柏拉图的，中国人不惜猛烈抨击自己最伟大的教育家、思想家孔子。迄今也有许多大言抨击乃至讥讽这个伟大的灵魂。我很困惑。

西方人能久远地从苏格拉底分享到荣誉，海内外每个华人，也是可以从孔子分享到骄傲和光荣的。不是吗？我以为我们作为一个平常人，仅从向孔子学习而言，可以汲取这六个字：好学、勤思、力行。孔子是靠着这六个字成才的。但是，不能忽略，靠这六个字只能成才。孔子最可贵的并不是成才，他是个一生都以拯救苍生为职志的人。

人生最大的成就，并不是成才，也不是做成哪件事，而是做成一个人。有的人，才华横溢，做成了很大的事，却丧失人格，为人不齿。人生无憾，是最大的圆满。要做成一个真正的人，才可能无憾。这其实是最难的，但也是每个人都可能做到的。这就是孔子给予千秋万代每个人的照耀。

二〇〇八年九月十八日　北京

接受平凡

世上的路，因有太多不肯平凡者，才变得坎坷不平。不肯接受平凡，便无法真正感受生活本来的乐趣。

我们这个时代，是如此重视经济实力、科技实力。可是，靠经济实力并不能解决人的精神问题。不管你如何赞美科技，科技只是一个器，一种工具。所有的工具，都是能用来造福，也能用来制造灾难的。世上该有比科技比经济更宝贵的东西，来驾驭科技和经济。

人类曾经赤身露体，两手空空。在无中创造有，不是人类的难题。如何对待逐渐多起来的果实，是人类悠久的大难题。

在远古没有谁能独自战胜野兽，凭借那个时代，能更清楚地看到，比一切工具都更宝贵的，是先人创造的相互关照的生活智慧。当野兽被制伏，世上的强者只有人了，“优胜劣汰”“以强汰弱”，人就把同类变成野兽？

随着达尔文的生物进化理论被引入人的社会，竞争在工业时代被空前强化。迄今许多人还认为，在信息时代更要学会竞争。“不竞争怎么行啊！”这话随处可闻。

竞争，在不被别人吞掉，而不是不被野兽吞掉的现代世界里，人的才能被推举到至关重要的位置。大脑被医学发现是个潜力巨大的宝库，才能是从大脑里生出来的。心脏不过是个发动血液循环的器官，不能用于使资本增值。道德和感情都不是才能，是良心。但是，心已经被忽略了。

在资本、权力都有人羡慕也有人痛恨的时代，人的才能几乎总是受到赞赏。但仔细看看，人的才能，也是可以用来干好事或干坏事的，这是工具的特征。

才能与资本与竞争结合，已变得像一个怪兽的牙齿，你要不长出这牙齿，就会被那怪兽吞掉。一般意义的能力不如对手，还有坑蒙拐骗。世界异常复杂了。生活之弦就这样绷紧，你没法不活得累。当人类首先从欧美国家喊出家园失落之时，并不是家中没有冰箱没有小汽车，而是心没地方住了。

你会不会觉得，世界已经这样，我不努力增长才干，怎么办？可是，就看看我们的孩子，虽然儿时的玩具比从前豪华十倍百倍，但一走进学校，一个遥远的将来就像一座大山压在他七岁的心上。

读书，了解千奇百幻的世界，本该多么幸福啊！

可是，拼搏、竞争开始了！

“重点”，什么是“重点”？很多时候，是在知识的边边角角拼搏，看谁能把那些知识的边角末梢也收拾进大脑。该说我们已迷失在知识的森林，还是说正成为知识的奴隶？有了工作就轻松了吗？看看辛苦已久的父母，他们轻松吗？到底是什么让生活从童年开始，就变成一场漫长的苦役！

这也许是人类最尴尬、最荒谬的境遇：我们呼唤并致力于科技进步、经济发展，我们的科技飞速进步了，经济发展了，生活本该更从容，可是生活之弦竟如此绷紧。人人说拼搏，社会在赞扬先进。“落后就要挨打！”大家都说这是真理。

看看昨天生产的那块布，不是不能穿，也不是不漂亮。但是，确实有更好的布把我们挤出柜台了。为了不被别人灭掉，就得绞尽脑汁争强取胜，奋力竞争。这是个无休无止没有宁日的全球性的资源消耗战、人生消耗战。许多好时光都折腾进去了，各种压力无孔不入地摧残着人的健康。

男人女人，相思也脆弱。站在城市高耸的楼房上，活，还是死，屡屡被推敲到只有一步距离。人类到底在被什么驱赶，生活本身的乐趣在哪儿？生命的尊严、美好，在哪儿？

究竟是谁拿走了我们的心情，操纵着我们的脚步？谁支配着我们的笑容、困惑、烦恼和忧伤？这不是要不要道德和良心的问题，也不只是家园失落、心没有地方住的问题，是有些什么已经住到我们的精神内部、身躯四肢里面来了，我们被侵略了！

资本、才华和竞争滚动出来的现代文明，埋伏着许多对我们的生命所说的谎言。不仅是我们生存的自然环境遭遇危机，我们的身心环境也遇到严峻挑战。这是放在我们个人面前无可躲避的问题，换句话说，能躲到哪里去？

我曾在《智慧风暴》一书中写下：

我需要坚强吗？能放松在自己的柔弱中，生活该多么美妙。

我需要杰出吗？能放松在自己的平凡中，生活该多么美妙。

我以为美好的状态该是这样的。我为什么要坚强，为什么要杰出？可是，在“以强汰弱”的竞争中，你若不坚强，明天早晨连房门都走不出去。

爱因斯坦一九一七年十二月在一封信中写道：“这个爱好文化的时代怎么可能腐败堕落到如此地步呢？我现在越来越把厚道和博爱置于一切之上……我们所有那些被人大肆吹捧的技术进步——我们唯一的文明，好像是一个病态心理的罪犯手中的一把利斧。”

这句近百年前的话，你觉得过时吗？

上溯两千五百年，老子说自己行世立身有三宝：一是慈，二是俭，三是不敢为天下先。接着说：今人抛弃慈而奢勇武，丢掉俭而侈豪华，不愿为人后而总想争先，真是自取灭亡啊！

这话落后吗？如果老子所言是大智慧，又如何来理解我们赞扬的先进？“先进”一词无疑是舶来语。为了不被“以强汰弱”的竞争所淘汰，你得去争先恐后。

在中国语言中，先进、优秀、和谐是有各自含义的。“先进”与“和谐”恐难相通，但“优秀”与“和谐”是可以相通的。如果我们无法改变通行的“先进”一说，是不是可以在自己的意识中更多地想想“优秀”而非“先进”呢？

不是不要成就，我们仍然需要崇敬成就。只是在创造成就的时日，也需要警惕成就、名利、地位，乃至权力对自己和他人可能造成的伤害。

人有成就，要保持一颗平常心很不容易。走到高处，要回归草色青青的美景，要找回普通人唇齿相依、呼吸相闻的纯真情怀，很不容易。成就、名利、权力之类跋扈起来，则会成为对他人的压迫力量，甚至可以摧毁人生，毁灭家园。

虽然我们一再感到个人渺小，但也有自己的人生。或许，我们需要把理想、爱情、美好、幸福、竞争、平凡、先进、落后……这些东西再一次放到地上，重新辨认。

即使面对尴尬，即使忧伤像下雨那样落满你的池塘，我们还是可以来问一问心灵的声音。

我以为我们这个时代的读书人，特别需要放下“没有成就的感觉”。这“没有成就感”和“成就感”，其实都是很容易伤害人的东西。你不放下它，他人的成功就会加强你的卑微。事实上，你是独一无二的，你的生活有自己独特的无限丰富的可能性。

世上的路，因有太多不肯平凡者，才变得坎坷不平。

要学会接受平凡。平凡中蕴含着伟大的祥和。

接受平凡，对于有成就者来说，其实更加重要。

不肯接受平凡，便无法真正感受生活本来的乐趣。

没有比安享平凡更大的本领。

接受平凡，平凡就是天堂。

二〇〇八年七月

【黎云秀】一九九七年王宏甲写出长篇《现在出发》，后记的题目就是《接受平凡》。我认为他的“接受平凡说”是写了一种重要的人生观，而本书中的《融者为龙》一文则是写一种世界观。

俗是家园

少年时听说某人“俗气”，知道那不是赞扬。后来得知与“俗”相连的词，除习俗、风俗，还有庸俗、低俗、媚俗、恶俗等，不妙的意思居多。不承想到，有一天会惊觉：俗是家园。

当然还有“通俗”一说。我读中文系时，师生也多不把“通俗文学”视为高级的，觉得“现代派”先进。我读西方现代派著作感到很费劲儿，同学中谈起来则兴致盎然，我感到自己遇到严峻问题时，不敢不懂装懂，也没敢宣称自己不懂，我感到了自己的俗气……如今回想起来，到我终于弄懂“俗”其实是个了不起的好东西，时光过去了一二十年。

中国人讲：“民以食为天。”古人造这个“俗”字，就以“人”和“谷”构成，能够共俗，共同有饭吃，就是天大的事。

有句古话说“设神礼以景俗”，这里出现的“俗”，就是作为美景来景仰和膜拜的。那“景俗”中的“俗”，蕴含着浩渺的人间烟火和深邃智慧。你想，远古人类散居于山林野谷，百里不同风，千里不共俗，如果不能使彼此同风共俗，如何能使部落发展壮大，如何能有共同的家园？

我不禁想，何谓通俗？通俗就是沟通彼此互不相同的习俗，建立起共同的耕耘与生活，那是很了不起的啊！

西汉博士谏大夫王吉曾上疏：“春秋所以大一统者，六合同风，九州共贯也。”还有位名叫贾山的官员在《至言》中铿锵写道：“风行俗成，万世之基定。”汉代重视风俗，设有风俗使，可见统治者重视乡风民俗，乃至纳入国家制度建设。这对于中华多民族国家的形成和巩固，作用巨大。到隋唐，学者与大臣仍然认为：国家元气在风俗，风俗之本系纪纲。而同风共俗，需要施于朝廷，通于天下，贯于人心。

中国历代莫不以同风俗为治国要务，所谓“为政之要，辩风正俗”。这里的“正俗”，已上升到要用光明正大的核心价值观去同风共俗。

最早与“俗”字联袂的字是“风”，即风俗。

中国人说的“风俗”从哪里来？自古流传下来，伏羲和女娲都姓风，女娲、伏羲的形象也都被描绘为蛇身人首。繁体字“風”的形象，描绘天穹下一条虫。“虫”的形象是一条卷曲的蛇。“風”字描绘的便是他们的图腾。

自古还相传女娲创制婚姻。婚姻和嫁娶在远古是有区别的，婚姻早于嫁娶。人类早有原始群婚，意识到产出的畸形胎儿，问题出在本族内的血缘婚，才走向族外婚，这是女娲时代发生的重大变革。走出这一步，一个氏族的女子们，可以是另一个氏族男子们的共同妻子。那是个前所未有的激动人心的时代。我们今天仍可以从古人造的象形文字中去发现最早的婚姻信息。

我们所能识别的最早的“婚姻”二字，都从“女”。虽布局有所不同，如“女”曾写在右边，但组成这二字的“氏”“日”“因”等元素均有了。你看，婚字里的“氏”，分明打着氏族的烙印，“日”是落在下方的。太阳下山的时候，一个氏族的男子去另一个氏族找自己喜爱的女子亲密接触，这就是结婚。

“姻”字里的“因”，在象形文字中是椭圆形的，里面那个“大”，看上去就像一个有头颅四肢的小人。姻字描绘的是——男女亲密接触后——女性肚子里怀有胎儿的形象。

突破族内婚封闭，向族外婚开放，就避免了近亲繁殖的危机，加上男女都更愿意选择体格健壮、形貌美的对象示爱，“性选择”对促进人与氏族的优化，作用巨大。后代体力、智力与形貌都更好，宛如新人诞生。神话说“女娲造人”，并非毫无影踪。再看“娲”，这个字是“女娲”专用的，左边从女，右边的象形是女子腹中孕育人的含义。在中国先民心中，女娲者，圣母也。

那时生的孩子，是在女方氏族抚养的。知其母不知其父，孩子随母姓，“姓”字便从“女”，写作“女生”。也是为了禁止近亲繁殖，才有了从母姓制度，中国人有了“姓”。

“风”，被称为中华第一姓。两个和两个以上的氏族联姻结盟，就是部落的诞生。婚姻制度再走一步，就从族外群婚制向对偶婚转变。先民传说伏羲氏“始制嫁娶”，这是走到向对偶婚转变的阶段，这使孩子有了父亲，中国人有了家庭。变革婚姻和创制嫁娶，就是远古风姓氏族发展到部落通婚联姻之俗，曰风俗。

“风俗”二字，有如纪念中国人进步的一座伟大的纪念碑。

日后再创新，都称创新风俗。

历史走到西周，周公派采诗官员去民间采风，是采集各诸侯国的土风歌谣，后经孔子精选编入《诗经》，在《诗经》中称“国风”。为了同风共俗，建设和平家园，我们的先人做了多少令人感佩的文化工作。到汉代，汉高祖刘邦咏出《大风歌》，表达的实在也是一个大国苍生万有的沧桑理想。

风俗啊风俗，千秋万岁以来，有着如此鲜明的人民性，也流响着英明的统治者创新风俗，追随民间梦想的执政方略。

我还注意到，苏东坡在《贾谊论》中说：“有高世之才，必有遗俗之累。”我们常常赞美“超凡脱俗”。东坡先生却说，人有超越世人的才华，便不免有丢失了世俗的毛病。在他看来，才华出众的贾谊，就是因为遗失了“俗”，体会不到世俗人家的生活乐趣，才丢失了性命。

苏东坡必是从世俗中悟到好处，才充满活力地咏出：“谁道人生无再少，门前流水尚能西。”他遭过贬下过狱，一生也够坎坷的。他的诗文，熔孔老庄禅的豁达高旷和平民苦乐辛酸中的生活智慧于一炉，超凡而不脱俗，高妙而又实际，那是真正深邃的开悟。

我不免想，多么了不起的风俗啊！今天作为民俗来研究，已变成一个小领域，而且被挤到“边沿”。为什么呢？

再说通俗文学，有何不好呢？日月因其普照，才有高明。文学若不能普照，焉有高明！

我还想，俗，就像我们每天都需要的粮食，极其平凡又极其重要。由于我们的祖先非常敬重它，无论对于中华民族的形成还是对于我们个人，俗，都卓然有益。可我们今天为什么低看它？从什么时候开始看不起它呢？

大约在我们上了更高的学府拥有更多知识之后，在拥有更多的财富或者权力之后，开始看不起那些曾经失去机会而读书较少的人，那些因经济拮据而言表难以从容的人……称他们俗！

可我们自己又如何？我们的时代，人类能往返于月球，我们却很难迈出脚去亲近我们的左邻右舍。我们的收入增加了，快乐却减少了。我们也可能获得更多的成就，却可能感觉不到幸福。我们可以在一天中从东半球飞到西半球，却可能深深感到人们心与心的距离成为最大的距离。人们有了更宽敞、更精美的住房，但也有了更多破碎的家庭……这一切是怎么演变的？

我不知该如何描述，但我感到了俗里有大学问。

有至为珍贵的平常心。

由俗到脱俗不容易。

由脱俗复归于俗，该是更高的境界。

俗，是我们不能遗失的。

俗是家园。

二〇〇八年五月

融者为龙[1]

如果用一个字来形容中华文明的本质，那就是这个“融”字。能周乎万物、融会天下，就是龙。龙者，融也。

海内外华人都称自己为“龙的传人”。

但也颇有人说它张牙舞爪，是个怪物。

还有人说它，“曾凝聚了我们祖先的多少噩梦，难道我们还要用它来凝聚我们今天的悲凉和怀旧之情吗？”还说，“龙的崇拜，似乎可以证明，我们民族的心灵，还深深地怀恋着黄河孕育的那种古老文化的氛围，还迟迟地停留在祖先的历史阴影之中。”

这声音非止哪一个人说，百年来对中国文化的反思，从刨挖民族劣根到揭露龙的狰狞，其猛烈和影响之深远，恐怕都是世界上其他民族所未有的。

世上本无龙。中华龙，从哪里来？

它可以追溯到女娲、伏羲都姓风，其部落以蛇为图腾。

---

① 王宏甲二〇〇八年秋赴韩国出席“第一届韩日中东亚细亚文学论坛”，九月三十日就“东亚文明与文化共同体”主题在首尔言论会馆国际会场作了《我的中华文明观》演讲，主要内容即本文内容。——编者注

中国繁体“凮”字的象形描绘，就是天穹下一条长虫。

龙是以蛇图腾为本体，融会其他氏族的图腾，如鹿图腾、牛图腾、虎图腾、龟图腾、鹰图腾、鱼图腾等，林中走的、旷野跑的、地上爬的、空中飞的、水里游的，都各有代表。

仅仅融合具体的人群还是不够的，中国龙的创造，还凝聚着尊重各民族的信仰。“风”姓被称为“中华第一姓”，所谓“同风共俗”，已包含着传承与共享。风俗、风格，讲的都是要团结，要融合。

“融”字的右边也有一条“虫”，其文字信息也在告诉我们，龙的传人从蛇图腾开始，自觉地团结四面八方，才形成了伟大的中华民族。我想，如果用一个字来形容中华文明的本质，那就是这个“融”字。

能周乎万物、融会天下，就是龙。

龙者，融也。融者为龙。

中国历史上不是没有战争。相传黄帝族与炎帝族交战，黄帝族胜，炎帝族败，结果并不是胜者灭了败者，而是炎黄两族融合，又融合了周边约一百来个氏族，一个氏族一个姓，就是“百姓大联盟”。“老百姓”一词，中国人一直用到今天。

炎黄大融合给后代子孙做出了伟大的榜样，所以中国人称自己为炎黄子孙。此后，不论发生过多少战争，要融合，一直是中华民族颠扑不破的坚定信仰，也是中华文化中最能体现民族胸怀和性格的顽强实践。

唯其如此，才能创造安全的生活和人类的尊严。

和平，高于战争。

融合，才能缔造和谐。

何谓和谐？和字从“禾”从“口”，谐字从“言”从“皆”，该是人人有饭吃，人人能发言的意思。前者讲物质，后者讲精神。按今天的说法，“和”还可以理解为讲民生，“谐”该是讲民主。

我以为：和谐二字里昭示的祖先图腾、智慧密码，是记录声音的字母文字所不具有的。这样的中国字所凝聚的祖先理想、万古教导，我们不能不敬仰和无比尊崇！

融合与和谐，是中国文化千秋万岁不变的旋律。

是凝聚中华民族最伟大的力量。

中华文明的融合意识、和谐意识，从哪里来？

世界各民族的文明，都有各自深远的哲学基础。

相传伏羲曾创制八卦。如果说伏羲创制八卦是传说，八卦却不是传说，是客观存在。

神奇的八卦，或许因算命先生总以它为旗幡，人们可能对八卦印象复杂。但八卦的基本元素及其含义还是明确的。

八卦最基础的线条是“—”和“--”，前者为阳爻，后者为阴爻。八卦第一卦代表天，代表阳；第二卦代表地，代表阴。

日月运行，昼夜更替。

男女结合，衍生人类。

天地万物都有阴阳对应，都由阴阳演变出无穷。

第一卦叫乾，第二卦叫坤，所以中国人用乾坤代表宇宙。

阴阳观就是远古中国人的宇宙观、世界观。

把组成八卦最基础的两个爻“—”和“--”相替叠加组合，会出现四个卦象，这便对应着四季变化，东西南北的观念也逐渐明朗。再加一爻，就变出八个卦象。我们说的四面八方都在这里被照应了。

从八卦演变出的深奥学问，孕育了《易》。

这是世界上最早的叩问哲学之门的伟大著作。

何为“易”？易字的象形描绘由“日”“月”构成。讲日月周而复始，有秩序，有规律可循；讲阴阳相生，催生万物，变化无穷。

如果说《易》是一部用来对万事万物问吉凶的书，那么它是说万事万物都有规律，遵循它可以吉，逆它而行就有凶，不同的行动会有不同的结果。在这其中，神和鬼并不是决定的因素，人如何去对待，才具有决定的意义。

易，就是变。世间万事万物都在流转变化，把天地间苍生万有生生灭灭无穷无尽的运动中最本质的一个因素抽象出来，用一个字去概括，名之曰“易”，这实在是极精粹的思想了。

如此鲜明地注重到“变”，就是辩证观的诞生。

乾坤二卦所代表的“天”和“地”，都服从于“变”。

天和神，都降到了从属地位。

统治世界的是“变”的规律，这是中国哲学了。

在这种世界观中，最佳的境界就是阴阳和谐。

中国哲学对世界、对人生，对万事万物的认识，若用图表现出来如阴阳鱼八卦图，像是一种"圆形的世界观"。

太阳是圆的，月亮是圆的，孕育生命的卵也是圆的。

在中国哲学"圆形的世界观"中，哪里是起点，哪里是终点？哪里是先进，哪里是落后？在这圆形的世界中，你在我前面走，一直走，就会走到我的后面。

中国人注重周乎万物，融会天下，弱者也是重要的，没有人应该被淘汰。

中国人的阴阳观念，始于何时？

在淮河上游，距今九千年前的贾湖农耕遗址，发掘出世界上最早的乐器——骨笛。在规模最大、随葬品最多的一个墓葬中，发现最精良的一双骨笛——雌雄笛。

墓主人大约是这个部落的首长，一双雌雄笛精品分别安放在主人股骨两侧双手可以触及的地方，可见把雌雄笛看作最珍贵的器物。雌雄笛在贾湖人心目中，为什么具有如此崇高的地位？

贾湖骨笛，大都是一墓两支的雌雄笛。缺一就失却生命的一半。这里的人间理想和精神追求，不在音乐，在生息繁衍，在阴阳相谐。此后的西汉马王堆墓有长短两笛，延至明清还有广为流行的雌雄洞箫。及于宝剑，春秋有雌雄剑。

贾湖最高水平的一双雌雄笛的安放位置，表明在贾湖聚落最受重视的已经不是哪一种生产粮食的石器，而是诉诸人的精神与灵魂的乐器。这是个不能忽略的情节，它反映的其实是贾湖社会的核心价值观，是中国文化精神上承远古，下传万代，极为宝贵的渊源。

我曾怀想，中国人为什么以人生六十为一甲子？

它描绘的也是一个圆形的生命状态吗？

中国人又为什么要创造出十二生肖？

属牛、属马、属猪、属狗……牛马猪狗都可以理解为是人类的朋友。虎，勇武有力。龙，是凝聚着民族信仰的艺术创造。可是，为什么要让我们的孩子属小老鼠呢？

这大约是祖先要我们的孩子记住，这个星球上的每一种动物，包括小老鼠，都应该看作生灵，是人类的朋友。而给“鼠”冠之以“老”，那是使用尊称，还把老鼠放在最大的位置，这大约是强调，每一种生灵不管多么微小，都重要。

我惊叹于祖先在遥远的年代，是如何完成了这样一个传承万代的造化，它使每个孩子一生下来就与某种动物有一种非“生物遗传”而是“文化赋予”的密切关系。

它的伟大含义包括：兄弟姐妹中不论属龙还是属老鼠，我们都是兄弟姐妹，要团结。纵然现世中一直不乏你争我斗、你死我活的相互残害，正因争斗和相残的存在，祖先的叮咛和大智慧才显出珍贵。是这生存智慧，使先人去认取人与自然、人与动物的亲密关系，从而道出“天人合一”。这伟大的智慧均与“和谐”相通相融。

我不禁想，古老的生活智慧，并不因为我们已难窥见它的奥妙就不存在，它也并不因为现代科技的发达而泯灭光辉。

因为崇尚融合，中国人讲“文武”，也有独特诉求。

就这个带有刀光剑影的“武”字，也寄托着祖先的和谐理想。

我们知道，汉字“刃”里的那一点代表锋利，“戈”字里的一撇也代表锋利。你瞧，“武”字里就有一把戈。可是，我们造字的祖先把“武”字里的“戈”卸去一撇，变成了一把无刃之戈。这还不够，又在“武”里郑重地安上一个“止”。这是什么意思？这是用文字信息叮嘱：如果不得不用武了，那也得适可而止啊！

这就是典型的中华文明观。

中国人讲“文治武卫”。文用来治理社会，武是用以保卫自己而不是攻击别人的。在中国几千年的古典话语体系中，罕见“征服”一说。在西方著作中则很容易看到，谁征服了谁，征服者是胜利者的代称。许多大型纪念馆，就是为纪念征服者的战功而建立的。

我曾琢磨，中国人为什么自古就说：“你用心想一想。”

少年时我感到奇怪，不是用大脑想的吗？心怎么会想呢？

今天我们知道，探寻古人类进化，脑量就被重视。医学更发现大脑创造财富的巨大潜力，心脏是个发动血液循环的器官，心脏与聪明无关。十年前我曾在《接受平凡》中写过以下描述，在资本和权力都有人羡慕也有人痛恨的时代，人的才能则几乎总是受到赞赏。大脑是产生能力的工具，深受重视。心脏不能用于使资本增值，心被忽略了。当人类喊出家园失落之时，并不是无处栖身，而是心没有地方住了。

我于是惊讶地发现，我们的祖先硬是创造出了“心想”的概念，把“大脑”和“心”的作用加以区分。大脑能产生聪明与才华，大脑也能产生阴谋诡计。当古人说“你用心想一想”时，不是要你的能力，而是要你的良心。

中国人自古流传下来的“良心观”，表明中国人把最崇敬的桂冠，并非戴在头脑上，而是戴在人心上。

从古代知识分子就有的“大同世界”理想，到中国农民的“均贫富”梦想，都与追求融合、追求和谐渊源相通。

中华文明自古就经历过一次次劫难，高大的城墙一次次坍塌，玉石俱毁，锦绣成灰。但是，一次次都有人兴灭继绝，汲汲再造，盖因中华文明的本质中有那么善良的平民性格、那么敦厚的生活智慧。

这样的理想、梦想和追求，给中国人带来了什么？

自古高山大河是造成割据的天然屏障。中国有地球上最高的高原，欧洲最大的河流也不及中国的黄河、长江。长江南北、黄河两岸、关外东北、云贵高原、四川天府，以及新疆天山南北、漠北草原和青藏等地区，在地理环境上都是容易造成割据自成一国的地域，要能够以共同的理想和价值观统一起来，是非常不容易的。但中国人做到了，并坚持下来。这反映出中国人打破地域封闭、地区隔绝、军事割据，超越语言障碍、寻求沟通的愿望与奋斗多么悠久和顽强。这么大的事实放在这儿，能以为中国人封闭吗？

这一切都牵系着龙的崇拜！

融者为龙，才凝聚成东方的巨龙！

世界各国都期望强盛。

中国人通过融合，再融合，形成了中华民族大家庭。

希腊人通过征服，再征服，使“希腊城邦”横跨了整个地中海地区。在西方历史著作中，希腊人被称为“伟大的殖民开拓者”。

罗马帝国通过征服、再征服，也曾经非常强大。但罗马帝国遭到异族锐利的武力打击，终于瓦解，直至崩溃。

在哥伦布把新大陆的消息带回欧洲后，西班牙人科尔特斯曾率六百余人征服了五百万人口的墨西哥帝国，另一位西班牙人皮萨罗率一百六十人就征服了六百万人口的印加帝国。这些历史事迹都加强了欧洲人以“先进”征服“落后”的意识。

在欧洲人的视野中，无论古巴比伦、古埃及、古希腊、古罗马，还是美洲的墨西哥帝国和印加帝国，被征服而灭亡后，灭亡就灭亡了，再也没有恢复。

世界各民族均有自己的世界观。

任何民族的哲学，都是在视野所及的范围，通过对自然与人、宗教信仰、社会历史等事物的观察和研究，才自成体系。

如果说中国哲学像“圆形的世界观”，希腊哲学则更像是一种“直线形的世界观”，这种世界观总是很容易把世事分作先进和落后，导向进取和淘汰。达尔文的生物进化论、优胜劣汰论，其实有悠久的西方哲学基础。

汤因比在《历史研究·绪论》中则谈到，西方关于文明的错误概念的三个来源之一，是以为“进步是沿着一根直线发展的”。

一八九四年，中日甲午海战后，中国海军全军覆没。此时的中国，似乎到了不堪一击的地步。在西方人看来，四大文明古国尚存的最后一个，到灭亡的时候了。

按优胜劣汰、以强汰弱法则，此时的中华民族被认为是劣等民族，已经弱到无力收拾。你将灭亡那是符合灭亡法则的，是你自己无法存在了。列强纷至沓来。

一九〇〇年八国联军攻陷北京，中国人以惨痛的牺牲走进二十世纪。此时，中国将亡似乎更显而易见了。

但是，就在二十世纪，中国又如此不灭地站起来了。

而且，以世界上任何国家都不能忽视的雄姿。

为什么？

基于不同的哲学观，西方讲进化，讲以强汰弱；中国人更注重演化，演化注重的不是强可以淘汰弱，而是强可以变弱，弱也可以变强。中国哲学还讲贫生于富，弱生于强，乱生于治，危生于安，并认为多难兴邦。尤其值得重视的是，这些古老的生存智慧，在中国并不只是存在于伟大的智者中，而是在世世代代未必识字的母亲的乳汁中就不断哺育给孩子。

我由此发现，文明，并不只是用文字书写的才叫文明。最伟大的力量总是蕴藏在数不清的平凡生命中，盖因中华悠久的文化精神是渗透万代国民的，所以总能在最危难的时期挽起无数手臂，同舟共济，众志成城，共救国难。西方列强侵入中国，遇到的最强大的抵抗力量，不是中国政府，也不是中国军队，而是遇到了伟大的中国文化。

源远流长的文化，是人们沿着它到达今天的道路。

二十世纪较近的历史还告诉我们，人类并不是在远古蛮荒时代才有野蛮状态，也不是走进文明时代后就脱离了野蛮。人类在创造了城市乃至繁华的大都市之后，仍然会有惊人的野蛮！

我在一次讲课时说到“法西斯像野兽一样”，有位学生站起来纠正说，老师您讲错了。我问哪儿错了？学生说：您污蔑野兽，野兽没有那么坏。

二十世纪，法西斯战争的野蛮给世界人民造成的灾难，都有先进的科学技术支持。而人类创造的核武器是科技成就的极高体现，如果缺乏精神的文明去驾驭，足以毁灭整个地球。

迄今，一个社会的文明，一个人的文明，仍然是摆在当代人类面前的重大问题。因而，追思和确认文明的本质，汲汲于对人类安全有益的生活方式和精神的继承，乃至创新，这始终是探讨文明与历史研究的现实任务和现实意义。

今天，我们正处在一个需要重新认识文明的时代。

过去五百多年来，西方的迅猛发展及其形成的文明体系对全球的渗透，已使世界不同文化源流的人们，在不同程度上采用西方文明观来评述文明。

事实上，世界上存在不同的文明源流和不同的文明观。

二十世纪末，美苏“冷战”结束，特别是震惊世界的“9·11”事件的发生，所反映的并不是“冷战”时期两种不同社会意识形态之间的冲突，而是暴露出更复杂更深层次的问题。

一五八一年尼德兰北方七省成立的“联省共和国”，即荷兰共和国，是欧洲第一个资产阶级共和国。不同社会意识形态的形成只有几百年历史。而不同的文明源流，从远古走来，根植于非常悠久的民族文化土壤，它是与各民族的生息繁衍、万代传承血脉相系的，具有极其顽强的生命力。一个民族的文化力，是驾驭科技力的伟大力量，是国家综合实力中极重要的“软实力”，在今天凸显出来了。重新认识本国自身悠久的文明乃至认识世界上不同的文明，就异乎寻常地重要了。

一九九七年，我在《现在出发》的后记中曾经写下：“如果说一百多年前，中西接触主要表现为对抗，今日中国已有能力在政治、经济、文化艺术等方面与西方相互渗透。渗透达到一定程度，中华善于吸纳异质文明的文化会更加博大而平凡。中华昔日备受误解的文化也会在世界各地春风化雨，成为人类重建家园共同的砖瓦，必要的生命之树。”

融者为龙，在今天过时了吗？

不，更具有鲜如朝阳的博大意义。

因为我们处在万种信息扑面而来的时代，经济全球化和互联网正使数不清的事物在不断超越国界，人类数百万年演化的历史，与整个世界在同一天里发生的千万种事情，同时横亘在我们面前。我们能如何在融会贯通中有效地丰富自己？

基于不同的世界观，自古以来——

西方注重发展。

中国注重运转。

西方注重发展的世界观，认为万事万物都有发生、发展乃至灭亡的过程。这种世界观在今天已为很多中国人所熟知。

中国注重运转的世界观，认为万事万物如日月循行，四季轮回，都有其规律，顺应其运转，维护其和谐，就有益于社会和平，人的状态也更接近自然，社会与人才有代代传承的生命力。

人生而会死，一切植物或建筑也都有其存在的时限，这是人人用眼睛看得见的。中国注重运转的世界观，聚精会神地关注的是生存状态，是催生的智慧，是生命哲学，而不是揭示一切事物都必然会死亡的学说。

我们不能遗忘、不能丢失了祖先告诉我们的运转观，这种运转观其实相当符合科学发现的宇宙星空的规律性运转。当今中国讲和谐发展，讲构建和谐世界，在我看来，就是对中西方世界观的融会贯通。

工业化时代是一个注重分科、讲究专业的时代。在我们走出工业化时代，向信息化时代迈进的时候，融的精神，融的学说，是我们打破专业封闭，学科壁垒最重要的学问。

融的智慧，在信息时代是尤为重要的大智慧。

但近代以来，中华文明的备受误解，包括国人对自身文明的深远反思和批判中也存在的惊人误解，至今影响甚大，不能忽视。

我以为，中华民族的伟大，并不因为地大和人口众多，而是因为中华文化与文明温柔敦厚的融合力而伟大。

在我们当今的社会中，仍然存在不公正、不平等，仍然存在相欺相残。这在有些地方甚至非常严重。这反映了人性的复杂性，也反映了社会的复杂性，并非“民族劣根性”。

中华悠久文明之根本，是优秀的、伟大的。

反思中国历史，所谓“民族劣根性”的说法，是荒谬的。

对历史的尖锐抨击，往往由于知之甚少。

不懂历史，才容易在当今灰心丧气。

以不知不懂而自视高明、自封正确地抨击千秋，刨挖“劣根”，以致谬种流传，荒谬滑稽之甚，莫过于当代。

当代中国人认识、学习中华文明优秀的本质，学习存在于许多普通人中的优秀品格，是一个艰巨的工程。倘能以“融”的精诚去融会贯通中西方优秀文明，那就更了不起了。

我们认识乃至继承和发扬中华文化伟大的融合力，最重要的意义并不是为了比其他民族强大，而是为了更好地建设一个和谐的世界。唯其如此，才有自己和他人的安全。

看往昔，中国人从创造了自己的语言文字等文明体系以来，无论发生过怎样的朝代更替，中国人在中华大地，文明从未中断地发展至今，这在世界上是独一无二的。

看今天，看未来，今日中国是个占全球百分之二十人口的国家，一直坚持走与世界各国和平共处的道路，随着中国走向重新强盛而崇尚和谐不变，对人类的贡献将非常巨大。

从古至今，中华民族获益于这个“融”，才生生不灭。

不管地球如何运转，这个“融”，对人类是安全的。

二〇〇八年九月十六日

宽　恕

人间失去一种，可能获得另一种。“恨”被消灭，一种叫“爱”的东西渐渐日益炽烈起来。

我生下来的时候，生命中就碰到一缕格外明媚的阳光，童年唱过的歌也那么晴朗。但是，在我十五岁的夏季，天突然变了。父亲被斗、被打成重伤后，造反派只许我们家年龄最小的成员去照顾。我妹十一岁，这任务落到了她身上。

一天中午，父亲吃了饭，我妹去楼下洗了碗上楼，就见父亲挂在梁上，碗立刻掉到地上……这不是电影情节，是真的。妹妹哭叫起来，造反派马上来了。有人说赶快把人放下来。这时把人放下来抢救是来得及的。真正悲惨的事发生了——造反派声称要保护现场！要等法医来了才能把人放下来！

母亲赶到现场，哭得呼天唤地，仍被拦着不得上前。从中午到黄昏，造反派终于找来了一个法医。父亲被放下来了，被脱得一丝不挂验尸。验过尸，造反派对我母亲说：“你现在仔细看看，他可不是别人害的。”

那时，我母亲还留着那个时代两条漆黑的长辫子，母亲扑倒在父亲光裸的身上已哭得没有声息。母亲漆黑的长辫子在父亲苍白的躯体上颤动，黑白那样强烈！

那个夏天的太阳就这样落下去了。

父亲草草地被葬入土中，我们不认识的负责挖坑的农民找来了一块砖，用铁钉在砖块上刻上了我父亲的姓名，立在墓前，说以后清明来扫墓你们能找得着。后来我们就是靠着这块小小的“砖碑”找到父亲，这时才发现从前那位农民把我父亲的名字“树浓”误写为“树农”。

那个夏天，母亲在墓地不肯回来。她语无伦次，一直说她有责任，没有看住我父亲……我姨说人家又不让你去看。她说我应该去看的。我姨我舅终于把我母亲拉回她自小在那儿长大的娘家，我母亲的父亲和母亲都还健在。然后娘家人轮流日夜看护着我的母亲。

很久以后，我回想母亲那些日子里宛如家乡绵绵的雨季那般细细的哭泣，哭得如痴如醉……我理解了，那一定是所有幸福的往事都浸泡在泪水中，才有那样的哭泣。

失去父亲的日子，我还看到正在怀孕的姐哭得昏了过去。我至今无法解释我在那时为什么没有哭。到第二天，也许是第三天，在我外婆家里，我突然哭了。那是我一生中真正的痛哭，我无法抑制的痛哭吓倒了母亲。很久以后，我相信我那天的痛哭不完全是因为失去父亲，我感到了这个世界有我不能想象的恐怖。

我还相信，我那天的痛哭一定在某种程度上减弱了母亲的痛苦，也许就在那时，母亲大约是清醒了，母亲发现她还有未长大成人的儿女……我的痛哭压倒了她自己的痛苦。母亲止住了哭泣，母亲来安慰我，我全部的亲人都把泪水让给了我。我一生中迄今只痛哭过这一次。这样的痛哭会在生命中发生什么？从前课堂里告诉我的那些美好的东西在这时——在这严酷的社会现实面前破灭了？那样的痛哭震撼了我自己的灵魂，那也是我生命中一次真正的洗礼！感谢上苍，我的心没有因此而黑暗，但我知道我害怕黑暗，这迫使我一生都热爱阳光，甚至带着仿佛被恐惧追赶的心情扑向光明。

我父亲是一九七八年得到平反的。当县政府干部把盖着大印的平反证书送到我母亲手里时，母亲的手颤抖了。那一天，母亲没吃没喝也没有出屋。我仔细阅读了那纸证书，看到那文字几乎把我父亲写成了白求恩，也许那时负责撰文的干部头脑里最熟悉的词语只有在背诵《纪念白求恩》时牢记的那些句子。

那些文字使我记起我是在四岁那年随父母到一个不通公路的小镇，因父亲奉命去那里创办卫生所。卫生所设在一座破庙里，门前插一面红十字小白旗。从此人们都叫我父亲王所长，后来卫生所变成卫生院，我父亲是院长了，人们仍习惯地叫他“王所长”。我母亲是一名助产士。今天妇女到医院去生产是很自然的事了，我母亲年轻时要走村串巷去动员那些年轻的孕妇到医院来生产，很多人都赞美她那又黑又长的两条辫子，事实上那是母亲一生中最奔波最愉快也最有成就感的时光。

我不知道母亲曾经为多少婴儿接生，但记得童年时早晨醒来，时常发现父母都不在，只见床头一张纸条上写着：“早晨自己去食堂吃饭，照顾好妹妹。”然后我明白，一定又是哪个乡下孕妇不来医院生产遇到“难产”了（我很小就知道什么叫“难产”）。母亲在父亲去世几天后，吐血生了一场大病，头发很快就从花白到全白，此后再也没有回到医院。

一九七八年的平反证书上还带着油墨的新鲜气味。不久，政府开始清理“文革”中的“打砸抢三种人”，办案人员来向我们调查当年毒打我父亲的人。我妹妹认得那些人是谁。就在这时，又一件令我惊讶的事发生。

母亲把我和妹妹都叫到跟前，把门关上了。

母亲非常认真地要求我们："不要揭发。"

我们非常惊讶！这不是为父亲报仇雪耻的时候吗？

妈妈你为什么？为什么？

母亲用佛家的话教导我们："冤冤相报，何时得了？"

我们很难接受。

母亲说："你们的父亲去世，你们受了这么多苦。要是把他们抓起来，他们的孩子怎么办？"我们还是难以接受。母亲最后说："妈妈没有别的东西求你们，这件事求你们！你们一定要听我的。我把你们带到这么大，我再没有能力保护你们了。你们就听我这一次吧！"然后母亲哭了。

我和妹妹没有办法，只能听母亲的。

母亲接着就带上那纸政府为我父亲平反的文件，把我和妹妹领到父亲的墓前。母亲跪在中间，我和妹妹跪在两边。母亲双手捧着那纸证书告诉父亲，政府已经为他平反了。

然后母亲掏出了火柴。我知道母亲要干什么了。

一九七八年，那纸为我父亲平反的文件，对于改变我和妹妹当时的命运是有用的。那时也还没有复印机能留下一个复印件。母亲划亮了一根火柴，我听到了惊心动魄的响声，火光点着了那纸文件，我们看着它变成了灰烬。

我注意到那天母亲含着的泪始终没有掉下来。

风吹散了纸灰。

我听到妹妹说："妈，我们回去吧！"

我们回来了。但火光燃烧那纸文件的情景在我的灵魂中长久地不肯熄灭……我不得不问自己，如果人间连"杀父之仇"也能原谅，还有什么不能原谅呢？渐渐地我感到，母亲岂止是烧掉了那纸平反证书？母亲烧掉了我心中的仇恨！

儒教不是佛教，但多年后，我从《论语》中读到，有人问孔子，世上最重要的智慧，要是用一个字来概括，让我们记取，有这样的字吗？孔子说：那就是“恕”。

我惊叹于孔子的教导与母亲的心境深远的一致性。当母亲把“仇恨”这种东西从我心中消灭，我心中能装什么？我渐渐发现自己很容易看见别人的优点，很容易被普普通通人保存着的善良打动。我感到了，人间失去一种，可能获得另一种。“恨”被消灭，一种叫“爱”的东西渐渐日益炽烈起来。我还知道，善者知世有恶，恶者之不幸在于往往不信世有善。那么恶者至多只能看到世界的一半，善者则可能看到一个完整的世界。善，就不仅仅是一种道德评判，而且包含着人的能力和高品质。不论社会存在怎样的复杂，我都为人们坚持的良知良能满怀敬意。日后我写农民、写高原的士兵，写我热爱和尊敬的人们，我所有的文字都变成了人们看到的模样。

我相信我的文字中，有我父亲的目光，母亲的体温。

我还记得父亲的草帽。父亲的手掌，真的非常温暖。

二〇〇四年二月

【补叙】除夕，我从北京给住在家乡庙宇里的母亲打电话，问候过年。接电话的人去叫我母亲。母亲来了，问我都好吗？我说都好。母亲说，都好就好。才讲几句，母亲说，那就这样，我很忙。我问忙什么？她说今年庙里做了十几桌，很多人来过年。这是二〇〇八年的除夕，我问谁这个时候跑到庙里过年。她说有还愿的还有乞丐。然后母亲说，我要去招呼人了。故乡话“招呼人”就是“接待人”的意思。然后母亲放下了电话。

我拿着电话愣了一阵，接着打电话给故乡一位好友。好友告诉我，只要有个家，人通常是在家里过年的，但乞丐不能在这时去人家里乞讨，所以到庙里去过年。庙里从来不会拒绝。这几年也有富人带不少东西去庙里过年，图来年发大财。庙里开桌吃饭，绝没有谁坐上位谁坐左右之分，一视同仁，富人和乞丐同在一张圆桌上过年，蛮和谐的……

放下电话，我不知如何形容自己的感受。我想起母亲这年已经八十六岁，可以说她仍然每天都在上班，因为庙里总有人来祈愿许愿，就总有如我母亲这样住庙的资深老太太每天按时在大殿里为那些祈愿的人们念经……靠着许愿者的施舍，他们修好了庙宇周围的道路，并有可能安排乞丐过年。母亲一生都跟最普通的人们相处，永远是单色的衣裳、白饭青菜，最喜欢的汤是原汁原味的米汤，心中永远充满对他人的祝福。母亲的一生平凡得不能再平凡了，我如何能不景仰这平凡！

我还想起北京的许多部门都有门卫，不是谁想进就能进的，当然这是为了安全。即便是庙，都市的庙也多是卖门票的。但我故乡的庙，无论谁都可以随便进。我还想起一副著名的对联：净地无须扫，空门不用关。

附录

一朵一朵的阳光

张瑞芳

《把白的说成白的》不过千字，也不知作者王宏甲何许人也。我无意中读到这篇短文，一遍又一遍再读，还一回又一回催朋友去读。为什么？我真说不清楚。

作为一名教师，作为一个母亲，作为一个人，我有很多很多困惑，似乎在这里都能找到答案。可他，只是，把白的说成白的！再读，再读，我惊奇地发现，他的每一个字都是有温度的！真正的高贵！这样的文字，难道五百年一千年以后的人类不需要它来滋养灵魂吗？

王宏甲，究竟何许人也？我知道我一定会去找他的书来读。

找到王宏甲的书颇费心思，但我还是陆续找到了他的一些书。我读着这些书，一次又一次惊奇地发现，世界的门被打开了，人生被照亮了。

记得自己初学游泳，我的好友兼教练让我闭上眼睛潜水，可我紧紧地抓住她的手不放，我真的害怕极了。当她给我一副泳镜时，水底明亮起来，我才敢放开她的手……王宏甲的文字仿佛给了我一双眼睛，看宇宙看天地人间。这些文字把我心中的忧虑劫持而去，让我的脚下踩到了土地。这样的文字，温暖、开阔、明亮、睿智、厚重……是什么呢？是阳光，就是阳光，一朵一朵的阳光。

读到这样的好书，我的心中充满了与世人分享的渴望。我不知道还有什么比这样的“阳光”更能帮助一个生命破茧而出。

王宏甲的第一部散文《让自己诞生》在书店一上架，我和它就“相遇”了。开篇即《把白的说成白的》，我笑了。在课堂上，我把《让自己诞生》中的《宽恕》篇读给学生听。朗读这样的文章，无须经过训练，就可以非常感人。我告诉学生，这个作家我没有见过，但我带孩子去庙里拜访过文章中的母亲。学生非常惊奇：真有这样的母亲啊？你真的见过这个母亲吗？她现在好吗？我说，这个母亲那年八十八岁，她的宁静、慈和之美，让我喜欢和她多待一会儿，再多待一会儿。

我继续将《把白的说成白的》《我的老师》等篇章读给学生听。这些是人间最美好的情感，文字本身也是最美的文字。我相信只要让这样的文字进入学生的大脑，那他终生和打砸抢是无缘的。在读的过程中，我发现教室里原来有那么多清澈明亮的眼睛。我们的心灵沐浴在阳光之中，非常愉悦。

我没能讲出最好的话给孩子给学生，我就让他们去读《让自己诞生》，并告诉他们，好好保存这本书吧，经常打开它，即使你一天天长大。周围的朋友说，家里的孩子简直就是“阶级敌人”。我说，去吧，把王宏甲的书找回来，自己读，也让孩子读，也许会有奇迹出现的。

我听到很多有趣的事。有人竟把王宏甲的书当作胎教的书来读。那个怀孕的女子，说王宏甲书中的爱和善良让她心情特别明亮，说这书是孕育生命的最好阳光。作者王宏甲会想到他的书有胎教作用吗？

有一个母亲告诉我，她因为儿子的叛逆行为而焦虑不安，当她发现儿子在读王宏甲的书时，她的焦虑顿时减轻了大半。一些青春期的孩子有如困兽，若能把王宏甲的书作为良师益友，那是有福啊！还有一个朋友给狱中服刑的亲人送《让自己诞生》，说这是自己能给出的最大的爱。

许多次我到书店，总是先来到安置《让自己诞生》的书架前，久久地看着它，看着书店里来往的人，我听见自己心里有个很大的声音：请打开这本书吧，出现在你眼前的，是一朵一朵的阳光啊！

【编者】张瑞芳是福建省福州市永泰县城关中学的语文教师，这篇文章出现在她的新浪博客上，时间是二〇一〇年四月十二日，署名贝奇。这是一个普通读者的心灵之声。

为了遇见更好的自己

徐庆群

“读书，是为了遇见更好的世界。”我很欣赏这句话。

因做编辑的缘故，我接触到很多文学作品。促使我重新认识“阅读”，却是在读了王宏甲的书之后。起初，有一种忽见“芝麻开门”的感觉，再后感到，每次打开他的书，都仿佛打开一个世界，一个更好的世界。

他有一系列纪实作品问世后即广受关注。这些作品，不仅被纸质媒体广为转载评介，拍成大型电视片或电视连续剧，还被中央人民广播电台和多省、自治区、直辖市人民广播电台长篇连播，对转型时期的中国社会产生了实际的影响。我在读他每一部书的时候，都想找出一些东西来写篇读后感，可是，我发现很难，因为他的作品实在就是一个世界，总能吸引我用尽全力去探寻这个世界的美妙。

他在多部书中力陈对学生进行综合教育的重要，倡导打通文学、历史、哲学、经济、科技等学科间的壁垒，培养融会贯通的素质。他的这一风格淋漓尽致地实现在他的作品中，建造出一个独特而绚烂的世界。他笔下的世界不仅反映现实社会，与时代同行，且与古代世界相通，还对未来做出令人不能漠视的前瞻性描述。这就在时空上非常显著地延展了阅读的视野。更重要的是，他的作品让我们看到，在“社会与人心也笼罩着雾霾”的世界里，确实还存在一个更好的世界——这个世界不是虚构的，确实有不少人在捍卫着自己的人格与良知。他作品里“思想的力量”，常常来自“对世界温暖的思索”，这几乎是特有的。

现在我推荐的是他的哲思散文《让自己诞生》，这本书如此强烈地让我感到：“遇见更好的自己”比“遇见更好的世界”，更加重要。

“打开你自己，你将发现，你的优雅，你的从容，你的光华与嘹亮，就住在你的内部。”这是书中的文字。书中没有哪一篇题为“让自己诞生”，但每一篇都在写“让自己诞生”。他过去的诸多作品对中国社会的变革与变迁有广阔而坚实的描述，这部《让自己诞生》特别关注个体的人的成长，更加聚精会神地把思考从外部世界聚焦到人本身，聚焦到人心。我赞叹他书中叙事的经纬，比以往更加翱翔出一个通古今连中外的精神时空，那种奔放的自由令人心胸开阔，激动而愉悦。

这本书中洋溢的中国文化精神浓郁而澄澈，每读之总令我感到一种实实在在的获得与拥有。书中描述的欧非世界、阿拉伯文明，也令人心驰神往。我确认这本书是一部超然于叙述对象，超越时间与种族界限，具有隽永阅读价值的书，尤其对青少年的成长很有益。我期望扩大它的传播。

这部书初版于作家出版社，只出过精装本，相当精美。本版有些篇章文后有若干补叙，是首版后的几年间陆续写下的，文字虽简，思想的力量却可能与正文等量齐观，甚或超过正文。

我不讳言，王宏甲的作品我每部必读，每次都怀着一种朝圣的心情。对宏甲，我更愿意把他看作学者、思想家、教育家，而不只是文学家。曾看过一句话："只要有了书和音乐，我们的灵魂就不会寂寞。"我在读宏甲的作品时常想起这句话。我推荐这部书，确实想与更多的读者分享。

二〇一四年八月

【编者】徐庆群是《让自己诞生》第二版的责任编辑。本文为第二版的《致读者》，收入本版时略有删节。